銀色公路

SILVER

他永遠無法捨棄這條白銀之路——他的女兒在此失蹤，這條路吞噬了她。

VÄGEN

史蒂娜・傑克森——著　楊佳蓉——譯

STINA JACKSON

銀色公路 ■書評推薦

犯罪小說作家齊聲讚嘆

「這本書起碼應該拿下瑞典犯罪作家學院的年度新人小說，並且拍成 Netflix 影集。如果沒有，那我就得自己頒個『歐莎．拉森獎』給它！」

——瑞典大師級犯罪小說家歐莎．拉森（Åsa Larsson）

「我真的很喜歡《銀色公路》。整本書瀰漫著讓人難忘的醉人氛圍，恆長的北歐永晝日光與故事所描寫的家庭黑暗面形成強烈對比。很棒的一本書！」

——《媽媽的乖女兒》作者艾莉．蘭德（Ali Land）

各國書評好評如潮

「傑克森的出道作既令人不安又吸引人，而北方的永晝之光讓她的故事充滿奇特、近似夢幻的氛圍。」

——英國《觀察家報》（*The Observer*）

「讓人印象深刻的出道作……刻畫出讓人難忘的悲傷父親形象。」

——英國《星期日泰晤士報》（*Sunday Times*）

「……傑克森自信地描繪出一個深思、細細道來的故事，沒有傳統的英雄，只有努力在處理自身悲劇的普通人。」

——愛爾蘭《愛爾蘭時報》（*Irish Times*）

「出色的出道作。史蒂娜．傑克森一再巧妙翻轉：孤獨可能比群體更好，而一座廣大的森林可能會比你走不出去的房子安全。」

——《瑞典日報》（*Dagens Nyheter*）

「北方夏天的永晝之光無止盡，但黑暗躲在森林裡，而傑克森明白該怎麼描寫這種環境及身處其中的人們，令她的故事充滿讓人不安的眞實感。」

——瑞典《哥德堡郵報》（*Göteborgs-Posten*）

「史蒂娜．傑克森稍微跨出了標準的瑞典懸疑小說模式，她以筆下敏感奇特的角色們與出色的人際關係描寫，力證了自己的本事。」

——芬蘭《首都日報》（*Hufvudstadsbladet*）

「……（這本書）沒有血腥細節，但仍是部恐怖、令人毛骨悚然、寫得很棒的犯罪小說。」

——挪威《斯塔萬格晚報》（*Stavanger Aftenblad*）五星推薦

「……小說的開頭充滿力量，而其中的文字與故事情節亦然……《銀色公路》爲我們指出了一位讓人興奮不已的犯罪小說新星，令人期待未來。」

——挪威《世道報》（*Verdens Gang*）

「驚人好看的出道作……完全可以理解爲什麼人們爲這部作品瘋狂。」

——丹麥《*Ekstra Bladet*報》五星推薦

「……《銀色公路》擁有我們想要的驚悚與刺激。優美動人……讀來充滿樂趣；這不僅是一部讓人讚嘆的犯罪小說，也是一部優秀的文學小說。」

——丹麥《*JydskeVestkysten*報》五星推薦

「充滿罪案、哀痛、失去、絕望，以及想要解開懸案的渴望……出色、構築細膩、讓人恐懼卻也溫柔的犯罪小說，會讓你感覺彷彿被永不放手的黑暗吞噬，令人顫抖。」

——丹麥《*Femina*週刊》五星推薦

「傑克森成功將史蒂芬．金風格、新英格蘭鄉村風格融入了瑞典北境，由廣闊陰鬱的森林、駭人的黑暗與大量的蚊子構築而成的險惡背景。」

——丹麥《日德蘭郵報》（*Jyllands-Posten*）

「雖然（本書的）心理描寫令人不寒而慄，但傑克森也用溫柔的筆觸描繪出社會邊緣人的樣貌，以及靈魂擁有累累的傷痕孩子。」

——丹麥《貝林時報》（*Berlingske*）

「史蒂娜．傑克森成功描繪並剖析在這不沉的太陽底下，角色的醜惡與道德腐敗……」

——西班牙《*La Razón*日報》

「……在北歐犯罪小說傳統的暴力與雪景外，傑克森加深了層次、聚焦於內心衝突。」

——西班牙《加泰羅尼亞早報》（*El Periódico*）

銀色公路

目次

獻給羅伯特

To Robert

第一部
Part I

那道光，懸在森林與湖泊之上，宛如隨著吐息飄動的焚香，宛如新生的承諾，刺痛、灼燒、撕扯著他。那道光，急促地填滿他的血管，奪走他的睡眠。現在才五月，他卻只能清醒地躺在床上，看曙光從纖維縫隙透入。他聽得見融化的寒霜滲出地面，冬季漸漸離去。瀑布甩開冰層掩蓋，溪流河川奔馳猛衝。光明將吞噬每一個夜晚，步步進逼，令人炫目，將生機注入在腐敗落葉下沉睡的每一個生命。它將以暖意填滿每一個花苞，直到它們炸開；求偶的鳴叫聲、新生兒討食物的哭聲即將在森林裡此起彼落地響起。子夜的太陽會逼得人們離開巢穴，在他們心中注入渴望。他們會笑鬧做愛，變得瘋狂又暴力，有些人甚至會消失。他們盲目又混亂。他不願相信他們凶多吉少。

□

他只在找她的期間抽菸。每回點起一根菸，萊列就會看到她的身影出現在副駕駛座上，視線越過眼鏡框上緣，對他怒目而視。

「你不是戒菸了嗎？」

「是戒了啊。我就抽這根。」

他看到她搖搖頭，齜牙咧嘴，露出讓她自卑的尖銳犬齒。當他在夜裡行駛，日光揮之不去，她的外表更加鮮明。映射著陽光的髮絲接近雪白，這幾年她總想拿化妝品遮掉鼻梁上的雀斑，那雙眼眸能看透一切，即便旁人沒有意識到她的視線。比起他，她更像安妮特，這樣很好，美貌的基因肯定不會是來自他。說她漂亮絕對不是他偏心，黎娜從小就能吸引眾人目光，就連臭著一張臉的人看到她都會不由自主地勾起嘴角。但近年不再有人因為她回頭多看幾眼。已經三年沒人見到她了——或者該說，見到她的人沒打算公開此事。

還沒抵達約恩，菸盒已經空了。副駕駛座上不見黎娜的身影，車裡空虛又安靜，他幾乎忘記自己正在開車，視線對著路面，卻沒看進任何事物。他總是沿著這條名為白銀之路的幹道行駛，對這條路已瞭若指掌。他熟知每一個彎道和每一道護欄間的縫隙，那是給想過馬路的駝鹿與馴鹿用的。他知道雨水會積在哪些地方，霧氣會從哪塊柏油路上浮起，模糊視野。隨著銀礦關閉，這條路也喪失了唯一的功能，經過多年劣化，路面已是崎嶇破碎，但它也是連接格林姆翠斯克與其他內陸聚落的唯一道路。無論多麼厭惡翹起的柏油路面、雜草叢生的排水溝，他永遠無法捨棄它。她在此處失蹤。這條路吞噬了他的女兒。

沒有人知道他在夜裡開車尋找黎娜。也沒有人知道他菸一根接著一根點，一手勾著副駕駛座椅背，彷彿女兒從未消失、還坐在那裡似地和她說話。安妮特離開後，他再也無法向任何人說起這件事。她說打從一開始就是他的錯，那天早上是他送黎娜去公車站。要怪只能怪他不好。

凌晨三點左右，他抵達謝萊夫特奧，停下來加油，順便到ＯＫ便利商店補充咖啡。儘管時間還早，櫃台後的小伙子眼神清醒，笑容可掬，金紅色頭髮全部梳到一側。他很年輕，大約十九、二十歲吧。黎娜現在也該是這個年紀了，只是他難以想像她長得這麼大的模樣。他不顧內心譴責，又買了一包萬寶路淡菸，視線落到陳列在收銀機旁的防蚊液。萊列摸出簽帳卡。一切都讓他想到黎娜。在最後一天的早上，她渾身散發防蚊液的氣味。老實說他只記得這件事，只記得送她到公車站後，搖下車窗讓那股味道散去。他想不起那天早上兩人說了什麼、她是快樂還是難過、他們早餐吃了什麼。之後發生的一切占據太多空間，只留下防蚊液。那天晚上在警察面前，他只說得出這件事——黎娜全身都是防蚊液的味道。安妮特直盯著他，彷彿看著一個徹頭徹尾的陌生人，看著可恥的存在。這他也記得。

他打開菸盒，叼著一根菸，直到車子開回白銀之路。現在他要往北開，回家的路途總是顯得更短，更荒涼。黎娜的心型銀墜掛在照後鏡上，反射陽光。她又出現在他身旁，金髮如同簾幕般遮住臉龐。

「爸，你知道才幾個小時你就抽了二十一根菸嗎？」

萊列往窗外彈掉菸灰，避開她吐出大口白煙。

「那麼多？」

黎娜翻翻白眼，似乎是想召喚上天的力量來幫忙。

「你知道每一根菸都會害你少九分鐘壽命嗎？所以說今天晚上你已減少一百八十九分鐘的性命了。」

「眞的假的！可是我多活那幾小時要幹嘛？」

這句話使得她凝視他的雙眼中烏雲密布。

「你要找到我。只有你做得到。」

□

梅雅平躺著，雙手按住肚子，努力忽略在掌下呻吟的飢餓，以及透過地板縫隙傳來的噁心聲響。希潔沉重的喘息，接著是他，那個新的男人。床鋪吱嘎作響，狗兒狂吠。她聽見男子大吼，要牠滾開、趴下。

夜深了，明亮的陽光卻依舊照進這個三角形的小房間，帶來暖意，在灰沉沉的牆面投下一道道金光，在她的眼皮下照出一條條毛蟲。梅雅睡不著。她跪在矮窗邊，拂去蜘蛛網。在她的視線範圍內，只有湛藍的夜空和染上藍色的森林。伸長脖子，她看到一抹湖水，漆黑沉滯。彷彿充滿誘惑。她覺得自己像童話故事裡受困的公主，關在高塔上，四周只有黑暗的密林，只能被逼著聽壞心繼母在樓下房間裡和男人翻雲覆雨。唯一的差異是希潔是她親生老媽，不是繼母。

她們都沒去過諾爾蘭。在往北的漫長火車車程間，疑慮染黑了兩人思緒。她們又吵又哭，陷入漫長的沉默，看著窗外森林越來越濃密，車站間的距離越拉越長。希潔發誓再也不要搬家了。她認識了那個叫托比恩的男人，他在格林姆翠斯克這座小鎮裡有一棟屋子和一些土地。他們是在網路上認識，講了好久好久的電話。梅雅聽過他字句分明的北方腔調，也看過照片上留著一把大鬍子、頸子肥厚的他，笑起來眼睛瞇成兩條線。某張照片中他抱著手風琴，另一張照片則是靠在冰穴旁，高舉通體紅鱗的大魚。在希潔心目中，托比恩是眞正的男子漢，知道要如何在極度惡劣的環境中生存，也有辦法好好照顧她們。

母女倆終於下車，鐵軌旁只有一棟小木屋，門鎖得死緊。車站裡沒有人出來幫忙，她們無助地目送火車離去，消失在松林間，腳下的地面震動了好一會。希潔點了根菸，拖著行李箱橫越破爛的月台，梅雅呆站在原地，聽枝葉摩挲，數百萬隻蚊蟲嗡嗡飛舞。尖叫聲在她喉中成形，她不想跟上希潔，也不敢留下來。鐵軌的另一端是大片森林，黑色襯著深綠色，宛如明亮天幕下的簾幕，數千道陰影在枝椏間晃動。她沒看到半隻動物，但像是身處鬧區廣場似地，遭到監視的感覺無比強烈。數百雙眼睛盯著她的一舉一動。

希潔已走到荒涼的停車場，一輛老舊的福特轎車等著她們。倚著車頭的男子臉龐被黑色鴨舌帽蓋住，看到兩人走近，他直起腰，露出笑容和滿口菸草渣。真實版的托比恩看起來體型更龐大結實，但舉止笨拙，沒有攻擊性，彷彿他沒有意識到自己的魁梧。

希潔丟下行李箱，緊緊攀上他，簡直把他當成這片林木之海中的救生圈。梅雅站在一旁，俯瞰柏油路上被蒲公英撐破的隙縫。她聽見他們親吻，聽見舌頭翻攪的聲音。

「這是我女兒梅雅。」

希潔抹抹嘴巴，手往梅雅這邊一揮。托比恩從帽沿下打量她，以生硬的語氣歡迎她來到此地。她的視線沒有離開過路面，強調這件事完全違背她的意志。

他的車上滿是狗臭味，粗糙的灰色獸皮鋪在後座，黃色海綿從其中一塊椅墊下爆出。梅雅坐在座位最邊緣，只敢用嘴巴呼吸。希潔曾說托比恩很有錢，不過就目前狀況來看，這點可能有點誇大。從車站到他家的路上只有陰森森的松林，夾雜著幾片採伐一空的林地。幾座互不相連的湖有如閃耀的淚珠。抵達格林姆翠斯克時，梅雅喉嚨裡彷彿卡了灼熱的鐵球。托比恩一手擱在希潔大腿上，偶爾舉起來朝他覺得有意思的地方比劃——小小的ICA超市、學校、披薩店、郵局、銀行。他看起來對此處深感自豪。沿途的建築物巨大又分散。越往裡開，屋舍間的距離就拉得越大，中間插入樹林、田野、農地。

遠處不時傳來狗吠。副駕駛座上希潔滿臉通紅。

「梅雅，妳看，這裡好漂亮！簡直和故事裡的場景一模一樣！」

托比恩叫她別太興奮，他住在沼澤的另一邊。梅雅不懂他爲什麼要這麼說。前方道路越來越窄，森林從左右逼近。梅雅看著高大的松樹一棵棵往後飛掠，突然難以呼吸。

托比恩的獨棟住處位於一片林間空地上，兩層樓的屋子外牆斑駁，讓人覺得它正往地面陷落。三人下車時，瘦巴巴的黑狗拉扯著鍊子猛吠。梅雅往四下張望，雙腿一陣虛軟。

「到了。」托比恩展開雙臂。

「眞是寧靜又和平。」儘管嘴上這麼說，希潔的語氣中沒有半點喜悅。

托比恩把她們的行李扛進屋，放在髒兮兮的地板上。屋內一樣臭得要命，沉滯的空氣加上煤灰和固著的油脂。包裹著陳年家具的布料已經快被磨穿。棕色條紋壁紙上掛著獸角、有著雕花刀柄的刀具。梅雅從沒看過這麼多刀子，客廳裡到處積滿灰塵，瀰漫怪味。梅雅對不上希潔的雙眼。她把笑容黏在臉上，打算對一切大讚特讚，絕對不會承認自己搞錯了。

地板不再呻吟，取而代之的是鳥叫聲。她這輩子沒聽過如此歇斯底里、令人不安的聲響。她頭頂上的天花板中間高、兩側低，構成一個三角形，數百個木料節孔直盯著她。托比恩站在樓梯上，說她要睡的房間在二樓，叫作三角房，是屬於她的房間。她好久沒有自己睡過，大多時間只能靠雙手來擋住噪音。希潔和她的男人發出的噪音——吵鬧的交媾和爭執。每次都會吵起來，無論母女倆搬到哪裡，這些聲響總是如影隨形。

□

直到車子駛離馬路，輪胎吱嘎作響，萊列才意識到自己有多累。他搖下車窗，狠狠甩自己巴掌，臉頰一陣刺痛。旁邊的位置空無一人。黎娜不見了。開了大半夜的車——她肯定不會贊同這種行動。他又往嘴裡塞了根菸來提神，回到格林姆翠斯克的住處時，他的臉還是熱辣辣的。他把車停到公車站牌旁，平凡無奇的候車亭外殼滿是麥克筆塗鴉和鳥屎。清晨時分，第一班公車晚點才要開出。萊列下車，走向布滿刮痕的木頭長椅。糖果紙和口香糖掉了滿地，夜裡的太陽照亮地上的水窪，但萊列不記得前天下過雨。他在候車亭四周繞了兩圈，站到黎娜以往習慣站的位置，每回他迴轉離去時，她總是站在這裡。他學她一肩靠上髒兮兮的玻璃。目空一切的神情，似乎是想強調這沒什麼大不了的。她第一份眞正的夏季打工，是在阿耶普羅市種雲杉，在秋季開學前賺點零用錢。普通到了極點。

那天他們到得太早，是他的錯。他怕她會錯過公車，第一天上班就遲到。黎娜沒有抱怨，六月早晨很暖，鳥叫聲輕快悅耳。她獨自站在候車亭旁，他用了好多年的飛行員墨鏡反射陽光——她老是向他討這副眼鏡，即便她戴上去半張臉就不見了。她揮了手，大概吧。或許還送了個飛吻給他。這是她習慣的舉動。

那名年輕員警也戴著類似的墨鏡，他一踏入警局，看到萊列和安妮特，便把墨鏡推到頭頂上。

「你們的女兒今天早上沒有搭上公車。」

「不可能。我明明就送她到公車站了！」萊列說。

員警聳聳肩，他的飛行員墨鏡滑下來。

「你們的女兒不在那班公車上。我們問過司機還有乘客了，沒有人看到她。」

當時，員警和安妮特對他投來意有所指的眼神。他感覺得到。他們眼中的譴責狠狠刺穿他，使得他身上所有的氣力全都洩得精光。最後見到她的是他，要負責的是他。他們反反覆覆地提出該死的問題，想知道他究竟是幾點幾分離開、黎娜那天早上的心情如何。她在家裡開心嗎？他們是不是有過爭執？

到最後，他受不了了。他抓起餐桌旁的椅子，朝其中一名員警狠狠揮舞，那個孬種拔腿就逃，忙著呼叫後援。萊列還記得木頭地板貼著臉頰的冰冷觸感，他們把他按在地上，銬上手銬。他還記得被警方帶走時安妮特的喊叫聲。但她沒有幫他說話。當年沒有，現在也沒有。他們唯一的孩子失蹤了，除了他，她沒有可以怪罪的對象。

萊列發動引擎，駛離候車亭。距離她站在那裡，送來飛吻的那一刻已經三年了。三年來，最後見到她身影的人依舊是他。

□

若不是餓得難受，梅雅會在三角房裡待到天荒地老。無論搬到哪裡，她總是對餓肚子沒轍。她推開房門，一手按著肚子，要它安靜點。樓梯好窄，她得踮著腳尖，其中幾階階梯發出吱嘎咕噥聲。要低調行事是不可能的任務。空蕩蕩的廚房沒有開燈，托比恩臥室房門關著，狗兒就趴在門邊，防備地盯著她從面前走過。她打開前門，牠立刻起身，在她反應過來前從她腿間溜出去。牠對著紫丁香花叢撒尿，鼻尖貼著草地轉了好幾圈。

「妳幹嘛放狗出去？」

梅雅沒看到希潔就坐在牆邊的露營椅上。她在呑雲吐霧，身上穿著梅雅沒看過的法蘭絨襯衫。她的頭髮翹得像獅子的鬃毛，從她的雙眼可以看出她根本沒睡。

「牠自己跑出去，我不是故意的。」

「那是頭母狗。」希潔說：「牠叫喬莉。」

「喬莉？」

「嗯哼。」

聽到自己的名字，狗兒馬上有了反應，一會就回到門口露台，肚子貼著深棕色木頭地板，吐出長長的舌頭盯著兩人看。希潔遞出菸盒，梅雅注意到她頸子周圍有些紅色痕跡。

「妳手邊有什麼？」

希潔歪嘴笑了笑。

「少裝瘋賣傻。」

梅雅抽出一根菸，雖然她更想吃點東西。希望希潔別這樣神祕兮兮的。她瞇眼望向樹林，好像看到一些動靜，但她不可能自己跑去一探究竟。她深深吸氣，那股窒息感又來了，就像是被關在什麼地方，孤立無援。

「我們眞的要住在這裡嗎？」

希潔一腳跨到椅子扶手上，露出黑色內褲。她的腳掌焦躁地抖動。

「總要試試看吧。」

「爲什麼？」

「因爲我們沒有選擇的餘地。」

希潔移開目光，收起尖銳喜悅的嗓音。她的眼神迷茫，語氣卻相當堅定。

「托比恩是有錢人。他有房子也有土地，有穩定的工作。我們可以住在這裡，不必擔心下個月的房租。」

「窮鄉僻壤的破屋子說不上是有錢人的房產吧。」

希潔的頸子浮現紅痕，她一手按住鎖骨，似乎是想壓抑它們。

「我走投無路了。」她說：「我病了，不想再窮下去了。我要找個男人來照顧我們，托比恩願意這麼做。」

「妳確定嗎？」

「什麼？」

「他真的願意嗎？」

希潔咧嘴而笑。

「別擔心，我會讓他心甘情願。」

梅雅踩爛抽到一半的菸。

「有東西吃嗎？」

希潔深深吸氣，勾起嘴角，裝出認真的表情。

「妳這輩子沒看過的食物都在這棟破屋子裡呢。」

□

萊列被口袋裡震動的手機吵醒，他坐在紫丁香花叢旁的躺椅上，把手機湊到耳邊，渾身痠痛。

「萊列？你在睡覺嗎？」

「屁啦。」萊列撒了謊。「我在院子裡弄東西。」

「有草莓了嗎？」

萊列瞥了枝葉蔓生的草莓叢一眼。

「還沒，不過快了。」

安妮特的呼吸聲清晰無比，彷彿她正要逼自己冷靜下來。「我把訊息放到臉書上了。星期日的追思活動。」

「追思……？」

「三週年了。你該不會忘了吧？」

他跳起來，椅子吱嘎作響。一股暈眩襲來，逼得他抓住門前露台的欄杆。

「我他媽的當然記得！」

「湯瑪斯和我買了蠟燭，媽媽縫紉班印了幾件T恤。我們打算從教堂出發，一起走到候車亭。如果你想說幾句話可以先準備一下。」

「才不用準備，我想說的都在腦子裡。」

安妮特的語氣透出厭倦。「爲了黎娜，我想我們和睦一點比較好。」

萊列揉揉太陽穴。

「是要我們手牽著手嗎？妳和我，還有湯瑪斯？」

深深的嘆息震盪他的耳膜。

「星期日見。對了。」

「啊？」

「你又半夜開車出去了嗎？」

他翻翻白眼，太陽被雲層遮住了。

「星期日見。」說完，他切斷通話。

現在是十一點半，他在院子的躺椅上睡了四小時，已比他平常的睡眠時間還要長了。他抓抓後腦勺，看到指甲縫裡卡著蚊子叮出來的血。他回到屋內，丟咖啡下去煮，在廚房水槽洗臉。他拿下午茶用的亞麻布巾擦臉，幾乎聽見安妮特的抱怨聲。細緻茶巾的用途是擦拭瓷器與玻璃杯，不該用在布滿鬍碴的臉上。該由警方負責尋找黎娜，而不是他這個滿心執念的父親。安妮特甩過他巴掌，尖叫說都是他的錯，他該看著她搭上公車；是他讓她失去女兒。她又捶又抓，他好不容易握住她的雙臂，用最大的力氣擁抱她，直到她放鬆下來，癱在他懷裡。黎娜失蹤那一天，他們最後一次觸碰彼此。

安妮特向外尋求解答，找上朋友、心理醫生、報社記者。身為職能治療師的湯瑪斯總是穩如磐石，以溫暖的懷抱和硬挺的老二迎接她。他願意傾聽，也有辦法矇混逃避一切的問題。安妮特灌了安眠藥和鎮定劑，使得她無法專注，忘記要如何閉嘴。她在臉書上開了粉絲頁，獻給失蹤的黎娜，召開聚會，還接受那些令他寒毛直豎的訪談。兩人婚姻中最私密的細節。那些他一點都不希望外人知道的黎娜的種種。

至於他呢，他不對任何人開口。他沒有時間。他要找到黎娜。唯一有意義的就是尋找。開車跑遍白銀之路的旅程從那年夏季開始。他掀開每一個垃圾桶蓋，赤手空拳鑽進每一處窪地、沼澤、荒廢的礦坑。回到家，他抱著電腦看網路論壇上長長的討論串，看大家對黎娜的下落發表各種看法。五花八門、令人作嘔的猜測：離家出走、遭到謀殺、綁架、分屍、迷路、溺斃、被車輾死、墜入風塵……還有許多他不敢多想的惡夢情境。他幾乎每天打電話到警局，惡狠狠地叫他們好好辦事。他不吃不睡，在白銀之路上度過無數日夜，帶著髒衣服和滿臉莫名擦傷回家。安妮特不再過問。當她投入湯瑪斯的懷抱時，他有些慶幸，如此一來，他就可以全心投入搜索任務了。他的人生只剩下這件事。

萊列端著咖啡到電腦旁，螢幕保護程式上的黎娜對他微笑。房裡的空氣沉悶無比，百葉窗拉下，陽光從隙縫間透入，照亮飛舞的灰塵。窗台上有個半死不活的盆栽。每一個角落都在教訓他的淪落與處境。他登入臉書，馬上就看到黎娜追思活動的貼文。一百〇三個人按讚，六十四人登記參加。黎娜，我們好想念妳，永遠不會放棄希望。她的一個朋友留了這句話，加上一堆驚嘆號和哭泣的表情符號。五十三個人對這則留言按讚。安妮特・

古斯塔森是其中之一。不知道她什麼時候會改掉姓氏。他繼續點擊，略過詩句、照片、憤怒的留言。知道黎娜出了什麼事的人！你現在該告訴大家眞相了！氣紅了臉的表情符號。九十三個讚，二十則留言。他登出臉書，這個社群網站只讓他情緒低落。

「你爲什麼不多參與一點呢？」安妮特曾經纏著他，要他多用臉書。

「參與什麼？線上告別式？」

「他們都很關心黎娜啊。」

「我不知道妳是怎麼想的，我的重點只有找到黎娜，不是替她哀悼。」

萊列小口小口喝咖啡，登入Flashback論壇。關於黎娜的討論串沒有更新，最後一筆留言是去年十二月，對方的暱稱是「尋求眞相者」。

警方要好好清查那天早上使用白銀之路的大貨車駕駛。看看加拿大和美國的案例，大家都知道那是連續殺人犯最愛的職業。每天都有人在高速公路附近失蹤。

Flashback論壇上二〇二四名使用者似乎一致認定黎娜在公車抵達前搭上便車，被壞人綁架。警方也提出相同的理論，只是措辭不太一樣。萊列打了一輪電話，詢問快遞和貨運公司在黎娜失蹤的時段，有哪些司機經過這一帶。他甚至約了幾個人見面，搜過他們的車子，把他們的名字交給調查小組。然而他們都沒有半點嫌疑，也沒看到任何線索。警方討厭他的死纏爛打。這裡是諾爾蘭，不是美國。白銀之路不是州際高速公路，不會有連續殺人犯潛伏在此處。

他離開電腦桌，捲起袖子。衣服染上濃濃的菸味。他面對瑞典北部的巨幅地圖，盯著散落在內陸區塊內的圖釘。他又從辦公桌抽屜裡拿出一枚圖釘刺入地圖，標出他昨晚去過的地方。在踏遍每一吋土地、巡過每一條道路死巷、翻過每一片林間空地前，他絕對不會放棄。

他染血的指甲劃過地圖，搜索下一個目標。他把路徑存入手機，拎起鑰匙。他已經浪費太多時間了。

□

希潔眼中閃著狂熱的光彩，彷彿世上沒有行不通的事情，彷彿森林裡的破屋呼應了她的祈禱。她的嗓音拉高兩個八度，清晰又悅耳。字句滔滔不絕地從她口中冒出，彷彿時間不夠她說出一切似地。托比恩似乎聽得很樂，心滿意足地靜靜聽希潔說個不停，說她在他身邊有多快樂，稱讚他的屋子，從地板的花紋到窗簾上的巨大印花。當然她沒漏掉包圍著他們的自然景色。彷彿這是她夢寐以求的一切。她大張旗鼓地挖出畫架與筆刷，信誓旦旦地說她要畫出畢生傑作，幸好有這格外明亮的夏夜。她的靈魂在清新的空氣中安歇，在這裡，她才真正有辦法創作。嶄新的狂喜使得她過度奔放。每一次爆發都伴隨著無數親吻、撫摸、擁抱，而這一切只讓梅雅背脊發寒。這份狂熱一向都是地獄的開端。

第二天晚上，藥丸進了垃圾桶。梅雅盯著混在馬鈴薯皮和咖啡渣之間，吃了一半的鋁箔藥包。無害的繽紛糖衣包裹著強大藥力。化學引起的小小奇蹟能夠驅散瘋狂與黑暗，救人一命。

「妳幹嘛把藥丟掉？」

「不用再吃啦。」

「誰說的？妳和醫生談過了嗎？」

「幹嘛對醫生說？我很清楚自己不用繼續吃了。我在這裡找到了歸宿。現在我終於掌握了自己的本質，黑暗找不到我。」

「妳知道妳在說什麼嗎？」

希潔尖笑幾聲。

「妳別瞎擔心了。梅雅，妳要學會放鬆啊。」

在明亮的漫漫長夜裡，梅雅盯著裝滿家當的背包。她可以偷點錢，搭火車回到南部，住在朋友家找工作。若有必要就向社福單位求助。他們知道希潔是什麼德性，能把自己糟蹋到什麼地步。但她明白自己做不到，她得盯著滿口廢話的希潔。

我從沒呼吸過這麼清新的空氣！

這麼安靜眞是太棒了！

可是梅雅不知道寂靜爲何物。完全相反，從森林裡傳出的聲響淹沒了一切。晚上更嚴重，蚊子嗡嗡飛舞，鳥兒吱吱喳喳，夜風狂號、把雲杉吹得挺不起腰。樓下的吵鬧聲就更不用說了。尖叫、喘息、虛假的呻吟。大多是希潔的聲音，托比恩含蓄多了。等到他們安靜下來，只剩托比恩的鼾聲在房裡迴盪，梅雅才敢下樓到廚房喝一點希潔的葡萄酒。她得藉由酒意抵擋明亮的夜色。

□

萊列在夏季無法入睡。這幾年根本做不到。都怪永不沉沒的太陽，源源不絕的日光穿透漆黑的百葉窗縫隙。都怪整夜高唱的鳥兒，還有每當他的腦袋碰上枕頭就會出現的蚊子。他怪罪一切，除了真正害他睡不著的元凶。

他的鄰居坐在院子裡歡笑，餐具鏗鏘作響。他垂下頭走向車子，避開他們的視線。他讓車子滑行一段才發動引擎，不想讓他們聽見。不過他相信左鄰右舍都知道他每到傍晚就消失得無影無蹤，都看過他的富豪轎車在最安靜的夜裡輾過碎石子路。車外的小鎮無聲無息，屋舍被深夜的太陽照得發亮。他開過自己服務的學校，儘管過去幾年他請了太多假，實在再也不敢厚著臉皮自稱是老師。接近候車亭時，太陽穴的脈搏突突跳動。腦中滿懷希望的小惡魔期盼能在此見到黎娜，雙臂抱在胸前，等著，正如他離開她的那一刻。三年過去了，那座該死的候車亭依舊在他心頭縈繞不去。

警方的看法是，行駛在白銀之路上的司機把車停到站牌邊，綁架了黎娜。對方可能是假意要送她一程，或是強押她上車。沒有目擊者能證實這論點，但也沒有其他可能性了。不然她怎麼能在一瞬間消失得無影無蹤？萊列大約在五點五十分讓黎娜下車，根據司機和乘客的說法，公車在十五分鐘後抵達，當時黎娜已經不見了。最多十五分鐘的空檔。

他們仔仔細細地搜過整個小鎮，大家都來幫忙。他們在每一座湖、每一條河裡打撈，組成搜索隊往四面八方依序尋找。來自全國的搜救犬、直昇機、志工都來了。但就是沒有黎娜。他們一直沒有找到她。

他拒絕相信她已不在人世。在他心目中，她還活得好好的，如同他載她到公車站的那天早晨。有時候他會接受記者或是不得要領的陌生人詢問。

你覺得你的女兒還活著？

對。

開往阿維斯喬爾的半小時車程中，萊列抽了三根菸。他走進加油站時，員工正準備打烊。奇本背對著他拖地，光頭在螢光燈管下閃閃發亮。萊列悄悄走到咖啡機旁，往紙杯裡裝了滿滿的咖啡。

「我還在想你跑哪裡去了呢。」

奇本壯碩的身軀倚著拖把。

「特別幫你沖了新鮮的咖啡。」

「乾杯。」萊列說：「生意如何？」

「你也知道，有飯吃就要偷笑了。你呢？」

「還在呼吸。」

奇本接過香菸錢。他沒向萊列收咖啡錢，還多給他一顆隔夜的肉桂麵包。萊列剝下乾巴巴的麵包，沾著咖啡吃掉，奇本繼續拖地。

「看來你今晚又要開車出門。」

「對，我要出去。」

奇本點點頭，一臉感傷。

「週年紀念日快到了。」

萊列垂眼盯著帶了點濕氣的地板。

「三年了。有時候感覺就像昨天，有時候又覺得好像過了一輩子。」

「警察都在幹嘛？」

「我他媽的也想知道。」

「他們沒有放棄吧？」

「沒有半點進展，不過我會繼續施壓。」

「很好。如果你需要幫助，隨時都可以來找我。」

奇本將拖把泡進水桶，擰乾。萊列把菸盒塞進口袋，麵包頂在紙杯上，另一手拍拍奇本的肩膀，走出加油站。

奇本從一開始就陪著他。黎娜失蹤後的幾天內，他翻遍加油站所有的監視攝影機，截出事發前後的影片、尋找黎娜的蹤跡。要是有人載她一程或是把她擄走，對方可能會停車加油。他們一無所獲，但萊列覺得奇本沒有放棄，就算過了那麼久。像他這樣有情有義的朋友，已經很少見了。

萊列回到駕駛座上，最後一片麵包往咖啡裡沾了沾，邊吃邊研究加油站位置。他曾計算過綁架犯在油箱全滿的狀況下，能從格林姆翠斯克開到哪裡。依車款而定，他們有可能開進山區，甚至一路開到挪威邊境。前提是沒有離開白銀之路。他們也可能轉到渺無人煙的小路。超過十二個小時，一直到晚間才發現她失蹤了，所以綁匪（或許不只一人）已搶先他們好幾步。他往牛仔褲上抹抹手，點起一根菸，轉動車鑰匙。他離開阿維斯喬爾，獨自開進林間，搖下車窗，吸進松樹的氣味。倘若樹木會說話，他就有數千名目擊者了。

白銀之路像是大動脈，聯繫其他深入鄉間的血管和微血管。其中有廢棄的伐木道路、雪地機車壓出的軌跡、通往廢村或是萎縮聚落的小徑。途中看得到河流、湖泊及在地面上和地底流動的細流，還有無底的漆黑冰斗湖。在這種土地上尋找失蹤者要耗費一輩子的時間。

聚落和旅人之間有好長的距離。偶爾被人超車時，他會心跳加速，彷彿是期待能在照後鏡裡看到黎娜的身影。他把車停到公路旁的緊急停車區，掀起垃圾桶蓋，無論重複過多少次，他每回都是屏息以待。他永遠無法習慣。抵達阿耶普羅前，他轉到一條微血管上，那條路充其量只是冷杉林間的兩條輪胎印。萊列一邊抽菸，雙手抓著方向盤，幽魂般的薄霧浮起，他瞇眼就著微弱光線判斷自己身在何處。這條路窄到無法迴轉，假如他想回頭的話就得一路倒車。萊列不喜歡倒車。車輪輾過叢生的雜草，掀起塵土，落在他衣服上。他繼續前進，直到林間出現建築物，已經解體的屋子只有窗台還屹立不搖。原本的門窗只剩下空蕩蕩的黑洞。再往前還有一棟幾乎被森林吞噬的房屋骨架，再一棟。數十年無人問津的廢墟。萊列在聚落間停妥車，坐了一會，吸飽氣，從前座的置物盒取出貝瑞塔手槍。

□

梅雅早就學乖了，她知道要離希潔的男人越遠越好，避免和他們獨處，因爲她知道他們的目標往往不只是希潔。他們喜歡貼著她、猛拍她的背、偷捏她胸部——在她長出胸部前，這種騷擾早已多不勝數。

可是托比恩從沒碰過她。她在抵達此處的第三天晚上察覺此事。當時她下樓到廚房，發現裡頭只有他一個人，捧著咖啡碟大口喝咖啡。她悄悄經過他身旁，像是沒看到他似地溜到後院露台。梅雅才剛點起菸，他就探頭問她要不要來點宵夜。他滿臉皺紋，她這才發現他比想像中的還要老，比希潔大上好一截。老到可以當她爺爺了。

他鑽回屋內，她聽見他一邊抽菸，一邊吹口哨。她直盯著森林，想以視線將它逼退。她不懂怎麼會有人自願住在這種地方。惱人的輕細騷動從陰影浮動的枝葉間飄出，霉味自地板下浮起，狗兒跑來窩在她腳邊，爪子敲出咚咚聲，粗糙的皮毛貼著她的腳趾。牠不時抬頭望向森林，彷彿是聽到深處的什麼聲響，惹得梅雅心臟一縮。最後她忍不住了，廚房裡的陌生人比看不見的事物要好多了。

托比恩在桌上放了咖啡杯、麵包、起司、火腿。

「我手邊就這點東西。」

梅雅在門口猶豫幾秒，瞥向臥室，希潔還在裡頭睡著，視線又回到餐桌上。

「有麵包就很不錯啦。」

她坐進托比恩對面的位置，雙眼沒有離開布滿刮痕的桌面。一台裝著巨大鏡頭的相機放在她眼前，垂落的揹帶幾乎碰到地面。

「你是攝影師嗎？」

「喔，只是玩玩而已。」

托比恩倒出熱騰騰的咖啡，蒸氣宛如薄紗般懸在兩人中間。

「妳喝咖啡吧？」

梅雅點頭。自有記憶起，她就在喝咖啡了。不是咖啡就是酒，但她不會對外人承認這件事。軟綿綿的白麵包在她舌尖融化，她吃了一片又一片，突然餓到無法控制。托比恩似乎沒有注意到，他面向窗外向她搭話，朝外頭比劃。他向她介紹林間小徑和庭院角落的木頭棚屋，裡頭收著腳踏車、釣竿，還有其他或許她有興趣的器材。

「想用什麼就隨意吧。妳要知道，現在這裡就是妳的家了。」

聽到這句話，梅雅頓時難以嚥下嘴裡的麵包。

「我沒釣過魚。」

「沒關係。我這陣子可以教妳。」

她喜歡他笑得臉皺成一團的模樣，也喜歡他說起話來生硬的節奏。他只掃了她一眼，似乎是不想給她壓力，讓她能安心續杯，儘管這意味著她得要伸長手拿桌子另一端的咖啡壺。梅雅知道這麼晚了不該喝咖啡，不過太陽整夜照耀，橫豎她也睡不著。

「哎呀，你們眞是享受啊。」

希潔站在門邊，身上只有一條內褲，下垂的乳房在強光下呈現屍體般的蒼白。梅雅別開臉。

「過來和妳女兒一起吃點東西吧。」

「喔，要是不好好盯著，梅雅可是會吃得你傾家蕩產。」

希潔尖銳的嗓音令梅雅胃部一抽。她移動到廚房抽風機旁，點菸，深深吸了一口，彷彿想把菸吸進腳底板。梅雅看著希潔的身影映在座鐘玻璃上，她眼中的光彩，在她皮膚下起伏的肋骨。不知道停藥後她的症狀有沒有減緩，但梅雅不敢在托比恩面前問起。他把咖啡壺遞向希潔。

「我在對妳女兒說她可以四處看看。如果想去湖邊或是到鎮上的話，我這裡有腳踏車。」

「梅雅，聽到了嗎？妳要不要出去逛逛？」

「晚點吧。」

「妳還有什麼事要忙？騎腳踏車去鎮上看有沒有和妳差不多年紀的小孩。」

希潔捏爛菸盒，從皮包裡抽出一張二十克朗，遞給梅雅。

「去買個冰淇淋什麼的。」

「這麼晚了不會有店家開著。」托比恩說：「不過小孩子還是會在鎮上亂跑。他們很歡迎新朋友加入。」

梅雅不情願地起身，接過紙鈔。希潔跟著她到門外。

「托比恩需要一點獨處時間。」她說：「妳可以出去幾個小時吧？去找點樂子吧！」

她湊過來，嘴唇擦過梅雅的臉頰，又塞了兩根菸給她，關上後門。梅雅愣愣地盯著門板。背後的樹林嘲笑似地沙沙作響。她感覺到沉積已久的憤恨在肚子裡翻攪。希潔不是第一次把她丟出門外了，但她發誓這會是最後一次。她緩緩轉身，瞬間意識到屋外只有她和這片森林，而她怕的就是這個。

□

他刻意造訪各處廢墟，坍倒的屋舍、被雜草覆蓋的小徑。來自凱米的芬蘭千里眼超能力者說他女兒就在這種地方。密林與廢棄的木造房屋之間。萊列沒空與那個千里眼瞎攪和，可是他已無計可施，只能抓住那些稻草。

踏上門階時，他慶幸這陣子太陽不會下山。門板掛在生鏽的鉸鍊上，他彎腰鑽進屋內，走過連聲抗議的老舊地板，處處是潮氣和時光的痕跡。他的視線掃過廚房裡發霉的沙發、木造爐子、纏滿蜘蛛網和灰塵的燈罩。某些屋裡空無一物，有的則像是屋主倉促離去，架上還放著瓷器，裱框的格言掛在牆上。

在我最窩囊的時刻狠狠愛我，因爲那是我最需要的時刻。

重點不是屋子有多大，而是這個家有多快樂。

感謝我們每日獲得的一切。

他並不意外這些陳腐的格言沒被屋主帶走。他想像冬夜裡那些臉頰圓潤的女眷圍繞煤油燈，手執針線，不知道這些簡單的文字是否撫慰了她們的精神，還是說只有他感受到其中的諷刺。

深夜的太陽射穿空蕩蕩的窗框，在滿地灰塵上畫出幾何圖案，野鼠和野兔的糞便就藏在塵土下。他走進臥室，往床下、衣櫃裡探看，以最快的腳步踏過脆弱的地板。等他巡到最後一間屋子，耳際猛烈的心跳聲已平息下來。快結束了，再一會就能平安回到車上。最後這間屋子的保存狀況好一些，玻璃窗和屋瓦都還在原處。前門卡住了，他使出全身力氣拉扯，門鎖突然鬆開，害他往後摔倒。他在寂靜中高聲咒罵，爬起來，牛仔褲濕了一片，尾椎傳來灼痛。他回頭瞄了一眼，確定沒有人站在空無一物的屋外嘲笑他。

他還沒踏上門階就遭到臭氣襲擊。令人窒息的死亡與腐朽氣味。他猛然退開，差點又跌了一跤。他按住插在褲腰上的手槍，迅速打開保險。車子停在背後五十公尺外，被枝葉擋住一半。他思考是否要逃回去，爬上駕駛座，把這一切全都忘記。忘記該死的芬蘭千里眼，以及這些被人遺忘的黑暗廢屋。但他沒有逃走，只是掩著口鼻，一手舉槍，跨入屋內。空中灰塵飄舞。裡頭的臭味濃到幾乎難以忍受，胃液湧上喉頭。他在陰暗中摸索，牆上一張張人臉對他燦笑，一幀幀黑白照片釘在被水泡爛的壁紙上。金髮小孩露出缺牙的笑容，一名黑眼女子身穿黑色連身裙。萊列轉頭，瞇起眼，陽光照亮滿屋灰塵。布滿煤灰的壁爐，幾張修長的三腳椅子，鋪著防水花布的餐桌。桌下有一團鼓起的形體。

那是一隻田鼠。屍體已經腫脹不堪，尾巴纏繞著自己的身軀。萊列放下槍，退了回去，走過滿牆笑臉，穿過前門。他衝回車子旁，雙手撐著膝蓋，大口吸進森林的氣息。腐臭味浸透他的鼻腔黏膜。握著方向盤上路時，他依舊聞得到那股氣味，彷彿來源就是自己體內。

□

梅雅只穿著涼鞋，杉樹毬果和樹根卡進薄薄的鞋底。她爲了不讓希潔看到她的淚水而衝進森林，跑了一小段路，停下腳步，對抗急促的喘息。她無法控制呼吸節奏，四面八方的枝葉騷動不停，搖晃摩挲，像是要抓住她似地掃過她的手臂。狗兒跟了上來，卻不斷鑽進灌木叢裡不見蹤影。她眞希望手中握著牽繩，把牠綁在自己身邊。耳道裡的心跳聲無比響亮，但她不知道自己究竟在怕什麼，是樹木間的陰影、野生動物，或者只是害怕這份孤寂。她沒造訪過這樣的森林，就算放聲尖叫也不會有任何人聽見。顯然這些樹木都頗有年紀，沒有人理會，逕自長得挺拔蓊鬱。松樹厚實的灰色樹皮表面長滿毛茸茸的地衣，看上去好似熊皮。她仰望樹冠，深刻感受到自己有多麼渺小，不禁一陣暈眩。這是適合消失的地方。

她走到本地人稱爲沼澤的湖邊，先前在車裡隔了一段距離，現在走近一些才發現它比想像中還要大。她繞著湖岸走了一小段，地面泥濘不堪，低矮的樺木垂下枯瘦的樹枝刮過湖面。狗兒從樹叢裡竄出，喝了幾口湖水。梅雅坐到大石頭上，脫掉涼鞋，腳掌泡進水裡，又迅速收了回來。她把腳縮到石頭上，覆在上頭的黑色浮藻讓她聯想到乾涸的血跡。狗兒再次動身，她匆忙跟上。被雜草覆蓋的小徑鑲在湖邊，不時被傾倒的樹木、涓涓細流橫斷。她有點餓了，不知道已經走了多久，不知道現在回家的話會不會打斷那兩人的好事。她點了一根菸，吸了一大口煙霧來壓抑飢餓。

就在梅雅站著抽菸時，一陣聲響傳來。跑在前頭的狗兒吠叫示警。她加快腳步走上前，穿過一片枝椏，看到幾個人坐在湖邊。他們生了火，一縷白煙幽幽飄向天際。從此起彼落的笑聲聽得出他們都是男性。他們親切地向狗兒打招呼，轉身望向她。她失手掉了菸，裝作若無其事地彎腰撿起，吸了一大口。她知道自己的臉漲得通紅。他們都是小伙子，坑坑疤疤的臉龐，突出的喉結隨著吞嚥動作上下滑動。其中一人起身走向她。

他修長的手臂靜不下來，臉上的表情難以解讀。她只看到對方凝視著她的雙眼。他靠得很近，她連忙後退。他像是要握手似地伸出手，卻奪下她手中的菸，丟進水裡，視線從未離開她。

「搞什麼鬼？」

「像妳這種好女孩不該抽菸。」

「誰說的？」

「我說的。」

火堆旁傳來笑聲。

「你又是誰？」

他色素淺淡的雙眸閃過調皮的光彩，梅雅發現他是在開玩笑。

「我叫卡爾─約翰。」

他在牛仔褲上擦擦手，伸向她。他掌心粗糙的皮膚布滿厚繭。

「梅雅。」

他向同伴歪歪腦袋。

「他們是帕爾和葛倫，只是臉長得兇了點，人挺好的。」

兩人朝她點點頭，顯得有點靦腆。這三人頂著同樣金棕色頭髮，身穿同款T恤與牛仔褲。

「你們是兄弟嗎？」

「大家都以爲我是大哥。」卡爾─約翰說：「不過完全相反。」他從腰間的刀鞘抽出小刀，指向火堆。「來吧，我們正要開始煮東西呢。」

梅雅遲疑了下。狗兒已經趴到三人身旁，眼中只有他們手中的鮮魚。她瞄了通往托比恩家的小徑一眼。青苔上的陽光看起來好溫暖，這座森林突然間沒有那麼可怕了。

□

他在阿布特拉斯克北方轉彎，不顧黎娜的抗議，開上另一條林間小徑。

「今晚已經夠了吧。」

「再一個地方就好。」

彈起的碎石子敲打車底，兩側的濕地反射陽光。蒸氣從青苔表面飄起，彷彿下面的土地正在呼吸。開了幾公里，他看到被藻類染黑的冰斗湖，兩側岸邊各有一棟廢屋。

他叼著菸，雙手持槍，槍口指著地面，濕答答的雲杉樹枝在他的牛仔褲留下一塊塊污漬。他根本無法想像自己對任何人開槍，不知自己爲何帶著槍，但也不希望自己毫無防備。

第一棟屋子瀰漫著熟悉的木頭腐敗和廢棄的氣味。長長的蜘蛛絲從一面牆延伸到另一面牆，掃過他的頭髮。他穿過積著厚厚灰塵的房間來到嵌入牆面的床鋪旁，跪下來往狹窄的鋪位下探看，只找到綠色的釣魚工具箱，裡頭裝滿魚鉤和亮晶晶的魚餌。在起居室裡，他打開燒柴爐的門，翻動灰黑色的焦炭。空蕩蕩的柴薪籃前面鋪著斑駁的棕色地毯，嚴重磨損的布料上有幾枚泥腳印。萊列彎下腰，摸摸那些印子，冰冰涼涼，還帶著水氣。有人早他一步來過這裡，帶來新鮮的泥巴。

萊列背對爐子蹲下，舉起槍口。他隔著油漆龜裂的窗框，往窗外一瞥，冷杉隨風搖曳。他一動也不動，直到心跳放慢，思緒恢復清晰。還有其他人在森林裡活動。還有其他人爲了取暖或是研究、遮風避雨，找上這些破屋子。沒什麼大不了的。

他走出屋外，繞過冰斗湖，炫目的白色睡蓮懸在漆黑水面上。不知道這水有多深，這片冰斗湖究竟有沒有底，能不能把它抽乾。他把菸屁股丟進水裡，頓時後悔來到這裡。四周土地像是柔軟的沼地，輕輕鬆鬆就能吞噬一個人。蚊子的嗡鳴越發響亮，他又點了一根菸來驅蚊。第二棟屋子的狀況好一點。外牆殘留著黃色油漆，前門乖乖敞開。然而還沒走出幾步路，一把獵槍就抵住了他的頸子。

他舉起雙手，僵立不動，整個房間在他四周搏動。他聽見自己的心跳，以及背後那名男子的呼吸聲。

「你是誰？」男子的嗓音極輕。

「我叫萊納特・古斯塔森。拜託不要開槍。」

槍口陷入他的皮膚，萊列口中滿是膽汁的苦味。手槍落地，他聽見男子伸腿把槍踢開。貼著頸部的槍管持續加壓，力道大到他幾乎要跌倒。萊列緊閉雙眼，看到黎娜對他眨著美麗的藍眼睛。她的語氣帶著譴責。*我是怎麼說的？*

□

清掉內臟的魚插在木棒上燒烤，黑色鱗片閃閃發亮，丟到石頭後的內臟成了狗兒的零食。他們用湖水沖掉滿手血腥。梅雅沒吃過烤鱸魚，魚肉在手上如同乾麵包般散開、在她舌尖像奶油似地融化，令她驚歎不已。這三個小伙子話很少，投向她的視線卻是無比吵雜。他們的目光讓她忸怩不安，太過在意自己的一舉一動，雙手將頭髮往後撥，不知該如何是好。

每當她迎上卡爾—約翰的雙眼，他就會對她微笑。他的牙齒很漂亮，下巴中央有一條凹痕。被人直盯著別說是吃東西了，做什麼都不對。

顯然這三人之中，他負責領頭，代表另兩人發言，而他們點頭表達支持，在必要時刻笑個幾聲、說幾句垃圾話。他比較高，但沒有另兩人壯，面容討喜，帶著可親的稚氣。他堅持要她再吃一條魚，說她的口音像是從斯德哥爾摩來的。

「我待過很多地方。」梅雅裝出莫測高深的模樣。「還沒有學會哪裡的方言。」

「那妳怎麼會來到格林姆翠斯克？」

「我媽想搬來這裡。」

「爲什麼？」

「她在網路上認識了一個人。他在這裡有房子。這是我媽畢生的夢想，在森林裡過著簡樸的生活。」

梅雅感覺血液湧上臉頰。她不喜歡提到希潔，但她的眼角餘光捕捉到卡爾─約翰對她笑得燦爛。

「感覺妳母親很有智慧啊。」

「是嗎？」

「沒錯。以現在的時勢來看，日子過得越簡單越好。」

他靠了過來，兩人的肩膀和膝蓋相觸。在他身旁，她覺得自己好嬌小，但他的語氣柔和，幾乎像在唱歌似地，如同毒藥般流遍她全身。而且他看到了她。眞的注視著她。

「你們都在半夜跑出來嗎？」

「魚都在這時候上鉤。」

卡爾─約翰朝著沼澤點點頭，明亮的天空映在水面上。

「妳呢？這麼晚了在外面做什麼？」

「我睡不著。」

「人死掉就可以安眠了！來游泳吧！」

卡爾—約翰脫掉T恤，露出被太陽曬成古銅色的結實身軀。

彷彿是聽到號令，另兩人也脫了上衣，隨他下水。只有梅雅留在火堆旁，可是卡爾以悅耳的嗓音引誘邀約，直到她繳械投降。她沒有脫衣服，直接踏入冰冷的湖水，把肩膀泡進水裡，儘管這水冷到她以爲自己的心跳要停了。之後，他們爬到懸在湖面上的岩石上擦乾身體，狗兒黏著卡爾—約翰不放，彷彿感覺到他是老大。她想到以前住在拉霍姆的某個農夫家裡時，希潔曾說：可以信任對動物有一手的人。

「你們住在鎮上嗎？」她跟著三人躺平曬太陽。

「不是，我們從斯瓦提登來的。」

「那在哪裡啊？」

「離這裡大概十公里吧。」

年紀最大的葛倫不斷捏爆臉上的青春痘，梅雅努力移開目光。

「這個國家要毀了。」他說：「斯瓦提登是我們的避風港。」

「你們要避開什麼？」

「一切。」

在寂靜中，他的回應顯得別有深意。二哥帕爾拿鴨舌帽蓋住眼睛，一言不發。梅雅斜眼瞄向卡爾—約翰，看到他對著她笑。

「妳一定要親自來看看。也帶妳媽一起來吧。既然妳們追求簡約的生活，一定會愛上斯瓦提登。」

梅雅摸了摸希潔給她的最後一根菸，好想點燃，但她沒有。

「你們好怪。超怪的。」

他們被她的評語逗笑了。

卡爾—約翰堅持送她回去，她對此感激萬分，這樣就不必獨自穿過森林了。小徑很窄，他們得排成一列，她感覺到他灼灼目光射向她的後頸。狗兒走在最前頭，尾巴左右掃過雜草。梅雅夾在中間，思索究竟該說什麼好。男孩子通常對她沒興趣，她太安靜又不夠堅定。他們喜歡會打情罵俏、被他們的笑話逗得花枝亂顫的女孩子。她講話不好玩，也不會尖聲大笑，怎麼裝都顯得虛假。她懂他們的眼神。這樣行不通的。

可是卡爾—約翰沒有說玩笑話，只是走在她背後，聊起他們在農場養的動物。乳牛、山羊、狗兒。斯瓦提登什麼都有，他說了好幾次，語帶驕傲。每當她回頭，都會迎上他無比認真的眼神、超齡的氣質。一股刺麻感沿著脊椎往下爬，幸好陽光強到她得要瞇起眼睛。顯然他安於自己的本質。和她完全不同。

她想到希潔，想到她是如何半裸著四處走動，一邊喝酒一邊吐出那些話語。梅雅羞愧得臉頰發燙，在樹林邊緣停下腳步，從這裡只看得到屋頂和三角形小房間的窗戶。就算她有這個意思，也無法邀請他進屋，有希潔在就不行。

「我媽病了，你不能跟我進去。」

他離得很近，她聞到湖水和魚腥味，魚血在他的T恤上凝結成黑色斑塊。現在她看清他的睫毛，顏色淡到幾乎沒有存在感。他低頭看著她，使得她胃裡一陣煩亂。她看見他鎖骨上的皮膚隨著每一次心跳震動。

「再見囉。」他說。

她得要揪著狗兒的後頸，牠才不會跟著他回去。他消失在森林裡，牠可憐兮兮地哀叫，害她也想哭了。

□

「轉過來，讓我看到你的臉。」

萊列憋住呼吸，很慢很慢地轉身，直到槍口抵住他的肚皮。持槍男子與陰影化爲一體，糾結的頭髮掛在肩上，蓬亂的大鬍子垂到胸前。他骯髒的臉上嵌著銳利雙眼，披掛在身上的衣服縫線磨得厲害，T恤裂了一大塊，露出蒼白的皮膚，渾身散發森林、汗水、柴火混在一起的酸臭味。他放下獵槍，視線沒有離開萊列。

「你來這裡幹嘛？」

「抱歉。」萊列應道。「我不知道這裡有人住。我是來找女兒的。」

「你女兒？」男子的反應活像是聽到陌生的詞彙。

「對。」

萊列放下左手，從外套內袋翻出黎娜的照片，拿到男子面前。

「她叫黎娜，快二十歲了。她已經失蹤三年。」

蓬頭垢面的男子湊上前仔細研究照片。萊列伸直的手臂緊張地微微顫抖。他盯著男子掛在身側的獵槍。

「沒看過。」男子終於開口。「她在這一帶失蹤的嗎？」

「她是在格林姆翠斯克的公車站失蹤的。」

「這裡離格林姆翠斯克很遠。」

「我知道，但我一路查到這裡。」

男子的眼白在微弱的光線中閃爍。

「我只能對你說她不在這裡。」

萊列把照片收回口袋裡。

或許是因爲太過緊綳，他眼眶突然濕了，連忙清清喉嚨，忍住淚意。

「抱歉打擾到你，我以爲這裡已經沒人住了。」

他走向前門，走向帶著水氣的陽光，還沒踏出門外，又被低沉的嗓音叫住：「要喝杯咖啡嗎？」

萊列坐上搖搖晃晃的木頭椅子，鬍鬚男放下獵槍，用髒手量出咖啡粉。窗戶蓋上深色帆布，桌上一盞油燈將微弱的光線投向松木牆面。從男子的行動力和T恤破洞下的肌肉來看，萊列判斷他的眞實年紀比外表年輕許多。

「抱歉拿槍指著你。」男子說：「你嚇到我了。」

萊列已撿回自己的手槍，放在隨手摸得到的地方。

「我以爲屋裡沒人。方便請問你的名字嗎？」

「派翠克。」男子猶豫幾秒才回答。「大家叫我派特。」

「你住在這裡？」

「偶爾。經過這一帶的時候。」

「這裡沒多少人經過。」

派特笑了笑，牙齒在黑暗中發亮。

他往兩個錫杯裡倒咖啡，將其中一個杯子遞給萊列。裡頭的液體和瀝青一樣濃稠，不過在充滿霉味的空氣中聞起來美味極了。

「你怎麼會找到這裡？」

「只是碰巧。我沿著白銀之路找了三年，每一條岔路和林間小徑都找過了。」

「找你女兒？」

萊列點頭。

「警察沒有幫忙嗎？」

萊列掏出一盒菸，往嘴裡塞了一根，也遞了一根給派特。

「警察都是垃圾。」

派特理解似地點點頭。兩人點起菸，用咖啡和菸草填滿寂靜。萊列望向年輕男子，看著他把煙深深吸進肺裡，憋住。他鼻孔周圍的皮膚有些紅腫、不時抽動，除此之外，他看起來已經冷靜下來。

「你在這裡做什麼呢？」

派特抬起頭，隔著一縷縷煙霧凝視他。

「我也是來找人的。」

「找誰？」

派特起身，走進隔壁房間。萊列盯著靠在牆邊的獵槍。派特拿著一張皺巴巴的照片回來，遞給萊列。照片上是理著小平頭的小伙子，神情嚴肅，身穿沙漠迷彩裝，胸前掛著自動步槍。他坐在黃綠色建築物前，窗戶少了玻璃，牆上滿是彈孔。

「這是我。在戰爭毀了我的人生之前。」

萊列湊得更近，比對眼前的大鬍子和照片上乾淨俐落的年輕軍人。就他來看，這兩人沒有半點相似之處，除了他們的眼睛，大概。

「戰爭？哪場戰爭？」

「阿富汗。」說出答案時，派特的臉微微皺起。

「你參加過聯合國維和部隊？」

派特點頭。

「天啊。」萊列靠上椅背喝咖啡，努力不把沉澱物也喝下去。一道金黃色陽光從帆布間透了進來，他聽見屋外鳥兒高唱，似乎是在提醒他這世上還存在著喜悅。派特抽出獵刀，用刀尖清理指甲縫。他的視線從刀柄上飄了過來。

「你不是要問我有沒有殺過人？」

「瑞典的聯合國部隊基本上不會涉入實戰，不是嗎？」

派特的乾笑很快就變成咳嗽聲。

「那是你的認知。眞相可沒有這麼好聽。」

他豎起七根手指，掌心布滿擦痕，掀起乾燥的死皮。

「我殺了七個人。還看過更多人死去。」派特以刀身輕拍太陽穴。「他們的慘叫聲永遠不會消失。我每天都聽得到。」

萊列鬆開領口的釦子，房裡悶到讓他難以呼吸。

「聽起來眞可怕。」

「沒有立刻斃命的更慘。就算腿被炸斷了，他們還活著，我們得要在近距離給他們一個痛快。直接對上他們的眼睛。這才有眞實感。看著他們的眼睛越來越無神，生命從他們身上離開。」

他舉刀指著萊列。

「死亡會鑽進你的皮膚，從內側摧毀你。在上戰場前，沒有人會警告你。沒有人向你說明親眼目睹死亡是什麼感覺。它的爪子攀在你身上，成爲你的一部分。」

「如果知道的話，你會留在家裡嗎？」

派特垂眼，他臉上的皮膚抽搐扭曲，彷彿有自己的生命。

「我這個人就愛管閒事。」他總算開口。「我們遲早都要面對死亡，沒有人逃得過。」

萊列推開杯子。缺氧令他疲憊萬分。他現在有自己的難關要面對，無法與人暢談戰爭和死亡。他站起來，雙腿抽痛。

「謝謝你的咖啡。我該走了。」

「森林裡還有其他和我一樣的人。他們喪失了自我，再也無法與這世界共處。說不定你女兒也是其中一個。說不定她只是打算逃避一陣子。」

「黎娜喜歡這個世界。」

「你想會不會有人傷害她？」

「我知道她不可能自願離開我們。」

派特跟著萊列走到門口，似乎是還沒拿定主意要放他離開。

「我會幫你留意你女兒。」

「謝啦。」

「根據我的經驗，需要提防的都是掛著笑臉的人。」

「怎麼說？」

「沒有理由就笑的人，拿笑臉來愚弄大家。他們才是眞正的壞東西。」

「我會記住的。」

萊列推開門，派特揚手遮住太陽。

「我可以幫你找，可是我對陽光沒有辦法。」

「我懂，它會吸乾人的精力。」

兩人握手，在門關上前默默互望一會，眼中帶著微妙的共感。冰斗湖宛如兩棟屋子間的一灘黑油，萊列以最快的速度離開這片沼地。

□

他們兩人喝了一整個週末，托比恩喝得滿臉通紅，扯著嗓門吆喝，說起礦坑倒閉、害他失業的往事。希潔煎了骰子豬排、做了焗烤馬鈴薯，裝在托比恩母親留下來的上好瓷器裡。托比恩大吃大喝，食物碎屑卡在鬍鬚間，希潔坐在餐桌對面，菸不離手。她的黑眼圈好重，抱怨熱天害她毫無胃口。她總拿得出藉口，消瘦的肩膀讓梅雅聯想到雛鳥。她的內衣肩帶不斷滑落。

「妳只剩皮包骨了，總要吃點東西吧。」

「梅雅，妳以爲大家都和妳一樣貪吃嗎？」

希潔拚命粉飾太平。喪失胃口是最近才有的現象，起先她怪到藥物上頭，說吃了藥就覺得食物哽在喉嚨裡。可是她已經停止服藥。現在只要梅雅唸她總不能光靠葡萄酒過活，她就會勃然大怒。

梅雅回到房裡，躺在狹窄的床鋪上，盯著屋梁交接的高點。細細的蜘蛛網跨越中間的屋梁，幾隻蚊子蒼蠅在此遇上死劫。儘管牠們只是噁心的小蟲子，她還是有些鼻酸。

過了一會，希潔的呻吟從一樓鑽了上來，從低沉轉爲尖銳。接著是托比恩的吼叫，家具刮過木頭地板。聽起來像是他要殺了她。梅雅摀住耳朵，盯著窗外搖晃的樹頂。孤單的狀態下，其他聲音硬是擠進她的腦袋。那些只會說風涼話的聲音。

妳媽這麼做眞的值得嗎？

妳知道這有什麼意義嗎？

床邊桌上的手機螢幕一片黑暗，毫無動靜。搭上前往諾爾蘭的火車後，她再也沒有接過半通電話。在她離開的那座城市裡，沒有人想念她，沒有人好奇她去了哪裡。即便是她供應他們週末的香菸和小藥丸。就算他們不想念她，至少也該懷念那些毒品吧。

敲打聲將她驚醒，她跳下床盯著房門。她把椅子卡在門把下，這樣就不會有人在她睡著時溜進來。就算托比恩從未行爲不軌，她總是做足準備。第二陣敲打聲讓她意識到聲音來源其實是房間窗外。她蹲在窗台旁，偷偷瞄向窗外明亮的夜色，瞥見一道人影掃過露台。狗兒甩甩身子，鐵鍊沙沙作響，她看著那道人影彎下腰又拍又摸。那人抬起頭，她看出對方是卡爾—約翰。

她打開窗戶，探出上身。

「你在幹嘛？」

「我想去湖裡游泳。要來嗎？」

「現在？」她悄聲回應。「大半夜？」

「外頭這麼亮，沒有人睡得著。」

梅雅的腦袋歪向房門，細聽托比恩和希潔的動靜，但她只聽見這棟老屋子的嘆息。手機顯示現在是一點三十分。她低頭對卡爾—約翰笑了笑。

「等我十分鐘。別讓其他人看到你！」

她刷了牙，往身上噴了點體香劑，頭髮不綁了，再塗上一點唇蜜。沒空多做打扮。她習慣性地往口袋裡放了一盒菸，又在瞬間改變心意。卡爾—約翰不喜歡抽菸的女生。她把菸盒丟進廢紙簍，藏在糖果紙下。

她悄悄下樓梯，避開倒數第三階，它總會發出貓咪被踩到般的慘叫聲。托比恩坐在沙發上，腦袋歪成奇怪的角度睡著了。他沒穿衣服，啤酒肚下，虛軟的陰莖從恥毛的陰影間探出。梅雅別開臉，繼續往前門走。走廊末端的浴室傳來嘔吐聲，令她喉嚨一緊。梅雅套上帆布鞋，卻遲遲無法進行下一步。希潔喝了太多酒，吞了一堆藥丸又吐得亂七八糟，這不是什麼新鮮事，然而她放不下可悲的焦慮。要是眞的出了什麼事該怎麼辦？她雙腳在門口生了根，手握門把，直到嘔吐聲平息。她打開門，衝了出去。

霧氣從森林裡漫出，宛如輕煙般浮在草地上。

卡爾—約翰坐在森林邊緣，當他拉住她的手時，她聞到穀倉和牲口的刺鼻氣味。

「你哥呢？」

「他們得要待在家裡。」

卡爾—約翰握著她的手，以再自然不過的態度與她十指交握，帶她穿過松林。兩人消失在樹林裡，留在屋外的狗兒哀哀呼嚎。他們的鞋底微微陷入柔軟的地面，露珠在牛仔褲留下深色水痕，濃霧吞噬一切，他們只看得見眼前的小徑。梅雅盯著他後頸微鬈的頭髮，腹部竄過微弱的電流，彷彿她體內有個東西正從沉睡中甦醒。嶄新又刺激的事物。

霧氣覆蓋湖面，如同幽魂般在林間翻捲，在凌晨的太陽下泛著藍光。卡爾—約翰帶她到營火旁，鬆開她的手，重新點燃餘燼。他折了幾根樹枝，堆成一座塔，從口袋裡掏出打火機，點燃類似火種的東西，生起火來。他輕輕吹了幾口氣，火光竄起，沒過幾秒就燒得旺盛。在閃爍的光影間，他的臉龐格外好看，籠罩與平時不同的生氣。梅雅凝視火光，當他坐到她身旁，她繃緊全身肌肉。緊張的心情使得她好想抽菸。她不知道手要往哪裡擺，只能伸向火堆，思索該說些什麼。她聽見湖水拍打岸邊的小石子。

「對我說說妳自己的事情吧。」卡爾—約翰突然開口。

「你想聽我說什麼？」

「說個祕密吧。妳從來沒有告訴過別人的事情。」

梅雅斜眼看他。火焰在他眼中舞動。她稍一躊躇，覺得沙沙水聲像是在嘲弄她。她回頭直視火堆半晌才打破沉默。

「我在五歲那年第一次喝醉。」

「開玩笑的吧？」

「不是。希潔說那叫作大人的果汁，我求了好幾次，可是她說只有大人才准喝。小孩子只要碰到一滴就會馬上死翹翹。」梅雅哼了聲。「她這麼說，我就更好奇了。某天晚上，她在沙發上睡著了，我打定主意要來試試看。我肯定愛極了這東西，因爲隔天早上我是在醫院裡醒來，他們在幫我洗胃。我差點掛掉了。」

卡爾—約翰一臉驚恐。「那時候妳才五歲？」

「醫療紀錄是這麼寫的。希潔說我不只五歲，但她只記得想要記住的事情。」

營火讓她臉頰發燙，梅雅別開臉，後悔說出這件事。她發現他想聽的不是這種祕密。羞愧堵在她喉頭，每次吞嚥都無比疼痛。卡爾—約翰伸長手臂，把她拉進懷裡，臉頰貼住她的額頭。

「幸好妳活下來了，讓我有機會遇見妳。」

他的下頷觸感粗糙，突如其來的喜悅在她體內膨脹。她感覺得到他胸口的震動。「妳想聽我的祕密嗎？」

她點頭。

「保證不會笑？」

「我保證。」

「我這輩子還沒喝醉過。連一滴酒都沒碰過。」

「什麼？真的嗎？」

「百分之百。」

梅雅轉頭仰望他。

「妳現在是不是覺得我是怪胎？」

「我覺得你很勇敢，能堅持自己的理念。」

太陽爬到森林上方，光亮炫目，但她看見了他的笑容。

□

萊列拔出拉弗格威士忌的瓶塞，將瓶口湊到鼻尖，深深吸了一大口酒香。煙燻加上鹹濕海水的氣味灼燒他的鼻竇，渴意在他口腔深處搔刮，把血液稀釋成酒精的欲望排山倒海而來，使得他渾身顫抖。他眞想清空所有思緒，陷入夢鄉，幾個小時就好。躺在沙發上，毫無知覺。他只想要這麼做。然而晚間的陽光從百葉窗縫隙鑽進來玩弄他，黎娜站在門口。小黎娜穿著睡衣、滿頭亂髮，一手攬著只剩一隻眼睛的泰迪熊，她的雙眼閃耀著如同林間冰斗湖般的光芒。這孩子絕對不會看到他喝酒的模樣——這是她出生時，他許下的諾言。他發誓要給她一個正常的童年。

將軟木塞推回原位時，他的手指虛軟如同白楊樹的樹葉。他走向前門，腋下的冷汗使得他打了個寒顫。夏日深深地呼了一口氣，一切事物正綻放生機，鳥兒高歌，烤肉和剛除過草的草皮味狠狠甩了他一巴掌。他沒想過自己會如此憎恨夏季，但現在這一切只是令他想起不再存在的幸福。

他爬上車，關著窗戶抽菸，努力不多看鄰居兩眼。這三年來，他已把這招練得爐火純青，硬著心腸不去在意周遭的美滿家庭。抵達大街時，他左轉開進鎮上。腦袋裡的血流沙沙作響，他很後悔方才沒有灌下威士忌來鎮靜心神。

最接近她的男人最危險。萊列研究過數據。如果有人對黎娜不利，對方很有可能是她認識的男性，甚至與她有特別的關係。男朋友之類的。

車子轉進碎石子小路，擦過樺樹的嫩葉。路的盡頭是棟典型的北部風格屋子，在斜坡草地上格外突兀。紅色外牆被陽光照得發亮，窗戶成了映射強光的鏡面。萊列把車停在整排樺樹旁，捻熄菸頭，又點了一根菸。他搖下車窗，待在車裡，沒有熄火，就怕他們會突然腦袋充血，朝他丟東西。這事以前發生過。他從置物盒裡取出望遠鏡，掃過屋子前側。太過燦爛的陽光遮蔽了外人的視線，一組庭院折疊桌椅收在牆邊，剛種下的花朵在花盆裡點頭。這地方平凡無奇，但他胸中依舊湧現無法抑制的怒氣。某些人就是有辦法向前邁進，假裝什麼事情都沒發生過。

鉸鍊突然一陣呻吟，一道人影出現在門階上。高大消瘦的男子戴著鴨舌帽，隔著Ｔ恤可以看到他突出的肋骨。他往萊列走來，踉蹌的腳步猶如剛出生的小牛。他的右手握著廉價啤酒罐。怒火化爲酸水，湧上萊列的喉頭。他的手離開方向盤，下意識地握起拳頭。

年輕男子停在十公尺外，展開雙臂，擺出挑釁的姿勢。他差點被自己的腳絆倒，又在草地上站穩，隔著帽沿凝視萊列。他的嘴角往下撇，似乎是想說些什麼，最後默默舉起左手，比出手槍的手勢瞄準萊列。他閉起一隻眼睛，食指一抽，再把手指移到嘴邊吹了口氣，那雙惺忪睡眼從未離開過萊列。

萊列瞥向置物盒，裡頭收著槍。他想像自己伸手摸出槍，用真正的槍響來回應對方的默劇，讓子彈穿過男子眉心。這樣就結束了。但他聽見黎娜在身旁抗議，便倒車離去。他狠狠轉圈，車胎留下圓形胎痕，碎石子飛進樺樹林間，直到男子消失在滿天塵灰中。

副駕駛座上的黎娜雙手掩面。

「爸，麥可絕對不會傷害我的。」

「妳自己看看他有多安分。」

「他會生氣是因爲你一直怪罪他。明明你最清楚那是什麼樣的感覺。」

黎娜在失蹤那年認識了麥可．瓦格。他是鎮上的富家子弟，雙親廣受居民愛戴，有權有勢，參加了不少本地組織和打獵隊，對許多公益事務投下大筆資金，維持小鎮生機。可惜他們把兒子寵成廢物，那傢伙從小就是鎮上的危險人物。起先只是沒有惡意的調皮事蹟，但隨著年紀增長，他涉入更嚴重的犯行，比方說偷竊和無照駕駛。即便如此，在他和黎娜交往的那一年間，安妮特還是被他迷得昏頭轉向。麥可．瓦格人脈豐富，擁有大筆財產的繼承權。換句話說，就是夢寐以求的好女婿。安妮特把他那些惡行視爲一時年少輕狂，等長大就會收斂了。

黎娜失蹤後，警方找過瓦格約談，他堅持黎娜理應搭上公車的那天清晨自己「人在家裡睡覺」。雖然不太可能大清早守在孩子床邊盯著他的動靜，但他的爸媽當然也替他撐腰。警方接受他的不在場證明，畢竟他們也沒別的證據可以追查。沒有犯罪的跡象。沒有屍體。

但萊列沒這麼好說服。他要緊盯麥可，直到黎娜回到他身邊爲止。每個禮拜他會經過這條該死的樺樹大道好幾次，讓那個小伙子知道他沒有放下戒備，即便其他人的焦點都已轉往別處。他才不管瓦格一家早就厭倦他三不五時就來門口打轉，隨便他們要威脅叫囂還是要對他開假槍。他才不管什麼敦親睦鄰。他只想知道眞相。

□

隔天晚上，他們開車來接她。石頭敲中她的窗戶時，梅雅已經換好衣服躺在床上。起居室裡的電視畫面閃爍，但希潔和托比恩的房門關著，他的鼾聲有如刮過牆面的砂紙。卡爾—約翰蹲在潮濕的夜色中，一半身子被托比恩的破車遮住。一看到他，她體內再次掀起那股刺痛癢麻。他握住她的手，指著碎石子路。

「我哥在彎道那邊等我們。」

或許她很失望無法與他獨處，不過她沒有表現出來。兩人沒有走向湖邊，而是沿著通往鎮上的碎石子路奔馳。紅色的Volvo 240開著霧燈，停在路旁。葛倫坐在駕駛座上，外套的兜帽拉起，似乎是想遮住凹凸不平的臉頰。梅雅坐進後座，他轉頭咧嘴一笑。

「綁好安全帶，我開車很猛的。」

他在碎石子路上迴轉，輪胎磨出刺耳的尖叫，梅雅胃裡一陣翻騰，連忙攀住前方座椅。卡爾—約翰透過後視鏡與她對望。

「妳今天做了什麼？」

「沒什麼。」她說：「努力不要無聊到死。」

「無聊？」他笑了笑。「交給我們就對了。」

車子穿過小鎮，四下安靜無聲，大家都睡了。來到寬敞的柏油路，她感覺葛倫不斷加速。他只用兩根手指勾著方向盤。她縮向破爛的椅墊深處，看著松林往後飛掠。

她沒問目的地是哪裡。只要能到別的地方，能離開希潔就好。

「你們今天又做了什麼？」她問。

「工作。」兩人異口同聲地回答。

「什麼樣的工作啊？」

「什麼都有。」卡爾—約翰說：「和牲口還有農地有關的雜事，我們什麼都要幹。」

「你們是農夫嗎？」

他們哈哈大笑。

梅雅擠在前座椅背中間，盯著渺無人煙的道路。還沒遇到其他車輛，路旁只有零星民宅，林間偶爾出現小小的聚落，可是沒有人在外頭活動。彷彿他們是世界末日後唯一的倖存者。如果不是卡爾—約翰，她應該會很害怕吧。他輕輕拍打自己的大腿，不用抬頭就知道他嘴邊正勾起笑意。

第一個會車對象是停駐在路肩的巡邏車。梅雅發覺葛倫放慢了車速。

「媽的媽的媽的！」

「別擔心。」卡爾—約翰說：「那個條子只是在打盹。」

越過巡邏車時，葛倫依舊咒罵不斷。梅雅往巡邏車裡看去，沒看到半個人影。他們繼續往前開，發現巡邏車不打算追上來，葛倫往方向盤搥了一拳，大聲歡呼。

「警察在這麼偏僻的地方幹嘛？」等他冷靜下來，梅雅問道。

「好問題。」葛倫說：「那些混帳只會污錢。」

卡爾—約翰轉頭對她眨眨眼。「或許我該提醒妳一下，我們兩個都沒有駕照，所以遇到警察總是有點緊張。」

「你們怎麼不去考駕照？」

葛倫拉下兜帽，露出坑坑疤疤的臉頰。他把後視鏡轉到能看見她的角度。

「我開車開了大半輩子，幹嘛付一大筆錢要政府同意我這麼做？」

梅雅坐回原位。「我們連車都沒有呢。」她說。

太陽爬到天頂，他們接近一座更大的城鎮。河谷裡教堂聳立，周圍是一小片屋頂，河流在建築物之間穿梭。路旁有一排單層樓屋舍，葛倫差點輾上從車前竄過的野貓。

梅雅沒問這裡是哪裡。這個問題並不重要。她心裡有個角落期盼可以不用回頭。葛倫開進徹夜營業的加油站，停在一支油槍旁。卡爾—約翰問她要不要吃冰淇淋。一下車，他的手就搭上她的腰。燈火通明的店舖裡只有一個小店員，長得不錯，棕髮打成粗粗的辮子掛在肩膀上。

葛倫再次戴上兜帽，撥撥劉海。三人選好冰淇淋後，他搶著結帳，梅雅聽見他對女店員說了幾句話，她對他笑了笑，不過不是眞心的笑容。

回到車上，卡爾—約翰和梅雅一起進了後座。他湊上前，拍拍兄弟的肩膀。

「如何？有要到她的手機嗎？」

「沒有。」

「你在磨蹭什麼？」

「她又不想給我手機。」

「你不問怎麼會知道？」

葛倫把冰淇淋塞進嘴裡，轉動車鑰匙。

「我又不是瞎了。那樣的女生看過就算啦。」

回程途中，卡爾—約翰攬著梅雅。她閉上眼睛擋住陽光，車身的晃動好催眠。駕駛座上的葛倫一言不發。

□

萊列在馬拉瓦頓峽谷旁停好車，確定外頭沒其他人才鑽出來。他輕輕往懸崖邊上走，直到腳趾頭稍稍懸空。雨後的土地變得鬆軟，沙子像水流般落向谷底。此處曾被稱為捨老谷，據說以前大家會把家族中衰老無用的成員帶來這裡解決掉。

他點起菸，上身探出邊緣，頓時難以呼吸。他喜歡這種感覺，證明他還是個有血有肉的人類，即便他覺得自己只是行屍走肉。縱然只是幻想看看，他很想縱身一跳，解放一切。在查出黎娜失蹤的眞相前，他絕對不會走上絕路，不然他早就這麼做了。

他聽見一輛車停在後頭，車門打開，飄出警方無線電的細碎呢喃。沉重的腳步聲，鑰匙串的金屬磨擦聲。萊列揚手打招呼。不必轉身，他已經知道對方的身分。

「媽的，萊列，你一定要離懸崖這麼近嗎？」

萊列轉頭望向那名警官。「你現在有機會擺脫我啦，只要推一把，除了討厭的回憶，什麼都不剩。」

「老實說我眞的想過。」

雖然哈桑是本地警察，但這幾年來，他幾乎算得上是萊列的朋友。從黎娜失蹤案誕生了這段匪夷所思的友誼。

哈桑在懸崖前幾公尺停下腳步，雙手扠腰，欣賞眼前風景。萊列把菸屁股丟進山谷，抬起頭。陡峭山崖下是無邊無際的漆黑森林，點綴著幾條河流、幾片被採伐過的空地。一座山丘頂上豎立著幾根用來發電的風車，讓人清楚意識到隨著人類科技的進步，沒有任何地方能逃過開發的魔掌。

「又來了。」哈桑說：「我是說夏天。」

「說什麼廢話。」

「你又跑去開車囉？」

「五月就開始了。」

「你知道我是怎麼想的。」

萊列笑了笑，背對著山谷，伸手猛拍哈桑的肩膀。深色制服被太陽烤得發燙。

「就算這麼說很不禮貌，我才不鳥你怎麼想。」

哈桑咧嘴而笑，手指耙過一頭鬈髮。他頸部的肌肉在鬆開的領口下抽動。他的體格很好，肌肉結實，引人注目。兩人之間的差異令萊列覺得自己瘦弱不堪。油盡燈枯。

「我猜你們還是沒有進展？」

「目前沒有，不過我們把希望放在三週年這陣子。說不定有人會鼓起勇氣提供情報。」

萊列低頭盯著兩人的腳。哈桑擦得發亮的皮鞋，還有自己腳下這雙沾滿泥巴的爛鞋。

「安妮特要在鎮上舉著火把遊行。」

「有聽說。這樣不錯啊，我們就怕大家忘記這件事。」

「我對時下的人沒什麼好印象。」

陽光被雲層遮住，氣溫驟時下降。

「說到其他人。你還記得托比恩・佛斯嗎？」

「那天早上和黎娜搭同一班公車的人？我怎麼忘得了那個老賊？」

「前天我看到他在ＩＣＡ超市買東西。和一個女人一起。」

萊列嗆到了，他猛捶胸口，狐疑地瞪著哈桑。「他都這個年紀了，還找得到女人？也太扯了吧。」

「我只是轉告我看到的狀況。」

「他該不會買了可憐的泰國女孩子吧？」

「她從南部來的。年紀很輕，小了他一大截。看起來很憔悴，但肯定不超過四十歲。」

「誰想得到呢？那頭老狐狸哪來的能耐？」

「天知道。她不是獨自跑來這裡。」

「什麼意思？」

哈桑咬咬牙。「她還帶了個十多歲的女兒。」

「少開玩笑了。」

「我也希望我在開玩笑。」

□

希潔嘶啞的嗓音讓人覺得她很老，或是病得很重。梅雅皺眉看她抖著手倒酒。這幅景象在梅雅心中塡滿恐慌，使她難以呼吸。這不是第一杯了，她的眼皮垂落，說話含糊不清。或許托比恩注意到了，但他沒有任何表示，至少在梅雅面前沒有。他只是以溫柔的眼神看著她。

「梅雅，妳最近常常往外跑，是不是在鎮上交了朋友呢？」

希潔摸摸梅雅的頭髮。「梅雅很獨立的，她才不會和人鬼混呢。」

「我是認識了一個人。一個男生。」

希潔緩緩轉頭，呆滯的眼神突然閃過一絲光芒。「怎麼可能！是誰？」

「他叫卡爾—約翰。我們在湖邊認識的。」

「卡爾—約翰。他眞的叫這個名字嗎？」

梅雅沒理會她。她看著托比恩從嘴裡挖出口含菸，丟到盤子上。

「沒聽過這個人。他從哪來的？」

「斯瓦提登。」

「斯瓦提登！」髒兮兮的棕色口水噴了滿盤。「不會吧！不會是比格·布蘭特家的孩子吧？」

梅雅心跳加速。「對。」

「鎮上的人把我當白痴看，我沒什麼立場說別人，可是比格和他老婆？他們的世界裡只有自己。」

「爲什麼？」

托比恩深吸一口氣，胸腔發出咻咻聲。「他們在那一帶經營什麼嬉皮社區。對現代科技沒興趣，和十八世紀的人一樣過日子。比格不想讓自家兒子讀一般學校，我記得這事鬧得很大。他想在農場裡自己教他們，可是鎮上的議會說什麼都不准。」

「他們是信了什麼教嗎？」希潔問。

「天知道。就算有我也不意外。」

希潔喝光杯子裡的酒，拿酒杯指著梅雅。「妳乾脆請他來這裡，讓我們看看他？」

「才不要。」

「好啦，找他來玩嘛。」

梅雅望向森林，一道道陽光灑落林間，照亮空氣中的灰塵和小黑蚊。她看到清晨葛倫放他們下車時，兩人站的林間空地。想到他與她嘴唇相接的那一刻，她差點忍不住整個人飄飄然的。

□

萊列沿著白銀之路往南開，停在謝萊夫特奧加油，櫃台後只有一名忙著滑手機的夜班店員。咖啡機前站了個往兩個大杯子裡裝咖啡的大貨車司機，鴨舌帽蓋住眼睛，嘴裡塞滿口含菸。萊列向漫不經心的店員買了咖啡和兩包紅標萬寶路。在刺眼的螢光燈照明範圍外，蒼藍暮色讓萊列想到大海。他再次坐上駕駛座，抽完一根菸，拚命把海洋趕出腦海，然而等到他發動引擎時，他知道已經太遲了。他左轉離開白銀之路，手忙腳亂地往窗外彈掉菸灰，開得越近，空氣中的鹽腥味就越濃。他一路開到海平線在眼前展開，太陽即將鑽出雲層，天空亮起一角。他停好車，沿著布滿岩石的海灣走到那塊雜草叢生的沙灘。這裡曾經有棟小木屋，現在連片木板都不剩了，但在一層層枯乾草葉下，依稀分辨得出地下室的輪廓。他腳步踉蹌，菸灰撒落，呼吸卡在胸口，心臟隨著記憶猛跳。

他小時候住在這裡，他父親在這裡喝到暴斃，母親晚上出門工作時丟萊列一個人在這裡。那時候他才七八歲吧，已開始承繼父親的家學，很快就嚐得出不同的酒精濃度，學會分辨私釀伏特加和眞貨的差異。他沒幾歲就第一次喝醉、醒來時床邊有一灘嘔吐物。他不記得自己吐過。母親自然察覺到他身上的酒味，但她一句話也沒說，無論是對兒子，還是對丈夫。家規第一條：別管誰在喝酒。

幸好黎娜從沒看過他喝酒的模樣。他想把那部分的自己埋在海邊。她沒看過他生長的老家，也沒見過爺爺奶奶。他父親在黎娜出生前早已過世，萊列謊稱她奶奶也不在人世了。等黎娜長大一些，她開始丟出一堆問題，問起他的童年、他的爸媽，而他總是迴避直接回應。他向自己發誓：絕對不會放孩子孤單一人。她永遠不會接近酒精或是其他壞東西。他的誓言嚴肅冷硬，但他還是失敗了。一敗塗地。

萊列漫步在曾經屬於他們一家的沙灘上，蹲下來撿拾能打水漂的扁平石子，往海裡狠狠投擲，彷彿要把怒氣發洩在這片海水中。近年來，帶著鹹味的空氣總是令他作嘔，然後他回到車上，整輛車散發海洋的氣味。他坐了許久，抽菸，分析掩蓋回憶的層層雜草。熟悉的渴意在他喉中滋長，不過在往北開的途中，他雙手穩穩握著方向盤。開到謝萊夫特奧與格林姆翠斯克之間時下雨了，抵達阿維斯喬爾前，因爲雨刷擋不住猛烈的雨勢，他兩度被迫暫停。他一邊抽菸一邊聽雨水敲打金屬車殼。黎娜失蹤那天身穿藍色牛仔褲和白色長袖上衣，肯定撐不過這種大雨。第一年夏天，他對這件事在意極了，擔心她穿得不夠，一定會著涼、渾身濕透、被蚊子叮咬。他忙著擔心自然的威脅，不願思考人為因素。

在他休息時，一輛車在後頭停下，霧燈穿透雨幕，他看不見駕駛的面貌。對方八成也看不到他。能見度差到極點，狂風狠狠吹打路旁護欄。萊列才剛要慶幸自己能躲在這個鋼鐵箱子裡，窗戶就被人敲響。他嚇得跳了起來，菸掉到地上，把車內地毯燒出一個洞。車外的男子拉起兜帽，五官模糊。萊列搖下車窗，發現對方年紀比他大，臉頰凹陷。他撿回那根菸，塑膠燒融的臭味漸漸填滿狹小的空間。

「抱歉，我不是故意要嚇你。可以向你借手機嗎？我的手機沒電了。」

一縷縷灰髮貼住他的臉頰，雨水沿著眉毛一路流到人中。萊列掃了杯架上的手機一眼。

「你可以上車打電話。」他朝副駕駛座的門歪歪腦袋。「我不想把手機弄濕。」

男子匆忙繞過來，鑽進前座，渾身滴水，冒出陣陣蒸氣。

「謝了，你人眞好。」

萊列下了車，讓男子自己操作手機。他繞著車子打轉，伸展久坐僵硬的雙腿。他走到男子的車子旁，若無其事地往反光的車窗內看。雨刷沒關，在濕答答的玻璃上左右掃動。車裡的燈亮著，杯架上有個咖啡杯。後座塞滿黑色防水布和各式各樣的垃圾：糖果紙、釣魚線、空啤酒罐、小鋸子、一捲封箱膠。副駕駛座上有一團白布，隔著霧氣，他看到黎娜臉龐的輪廓。看到我了嗎？請打一一二。那是安妮特這幾年來訂製的其中一款T恤。男子也到過現場嗎？他是從格林姆翠斯克來的嗎？

回到自己的車上時，他的腦袋陣陣抽痛，男子把手機還給他。

「太感謝了。我不是有意把你趕到雨中。」

「反正我也要伸伸腿。」

男子有顆門牙斷了，笑起來會從牙縫間看到他的舌頭。

「天氣爛透了。我得向我家夫人報備下落，不然她會宰了我。」

「你還要開多久？」

「還好啦，我就住在賀伯格鎮外。」

「開車小心。」萊列說著，用外套袖子抹臉。

「你也是。」

男子下車，小跑步回自己的車上。萊列鎖好門，從置物盒裡取出槍，在手機上輸入男子的車牌號碼加上外表敘述：男性，五十到六十歲，中等體型，門牙斷了一顆。賀伯格？

時鐘的紅字顯示現在是清晨四點半。他老婆真的等他等到這個鬼時間？萊列不太信。

他看了看照後鏡，發現男子放平椅背，躺了下來。看不出他的眼睛是睜著還是閉著，不過看他一動也不動，應該是打算等到籠罩著兩輛車的狂風暴雨停歇再上路吧。萊列操作手機，在這個不太人道的時段，哈桑還是馬上就接起電話。

「又怎樣？」

「傳一個車牌號碼給你查。」

□

托比恩堅持為她做早餐。梅雅一下樓，他馬上露出燦爛笑容，催她坐在老舊的餐桌旁。收音機提供背景音樂，他在爐子前忙東忙西。起先他還想說服希潔陪他們共進早餐，但是吃了幾次閉門羹後，他也放棄了。希潔早上肯定起不來，梅雅沒有母女倆一起吃早餐的記憶。

托比恩用黃銅咖啡壺泡了咖啡，端上兩人根本吃不完的食物：優格、麥片糊、水煮蛋、麵包、兩種起司、火腿，還有一種梅雅不敢碰的深色肉塊。可是他堅持要她嚐嚐。

「妳吃一點看看！這是煙燻馴鹿，南部絕對吃不到這種東西。」

她撕下一點，放到舌尖上，努力不去想像它的來源。「感覺像是加鹽的泥土。」她的評語把他逗笑了。他的牙縫很開，用餐時鬍鬚沾滿了食物殘渣。不過他不會觸動她的警鈴。掃過她的視線像是想把她看清楚，但不是直勾勾地盯著她。彷彿他很在乎她似的。

「妳母親很喜歡睡覺呢。」

「她可以睡上一整天。」

「可惜她錯過了早餐。我總說這是一天裡最重要的一餐。」

他穿著髒兮兮的灰色網格背心，舉手投足間飄出濃濃體臭。不知道希潔是不是憋著氣和他上床。她閉上眼睛，想著森林。

托比恩在褲管上擦乾雙手，用手背抹抹鼻子。

「我媽一定正在棺材裡偷笑。」

「爲什麼？」

「因爲妳坐在這裡。她一直唸我怎麼不生個小孩，在她心目中，這比討老婆還重要。等你老到走不動的時候總要有人照料土地。」

梅雅不知道該如何應答，只好伸手再拿一些馴鹿肉，放到麵包上，咬下一大口。希望這個舉動能讓他開心一點。看來她做的沒錯，他笑了。

托比恩把剩下的咖啡倒進保溫瓶，抓起他的隔音耳罩。梅雅不知道他靠什麼維生，只知道他穿著手肘多縫一層布的綠色外套和勉強蓋住大肚腩的橘色安全背心，整天耗在森林裡。有時候他會帶上相機，對她說今天希望能拍到哪些花或是鳥，她從沒聽過那些生物的名稱。

「要是妳在家裡膩了，別忘記棚屋裡有腳踏車可以騎。」

托比恩出門後，她稍稍推開希潔的房門，迎上菸灰缸與葡萄酒的酸臭味。希潔攤開四肢躺在縐巴巴的床單上，腦袋往旁邊垂落，宛如十字架上的耶穌。睡死了。她的奶頭像是毫無血色皮膚上的瘀青，梅雅看著她的肋骨隨著呼吸起伏。她只想確認希潔是否還在呼吸。

「妳醒著嗎？」

梅雅走到床邊，一手滑到希潔背後，幫她翻成側躺。希潔沒有發出半點聲音，沒有半點意識。梅雅曲起她的雙腿，調整到胎兒般的姿勢，把她推到床邊，腦袋接近床緣。這樣最安全。就算她在睡夢中吐了也沒關係。梅雅悄悄離開房間，思索要溜到哪裡去。

□

突如其來的電話鈴聲嚇得萊列心臟差點從嘴裡彈出，咖啡灑了滿桌。他死都沒辦法習慣這個聲音。尖銳的噪音象徵世界末日，他的人生會在今天崩解。

「我查了你昨晚遇到的那個人，從賀伯格來的傢伙。」哈桑說。

「然後？」

「你是聞得到犯罪的味道嗎？他叫羅傑·林盧，一九七五年因爲強暴罪遭到起訴，八〇年代有幾次家暴紀錄。現在靠著殘障津貼過活。看來他在雙親過世後繼承了賀伯格的老家，從二〇一一年起就獨自住在那裡。」

「他獨居？你確定嗎？」

「嗯，那個住址下只登記了他的名字。」

「他向我借手機打給他老婆，至少他是這麼說的。我查了號碼，是阿維斯喬爾的一間安養院。」

「說不定她在那裡工作，或者是他喜歡年紀大的？」

聽得出哈桑嘴裡塞滿食物。萊列瞄了時鐘一眼：十二點〇五分。正常人吃午餐的時間。

「你要聯繫他嗎?」

「憑什麼?因爲他有印了黎娜照片的T恤?諾爾蘭有一半的居民買過那件T恤。」

萊列緊緊握住話筒,手指陣陣刺痛。

「好吧。我懂了。」萊列直截了當地回應。

「萊列。」哈桑的語氣帶著責難。「不要給我做蠢事。」

萊列房間的百葉窗關著,他仔細研究羅傑·林盧名下農場的空拍圖。那片土地與外界隔絕,田野和森林從前後包夾。空蕩蕩的草地上沒看到牛馬的蹤影。農場裡有一間穀倉,三棟比較小的屋子,一間雞舍。右邊角落可能有間地窖,看照片很難判定。想要一窺羅傑·林盧的住處,除了衛星照片別無他法。假如想藏著什麼東西,這是絕佳場所。

萊列不想鎮日過這種生活,但這同時也是他唯一的慰藉。他拒絕相信黎娜死了,從一開始就對安妮特說有人抓走了他的女兒。在這世界上,有個人知道她的下落,他要使出渾身解數找到那個人。第一年夏天,他拜訪了鎮上每一個獨居男性和怪人,要求看看他們家的地窖和閣樓。有人罵聲連連,有人邀他喝杯咖啡。但他印象更深刻的是他們的孤單。隨處可見的孤單。侵蝕了這個區域的每一個角落,如同疾病般蔓延,感染每一個獨自留下的居民。現在他成了其中一員,加入孤單人士的行列。

□

「你知道賀伯格這個地方嗎？」

奇本皺眉，抿起嘴，盯著香菸架，彷彿答案就寫在上面。

「不知道。在哪？」

「阿耶普羅附近。」

「你要去那裡看看嗎？」

萊列點頭，撕開香菸盒的透明包裝。「如果我沒有回來，你知道該怎麼做。」

「你要入侵誰家的土地？」

「我要去拜訪某個強暴犯兼家暴男的農場。」

奇本猛搖頭，頸子上鬆弛的皮膚抖動，但他沒有多說什麼，只是輕輕吹了聲口哨。幾個年輕人走進店裡，萊列叼起菸，對奇本眨眨眼，踏出店外。

靠著衛星影像，他把車停在草長到快比人高的倒車空地。接著，他要沿著小溪，穿過隧道，繞到羅傑·林盧那塊地的後方。他鑽進密密的灌木叢，蚊蟲像烏雲般盤旋在野花叢上方。羅傑·林盧的農場如同一座中世紀要塞，被草葉茂密的野地和荊棘森林包圍。入侵者肯定要作上好幾天惡夢。

萊列把褲腳塞進靴子裡，拉起兜帽抵擋蚊子。他折了一根樹枝在面前揮舞，嗡嗡聲和自己的心跳聲不絕於耳。地面軟爛發臭，半夜的陽光在樹林間劃出一道道光束，小黑蚊集結成憤怒的雲朵。儘管戴著兜帽，不斷甩開小小的敵人，他還是被咬了好幾口。牠們鑽透他被汗水浸濕的頭髮，刺中他的頭皮。手槍插在腰帶上，他感受到恐懼的氣味從自己的毛孔滲出。或許就是這股氣味引來該死的蚊子。

不知道在怕什麼——是踏上別人的土地，還是他可能找到或找不到的事物？不重要了。他要動用一切手段尋找女兒，就算要越過法律的界線也在所不惜。或許他是怕自己瘋掉。獨自行動充滿誘惑，沒有人看到他看到的景象、得出同樣的結論。萊列很清楚他只能自己來。或許他該回家吞幾顆抗焦慮藥或是安眠藥，每晚在社群網站上為女兒哀悼。對安妮特來說這招很有效。她沒有犯法，沒有帶著槍到處跑，沒有趁夜入侵別人家土地。她沒有開車到凋零的村落，在廢墟間找女兒。是他，只有他。

踏出森林時，T恤已經濕到緊緊貼附在身上，耳際的血流聲響亮到他聽不見蚊子的嗡鳴。林間空地有片圍場，柵欄裡的野草看起來好幾年沒割了。他蹲在青苔和野花間，望向兩層樓高、布滿風雨摧殘痕跡的主屋。帶著憂愁氣息的玻璃窗映著夜空，沒有動物或人類的動靜。萊列彎腰繞過圍場。他看到那輛Volvo停在牆邊，防水布下有一輛電動雪橇或是摩托車。他悄悄經過生鏽的手推車，車斗上裝滿深色泥土，還有一片尚未發芽的馬鈴薯田。腳下的地面潮濕冰冷。他的視線投向最接近的木板棚屋，確定沒有狗吠聲才拔腿狂奔，但沒有跑出幾步路就再次仆倒。鉸鍊轉動的聲音打破沉默，接著是一聲乾咳。萊列不敢動彈，可是心臟和肺葉狠狠擊打地面，露珠浸透一層層衣物，寒意讓他想到跌倒在冰層上的童年往事。雙手被粗糙的冰面擦破，鮮血淋漓，而他父親突然酒醒了，大吼要他抓住繩子。小鬼！抓緊繩子！

隔著草葉的縫隙，他看到門口階梯出現一道身影。林盧身上只有一條綠色內褲，肚皮垂在鬆緊帶上。他含著手指吹口哨，一條灰狗應聲從林間竄出。萊列的臉頰緊貼地面，閉上雙眼。他聽見林盧對狗兒說了些話，鉸鍊再次咿啞作響，一人一狗進了屋。萊列在原處趴了好一陣子，直到寒意滲入骨髓，令他的關節和下頜瑟瑟發抖。他爬向棚屋，視線沒離開過主屋和映射天幕的窗戶，爬了好一段距離才起身衝刺。棚屋的門半開著，他側身溜進去，在黑暗中東張西望，聞到乾燥木頭的氣味。牆邊堆了幾公尺高的柴薪，燒三個冬天都用不完。儘管林盧素行不良，但他絕對不是個懶人。

萊列在穀倉裡繞了一圈，裡頭沒有牲口，只剩草料的腐臭味。他打開手電筒，照亮馬廄，拿耙子翻動乾草堆，確認裡頭沒藏著什麼東西。牆上布滿蜘蛛網和鳥糞，證明這裡已經很久沒有飼養牲口。屋外有一座空蕩蕩的犬舍，飼料碗裝滿雨水和泥土。旁邊是牆面傾斜的狩獵小屋，門口吊著兩隻將被剝皮的野兔。萊列隔著刮花的窗戶往裡看去，小屋裡擺滿各種工具、釣竿、刀具。一面牆邊設置了處理獵物的工作檯，沒有任何值得警戒的異常之處。他回頭望向主屋。真的很想看看屋內。對單身男子來說這屋子不小，說不定有好幾個房間已閒置多年。

在橫越庭院途中，第一聲槍響炸開，撼動他頭頂上的松樹。萊列壓低上身逃竄。他轉頭看見林盧站在門口露台上，依舊只穿著那條內褲，手上多了一把獵槍。萊列沒有聽懂他的吼叫聲。接著是第二聲槍響，這回萊列感覺到子彈擦過他身邊。他仆倒在地，匍匐前進。狗兒的吠叫聲很快就來到他身後，聽得出牠跟得多近。地面一陣搖晃，狗掌壓到他背上，把他猛然按住。他雙手抱頭，聽見狗兒發出逮到獵物的吠叫。萊列一動也不動，聽著沉重的腳步踏過草地。嘶啞的嗓音命令狗兒安靜。萊列試圖起身，但男子一腳踩住他的肩胛骨，逼他再次趴平。

□

梅雅喝著冷掉的咖啡，雙眼對著森林。等待夜晚和卡爾—約翰的時光無比漫長。他只在晚間出現。那包被她丟掉的菸不斷在她腦海中浮現，她想只抽一根應該沒差吧。但又不想在他突然從林間踏出時，被聞到身上的菸味。

莫名的惶然把她逼出屋外。太陽在雲層間捉迷藏，無法傳遞真正的暖意。她帶著狗兒出門，但牠很快就拋下她，追著有趣的氣味遠去。牠在低矮的越橘叢間靠著鼻子導航，一會就混入陰影中。梅雅叫了幾聲，覺得自己的聲音怎麼聽都不順耳。狂風彷彿要把森林吹向她，讓她起了雞皮疙瘩。滿心嫌惡宛如蓋在肩上的沉重毯子。她走向穀倉。

門板很重，不過鉸鍊推起來相當順暢。穀倉夠高，深色防水布蓋著幾台車輛，一面牆上掛著五花八門的工具。看來托比恩特別鍾愛斧頭，這裡少說擺了十多把。梅雅撫過厚實的握柄，很想知道揮舞斧頭會是什麼感覺，但不敢動手。說不定之後托比恩會表演給她看。

兩輛破舊的摩托車靠在屋角，少了一些零件，但後方都架設了穩固的行李架。梅雅踏進隔壁房間，各式各樣的獸皮鋪在牆面上，天花板垂著一根粗壯的鐵鉤。木製工作檯占據了房間正中央。她靠近一些，發覺檯面上布滿深色血跡，這裡肯定是托比恩肢解獵物的地方，之後再把屍體塞進地窖裡的冷凍庫。想到這裡，她忍不住瑟縮了下。

狗兒在穀倉外狂吠，梅雅轉身準備離開，又瞥見另一扇門。鉸鍊鬆了，門縫下透出一片陽光。她走上前，轉轉門把，門隨著長長的咿啞聲盪開，裡頭是個小房間，和壁龕沒有兩樣，牆面裝設狹窄的架子，擺上手工木偶，從兔子到大胸部的女人都有。在滿地木屑之間放了幾個裝滿雜誌的老舊葡萄酒箱。

她瞬間看穿那些是什麼類型的雜誌。光滑的紙頁上印著一個個裸女，鏡頭貼近敞開的大腿間，拍攝陰部的特寫。那些圖像既迷人又令人反感。她想到托比恩，想像他每晚坐在這裡雕木偶，翻閱色情雜誌。比起可笑，這景象更令她難過。她隨手翻了幾本，一疊出自業餘之手的照片從裡頭滑出，像是書籤般掉了滿地。湖邊沙岸上的年輕女性。她們身穿鮮艷的比基尼，從岩石上跳進水中，拿浴巾擦乾身體，顯然渾然不覺她們成了拍攝對象。梅雅瞇細眼睛，想看清她們的面容，強烈的不安將她淹沒。狗兒又叫了幾聲，她匆忙把照片夾回雜誌裡，雙手抖個不停。

然後她衝了出去，跑過肢解獵物的房間和那些斧頭，順手牽了一輛頗有年紀的腳踏車，推到穀倉外，跳上座椅，搖搖晃晃地沿著處處破損的柏油路騎往鎮上。

□

羅傑．林盧到現在還在用燒柴的鑄鐵爐煮咖啡。萊列坐在椅子邊緣，下意識地把玩六〇年代的棕色條紋防水桌布。灰狗在門口趴平，像是憔悴的獄卒，惺忪睡眼投向他。林盧往水槽裡吐出口含菸，將咖啡倒進綠色塑膠馬克杯。濃稠的黑色液體在陽光下冒煙。

「抱歉開了槍。」他說：「不過我只是要示警，沒有瞄準你。這幾年來總有小賊溜進來偷汽油，我想給他們一個教訓。」

萊列端起馬克杯的手止不住顫抖。

「不能怪你。我不該大半夜在你家附近摸來摸去。」

「所以我們不必聯絡警方囉？」

「天啊，幹嘛報警。」

兩人默默喝了一陣咖啡，萊列環顧四周。顯然這棟屋子曾是眼前男子雙親的財產，家具都是傳承好幾代的古董。條紋壁紙上蓋著松木飾板，木頭時鐘滴滴答答地運轉，旁邊掛著獵刀和一把乾燥的蝶鬚花。

香菸在林盧指間轉動，他的視線沒有離開過萊列。

「我記得你。前天晚上我們見過面，我向你借了手機打給我太太。」

「沒錯。」

「我真該死。」

林盧皺眉，垂眼看著桌上的黎娜照片。

「她是你女兒？」

「你有一件印了她照片的T恤。在車上。」

「對。我家夫人和我參加過搜索，與其他人一起翻遍每一片土地。我們這幾年也都有參加火把遊行。」

「她人在哪裡？」他問。

「她在巴茲喬爾有個農場，我們沒住一起。」

「爲什麼？」

「因爲我不想賣掉家族農場，她也不想賣她的農場。」

「好吧。她在安養院工作？」

林盧一臉詫異。

「你怎麼知道？」

「我們見面那晚，你打電話到那裡。」

「她堅持上夜班。」他說：「因爲他們都在半夜過世。她不希望有誰獨自離去。」

萊列反覆玩味他這句話，廚房裡又安靜了好一會，只聽到林盧窸窸窣窣地喝咖啡，往地上的水桶吐口水。狗兒翻了個身，露出腹部的白毛。

「我還是不懂你女兒怎麼可能會跑到我的農場。」林盧說。

萊列深深吸氣。「不知道。我只知道她失蹤了三年，我要負責找到她。我聽說了你的過去。」他說：「老實講，每一個人都是我心目中的嫌犯。在我搞清楚我女兒到底出了什麼事之前，就連國王都涉有重嫌。我不是針對你。」

林盧皺起眉頭，思考半晌。「好像有道理。要是我有小孩，我也會和你一樣。年輕時的荒唐事沒什麼好說嘴的，但我發誓你女兒失蹤和我沒有半點關係。」

外頭陽光燦爛，萊列踏出門外，循著原路穿過樹林。林盧灼灼的目光射向他的後頸。鑽進樹叢前，萊列揮揮手，對方也揚手向他致意。他站在門階上，獵槍靠在斑駁的牆邊，狗兒坐在他腳邊。萊列矮身穿梭在樹林裡，一離開林盧的視線範圍，立刻拔腿狂奔。

□

「你看起來糟透了！」安妮特緊緊抱住萊列。「還臭得要命。」

「多謝誇獎。」

她稍稍推開他，睜著淚眼上下打量。她的臉龐多了他沒有印象的刻紋，看起來更蒼老疲憊。但他沒多說什麼。他沒空梳洗更衣，在賀伯格鬧騰了一夜，他覺得自己遍體鱗傷。

安妮特從口袋裡抽出面紙，擦擦眼角。

「三年了。」她說。「我們已經失去女兒三年了。」

萊列只能點頭。他知道自己無法忍住哽咽，轉頭向站在一旁的湯瑪斯伸手。他們四周圍了一大群人，但他只看得到灰暗的輪廓。他感覺到他們的視線，卻看不清半張臉。他無法凝目看清任何事物。

三人點燃火把，往外圍傳遞。人群開始蠢動，不過火焰擋住了他們。萊列的肩膀稍稍放鬆，安妮特站在老學校的台階上，以高亢的嗓音說了些話，萊列聽不清楚，只覺得這聲音好熟悉。

其他聲音隨之附和。鎮上警官艾可．史達爾發表了簡短的聲明，說這個案子尚在偵辦中，警方的搜索行動從未中斷。黎娜的一個朋友唸了一首詩，另一個朋友唱了歌。萊列一直盯著地面，希望自己不在這裡，而是坐在駕駛座上，沿著白銀之路尋找女兒。

「萊列？」安妮特的詢問劃破他的思緒。「你想說幾句話嗎？」

眾人的目光聚集在他身上，他感覺臉頰要燒起來了。手中的火把劈啪作響，遮掩不了人群中壓抑的啜泣聲。他清清喉嚨，舔舔嘴唇。

「我只想感謝今天來到此地的各位。沒有黎娜陪伴的三年是我這輩子最黑暗的時光，而且從未好轉過。現在我們該帶她回家了。我需要我的女兒。」

他的聲音嘶啞破碎，腦袋幾乎要垂到胸前。他沒辦法多說半個字，這已經是他所有的內心話了。有人往他背上重重一拍，感覺像是拍打馬匹的勁力。萊列瞥向那雙鞋，知道是史達爾這個坐領乾薪的老畜生。

他們舉著火把排成長長一列，走向黎娜最後現身的候車亭。一名《諾爾蘭郵報》記者跟在遊行隊伍裡拍照，萊列一路上垂著頭，翻起外套衣領。潮濕沉重的空氣夾帶著紫丁香的香氣。安妮特走在他前面，湯瑪士一手攬著她。其他人無比平面，彷彿不是真正的活人。

位於斜坡頂端的候車亭映入眼簾，他心跳加速。一波又一波的暈眩襲來，他專心一步一步向前走，往肺裡灌入空氣。他總是懷抱著希望——黎娜會站在那裡，等著——即便希望從未實現。

鎮民讓他渾身不舒服，莫名抗拒。怒火在體內灼燒，他無法直視他們的臉。黎娜的朋友和他們的家長、老師、舊識、鄰居、鄰居的鄰居——他們應該要看到什麼、知道什麼。說不定他們也牽涉其中。整個格林姆翠斯克都揹負著罪孽。在黎娜回到他身邊之前，他絕對不會相信任何人。

抵達候車亭時，他氣到沒辦法拿穩火把。他想像自己衝向群眾，把那些只是來湊熱鬧的傢伙的臉燒爛。他幾乎能聽見他們的慘叫。他低頭盯著破破爛爛的柏油路，計算有多少條裂縫。安妮特的聲音飄來，他很訝異她的語氣既清晰又克制。

他終於擠出勇氣抬起頭，發現他們開始發送T恤，就是林盧車上擺的那一款，前面印著黎娜的臉，她的名字下以粗黑字體附上：你有沒有看到我？沒有五官的灰色人潮紛紛領取T恤，霎時間，黎娜從四面八方對著他笑。數百張黎娜的臉將他包圍，反射在候車亭刮得亂七八糟的玻璃牆上。他的心臟跳上喉頭，讓他窒息。萊列再次低頭，盯著圍繞他的數百雙鞋子。機能良好的走路鞋、靴子、螢光色的運動鞋。要是黎娜人在這裡，不知道她會穿什麼樣的鞋。

有人高唱，有人哭泣。各種聲音從未停歇過。安妮特滿臉淚水與喜色交織：這麼多人集結於此，昭顯了鄰里同甘共苦的情誼。萊列看在眼裡，嘴中泛起苦味。他覺得這是在浪費時間，點閱臉書貼文、閱讀那些毫無意義的空泛留言時，他也有同樣的感覺。最後，他高舉火把，揮舞著引來眾人注意。

「很高興有這麼多人希望黎娜回來。」他又清清喉嚨。「但我確信我們不能坐在家裡哭天搶地，而是該出門找她。到處問，尋找答案，搬開每一塊石頭仔細看看底下。要是警方不夠盡責就對他們施壓。」

他斜眼瞄向艾可·史達爾，再次望向陷入沉默的群眾。晚間的太陽在樹梢散發光熱，他把眼睛瞇得好細，幾乎要閉起來了。

「有人知道情報。現在也該說出來了。安妮特和我等了太久。我們想把黎娜找回來。至於什麼都不知道的人呢，我只有一句話要說：別再感傷，開始找人。」

他把火把插向水窪，激出一陣憤怒的嘶嘶聲響，轉身離開。

□

梅雅的屁股離開椅墊，以最快速度猛踩踏板離開森林。下雨了，黑沉沉的水窪在柏油路裂縫中閃爍，雨水濺上牛仔褲。雲杉樹苗和灌木叢從溝渠裡冒出，在大雨中追逐車輪。

她緊緊閉著嘴巴，怕蚊子飛進來，幸好有下個不停的雨水，否則牠們早就在她身上落腳。

感覺像是騎了一輩子才看到民居，農田、漆成紅色的方正屋舍、寬廣的庭院逐漸增加，籠子裡的狗兒朝她吠叫，青草圍場裡的粗壯馬匹甩甩尾巴驅趕蒼蠅。堆肥和植物的氣味像是薄膜般覆蓋一切。接觸到其他生物，她才敢放慢車速，但始終無法擺脫滿心不安。這幾年來，她和希潔住過許多地方，可是只有此處帶給她如此強烈的特異感。

她騎上大馬路，經過教堂和墓園。墓碑群聚在垂枝樺樹的陰影下，一名光頭老翁忙著整理草坪，對她揮揮手。她沒再看到其他人。散落各處的屋子彷彿在太陽下沉睡，也沒有半輛車在路上行駛。格林姆翠斯克越來越像鬼鎮。

這時她聽到一陣聲響，說話聲和腳步聲逐漸放大。看到那些人朝這裡走來，梅雅把腳踏車牽到樹林間。看起來像是某種造勢活動，一群人舉著點燃的火炬，黑煙和濃濃的燃燒味飄向明亮的天空，當他們從她面前走過，她感覺得到那股高溫。她躲在樹後一動也不動，不想被他們看見。遊行群眾不分男女老幼，散發出莊嚴的氣息。肯定不是什麼歡樂的派對，完全相反。有些人哭倒在別人肩頭。梅雅忍不住屏息。

「看他們的模樣，妳會以為她是哪裡來的搖滾巨星。」

她嚇了一大跳，沒有抓好腳踏車，車子輕輕倒在滿地青苔上。梅雅轉過頭，看到一道人影從越橘叢中浮現，靠著一塊巨岩。是個和她年紀差不多的女生，頭髮染成粉紅色，戴著巨大的木頭耳環。她抽著一根細細的手捲菸，塗上層層眼影的雙眼直盯著梅雅。

「誰？」

「黎娜・古斯塔森。他們遊行紀念的主角。」

梅雅回頭望向人龍，低頭牽起腳踏車。

「她是死了還是怎樣了？」

「大概吧，誰都不敢把話說死。」

女孩往地上吐了口口水，睡意朦朧地看著梅雅。

「要在這個垃圾堆裡成為聖人很簡單，只要憑空消失就好了。大家會搶著說他們有多愛妳。」

梅雅拍掉座墊上的松針，盯著遠去的隊伍。他們像是著火的長蛇般爬上坡道，不知道目的地在哪裡。

「妳叫什麼名字？」女孩往肺裡吸滿煙。

「梅雅。妳呢？」

「大家叫我烏鴉。」

「烏鴉？」

「對。」

笑意在她唇邊一閃而逝。烏鴉向梅雅遞出那根手捲菸。

「要來一點嗎？」

「我在戒菸。」

烏鴉歪歪腦袋，眼中閃著和天幕一樣的藍。

「妳從南部來的？」

「嗯。」

「妳來格林姆翠斯克幹嘛？」

「我媽和我剛搬來。」

「爲什麼？」

梅雅猶豫幾秒，血液湧上臉頰。

「她的男人住在這裡。」

「那個男的叫什麼來著？」

「托比恩。托比恩·佛斯。」

烏鴉吐出沙啞笑聲，露出藏在嘴唇下的牙套。

「最好是。妳媽眞的搞上那個老色胚喔？」

「老色胚？」

「對，因爲他是全諾爾蘭收集最多小黃書的人。他成天都在幹這種鳥事。鎭上每一個男生都曾跑到他家窗戶外，就想偷看一眼。」

梅雅緊緊握住把手，掌心陣陣刺痛。屈辱化成硬塊，堵在她喉嚨裡。烏鴉勾起得意的笑容。

「眞的不來一口嗎？感覺妳很需要。」

梅雅打了個寒顫，頭髮垂下來遮住臉頰。她聽見烏鴉掀開打火機。發現這招沒用，她很乾脆地放棄，把打火機丟進樹叢裡。她吐出流暢的粗口，在寂靜的樹林中聽起來格外有喜感。梅雅吞下堵住喉管的羞恥。

「妳怎麼沒參加遊行？」她問。

「我才沒有那麼假掰，誰要假裝想念完全沒有好感的對象？在她失蹤前我就看她不順眼了，現在是要演給誰看？」

「妳爲什麼不喜歡她？」

烏鴉盯著自己的指甲，她的指甲剪得很短，塗成黑色，指節間有幾塊刺青。梅雅離她有一段距離，看不出那是什麼圖案。

「就算搶走不屬於她的東西，黎娜也不會有半點罪惡感。隨便妳要怎麼想。」

梅雅故作理解地點點頭，推著腳踏車鑽過樺樹林，回到馬路上。火把遊行隊伍已經翻過坡頂，風中只剩裊裊餘音和焚燒的味道。

「我該走了。很高興認識妳。」

烏鴉行了個舉手禮，高高嘟起塗成艷紅的嘴唇。

「幫我向老色胚問好！」她對著梅雅的背影高喊。

□

最可怕的就是無法記住一切。黎娜失蹤後的一小段時間只剩下碎片——員警站在玄關，沒有脫下外套；安妮特的指甲狠狠抓破他的皮膚；她房間半開的窗戶。無論走到哪裡，人們對著他的臉龐全是一片空白。

他幾乎是立刻開車出發，可能在她失蹤的那一夜就開始了。沿著白銀之路開往阿耶普羅，直到油箱見底。二十三個年輕人準備在清晨種樹，他們拿著雲杉樹苗和工具圍成一圈，他走上前去，站到圓圈中央，轉身打量每一張臉，確認她不在這裡。

我來找我的女兒。她應該要和你們一起種樹。

他們身上帶著防蚊液與潮濕森林的氣味，他記不得他們說的任何一句話，只知道他被帶到一輛黑色吉普車上，手中握著裝了咖啡的保溫瓶。監督種樹進度的男子堅持要他休息一下。他滿口芬蘭瑞典方言，叫萊列在車上抽菸。

別嚇到孩子。不然他們就不會來工作了。

他承諾要是她現身，就會馬上聯絡萊列。要是她現身。

第一年的夏天可說是一團亂。玄關擺著他們沾滿泥巴的鞋子、沒有拆開的信件。二樓的臥室裡，安妮特抱著她的藥袋沉沉睡去，完全叫不醒。幸好是如此。這樣他就不用聽那些譴責和哭泣。可是她恍恍惚惚的模樣又讓他膽寒。藥丸解決了她的淚水。他只靠酒精撐下去。警方給他一組專線號碼，他打了無數次。他還聽到自己顫抖的嗓音登上本地電台，請求各界提供線索。情報從四面八方湧入，說黎娜在車上、在路旁、搭上前往丹麥的渡輪、在普吉島的海灘。他們在各種地方看到她，但她依舊不見蹤影。

回家路上，萊列抄小路穿過樹林，緊緊抱著熄滅的火把。他在青苔上滑了幾次，腳下的地面不斷滲水，想把他吸進地底。手機在口袋裡震動，但他沒有理會。他無法承受安妮特的失望。光是他自己一人的負面情緒就已經夠慘了。渴意在他喉中肆虐，想到那瓶拉弗格，答應自己可以喝兩口，兩口就好，好把該死的遊行拋在腦後，重新出發。大步鑽過灌木叢途中，他依舊覺得鎮民的視線刺入後頸，他們沉默的譴責依舊逼得他不斷前進。

他沒有脫鞋，直接踏進起居室，在木頭地板上留下一串泥巴鞋印。他握住威士忌酒瓶灌下一大口，又在瞬間嗆到。他以手背按住嘴巴，努力對抗嘔吐感。喉嚨像是著了火，彷彿他體內正在熊熊燃燒。他放下酒瓶，對著滿屋寂靜胡亂咒罵。連酒精都拒絕與他爲伍。

二樓傳來一陣碰撞聲，把他嚇了一大跳。他仰望帶著裂痕的天花板，屏息靜聽，緊繃得肌肉抽痛。又來了，悶悶的人類腳步聲在他頭頂上響起，來源似乎就是黎娜的房間。

他三步就衝上二樓，在樓梯口絆了一跤，差點撞上牆壁。不顧嘴裡泛起血味，他踉蹌走向黎娜的房間，用手肘推開房門。窗戶大開，狂風拍打窗簾，黎娜的海報詭譎地翻飛。有好幾秒鐘，他震驚得雙腳在門口生了根。黎娜房間的窗戶已三年沒開過了，他刻意不讓房間通風，就爲了把她留在這裡。

他衝到窗邊，往下望向門口露台。沿著排水管滑下去，落在紫丁香花叢上不是難事。他不只一次逮到黎娜用這招試圖溜出去夜遊。他掃了院子一眼：缺乏打理的草坪將蘋果樹的樹幹遮住一半、隔開鄰居的樹籬、樹下蔓生的雜草標出地界。風扯動枝葉，讓人覺得所有的東西都在動。或許這就是他注意到目標的緣故。紫丁香花叢間有一團毫無動靜的物體。萊列想也不想便跨過窗框，笨拙地順著屋瓦滑落，踩到排水溝。經過幾秒猶豫，他一個翻身，放開攀住排水溝的雙手，心跳暫時停止，重重著地。令人擔憂的碎裂聲響傳來，不過走向花叢時，他覺得雙腳沒有受傷。

那團物體爬了起來，轉身逃跑，豎起的黑髮襯著灰暗天幕，修長細瘦的雙腿在雜草間穿梭。

萊列追了上去，心臟狂跳，彷彿有人往他的肋骨猛揮拳。

「你再跑也沒用！我已經看到了！」

年輕男子身上有傷，還沒跑進樹林就倒地不起。幾秒後，萊列壓在他身上，抓住對方汗濕的頭髮，扯起那張蒼白的臉龐。

「你他媽的來這裡幹嘛？」

麥可．瓦格咕噥幾聲，扭曲的臉龐上沾了不少泥巴。

「放我走。」他哀求道：「拜託。」

□

梅雅回到屋裡時，希潔正對著森林架好畫架。她赤身裸體，從廚房的窗戶可以看見她全身。陽光照亮她蒼白的臀部，梅雅看到幾滴汗水劃過托比恩額頭。

「妳媽眞像是希臘雕像。」

梅雅雙手掩面，忙著吹涼托比恩遞給她的咖啡，假裝希潔不存在。

「早上我騎車到鎭上。」

「是嗎？」

「有好幾百人拿火把遊行，說是有個女生失蹤了。」

托比恩從冰箱裡拿出一罐啤酒，往熱燙的臉頰和頸子上貼。「好啦，妳挖出了鎭上最神祕的事件。已經好幾年了，可是那些人就是沒辦法放下。沒有人忘得了。」

「你想她到底是怎麼了？」

「天知道。」托比恩扳開拉環，轉身找東西裝啤酒。髒兮兮的盤子堆在流理台上，希潔的唇印從酒杯邊緣對他們微笑。她已經放棄家務，托比恩也沒有怨言，只要她光著屁股到處走就好。他放棄搜尋，直接把啤酒灌進嘴裡。他喝得很快，簡直像在喝水，最後毫不掩飾地吐出一串嗝聲。

「他們說那天早上她原本要搭公車，等車的時候消失了。才怪。」

「你怎麼知道？」

「因爲我就在現場！那時候開的垃圾Volvo總是給我找麻煩，所以我每天早上搭公車，差點被暈車搞死。就算我根本沒看到那個可憐的女孩子，警察仍沒有放過我，問了一堆問題，把整棟屋子和院子翻了一遍。公車司機也沒看到她。我想她根本沒有到過那裡。」

他喝完啤酒，壓扁空罐，隨手一扔。

天氣炎熱，梅雅卻渾身一涼。

「他們把全鎮的人都懷疑上了！我不是例外。她失蹤得越久，氣氛就越糟。」

希潔在外頭唱起歌來，想博得一些關注。隔著輕薄的窗簾，梅雅看她誘惑似地彎腰拎起藏在雜草間的酒瓶。她倒了滿滿一杯，把畫筆擱在肩頭，仰天痛飲。

托比恩兩眼發直。梅雅想到小房間裡的照片，很想知道是不是他拍的。

「你想她是不是自己跑掉了？」她問：「還是說有人對她做了壞事？」

「如果她爸是幕後黑手，我絕對不意外。大家都知道萊列·古斯塔森的脾氣烈得像火一樣。打獵團禁止他參加，因爲他老是引發爭端。說不定他對那個女孩發飆。無法控制自己，等他恢復理智又想掩飾一切。我是這麼想的。」

托比恩脫下網格背心，擦了擦腋下。「該去陽光下陪陪妳母親啦。待在這裡舊事重談沒有半點意義。」

□

麥可．瓦格在萊列的廚房裡猛冒汗。他受傷的腳擱在椅子上，臉色灰敗，不時抽動。萊列不知道這個小伙子是喝多了，還是嗑了什麼，總之他語無倫次，瞳孔像是猛禽一般縮小。

「你幹嘛闖進我家？」

「我才沒有闖進哪裡。門又沒鎖。」

「你在黎娜房間裡幹嘛？」

瓦格猛咬指甲，視線亂飄。

「不知道。」

「不知道？」

萊列狠狠捶了桌面一拳，瓦格跳了起來。「你給我好好解釋，問出答案前我不會放你出去。」

瓦格皺起臉。

「我的腳快痛死了。」

「管你去死。想活著離開這裡，你最好乖乖開口。你進黎娜的房間幹嘛？」

「只是想接近她一點。」

「你想接近她，所以闖進我家？」

沉默的淚水沿著他沾滿塵沙的臉頰滑落，瓦格沒有伸手擦拭。

「告訴你，想念她的人不只你一個。我時時刻刻都想著黎娜。我知道你去參加遊行，我想就趁著這機會再接近她一次。我只想看看她的房間、看看她的東西、聞聞她的衣服。」

萊列揚手制止他。「我整理一下。我們爲你失蹤的女朋友舉辦了遊行，然後你沒有去參加？」

「要是去的話，全鎮的人都會盯著我看，太難受了。」

「你是巴望大家可憐你嗎？」

淚水傾瀉而下，瓦格似乎渾然不覺。他濕透的T恤沾滿草屑，黏在他乾瘦的身上宛如第二層皮膚。他咬緊牙關，像是關節被皮膚緊緊扯住似地。上回他坐在這個廚房裡時，黎娜跟在他身旁，當時他身上還有些肌肉，笑聲填滿了整棟屋子。安妮特喜歡聽他大笑。而現在他可說是支離破碎。

萊列靠上餐桌，湊向瓦格，距離近到聞得出他身上溢出的恐懼。「口袋裡的東西掏出來。」

瓦格眼白面積變大了些。

「為什麼？我又沒有拿什麼東西。」

「站起來，把你口袋裡的東西全部掏出來，不然我連你另一邊腳踝一起扭斷。」

瓦格眼角不斷抽動，猶豫許久，直到萊列撲上來作勢要揪住他，他才摸出褲子上三個口袋裡的東西，把螢幕裂掉的iPhone、黑色皮夾、折疊刀放到布滿刮痕的餐桌上。

萊列拎起皮夾，翻了一圈：五十塊克朗硬幣、提款卡、兩張邊緣皺巴巴的黎娜照片。其中一張是她的大頭照，她直視鏡頭，露出神祕兮兮的表情，抿唇微笑。另一張則是她躺在床鋪上，只穿了一件男性三角褲。她別開臉，幾縷髮絲落在她光裸的乳房上。空氣卡在他的肺裡，他反射性地衝上前，狠狠揍了瓦格一拳，把他打回椅子上。

「這些低級照片是哪來的？」

「是我的東西。我拍的。」

「你拍的。我相信是你幹的好事。黎娜知道你拍她的裸照嗎？啊？」

萊列站在他面前，看瓦格縮向椅背，雙手防備似地抱在胸前。

「廢話！我們在交往！情侶互拍照片有什麼不對？」

一股氣湧上萊列的腦袋，他握住那張照片，抖著手指撕成碎片，撒在桌上。接著他一把拉起瓦格。

「在我宰了你之前給我滾出去！」

□

兩個夜晚過去了，卡爾－約翰依舊不見蹤影。趁著希潔和托比恩熟睡時，梅雅坐在露台上，等著，期待著。她雙腳擱在狗兒粗糙的背上，偷喝希潔的葡萄酒。她不是要喝醉，只想平息體內的騷動，驅趕孤寂。她點了根菸，狗兒仰望她的雙眼中透出譴責。

「又怎樣？反正他又不會來。」

然而這一晚他出現了。狗兒先聽到他的聲音，跳起來扯狗鍊，扭動瘦巴巴的身軀。她看到他的影子在叢林間浮現時，肚子裡彷彿有個泡泡不斷膨脹。她迅速熄菸，把酒倒向下方的花圃。

他的微笑使得她身上每一個細胞都爲之鼓動。

「妳是在這裡等我嗎？」

「我睡不著。」

他擁她入懷，或許聞到了菸味，但他什麼都沒說。

「要不要去湖邊。」

她點點頭。兩人丟下鍊在屋外的狗兒，跑進樹林裡，踏上林間小徑，隆起的樹根形成一個個路障。他握住她的手，她對著他的後腦勺偷笑，努力跟上步伐。在她體內奔騰的喜悅宛如降在樹頂上的驟雨。

兩人抵達湖邊，他領著她到懸在湖面上的平坦岩石。細微的波紋漂近又退開，儘管夜裡陽光普照，空氣還是帶著一絲寒意，卡爾—約翰展臂抱住她。他身上散發出淡淡的牲口和穀倉氣味。

「我差點以爲你忘記我了。」

「忘記妳？」他笑了。「不可能。」

「我等你等了好久好久。」

「農場要做的事情太多了，我沒辦法抽身。」

她看著他泛紅生繭的掌心。他這麼年輕，不該有如此滄桑的雙手。

「我想到我沒向你要手機號碼。不然我早就傳簡訊給你了。」

「我沒有手機。」

她愣愣地看著他。「爲什麼？」

「我爸對現代科技沒什麼興趣。」

湖水拍打岩石。梅雅納悶他沒有手機怎麼活得下去，但她不想問。他好像有點尷尬，似乎對這件事感到羞恥。說不定他家很窮，買不起手機。多年來，她和希潔也碰過這種情況，那些黑暗的時光，錢得要花在刀口上——多半是希潔的酒和藥。

「你哥今天去哪了？」她轉移話題。

「我叫他們待在家裡。」他微微一笑。「我想獨占妳。」

梅雅深吸一口氣，望向湖面，漣漪呼應了她悸動不已的心情。夜風帶來涼意和松針的氣味，但她現在一點也不冷。卡爾—約翰的臉頰貼上她的額頭。

「可是葛倫想問妳有沒有姊姊。」

梅雅笑了。

「我沒有兄弟姊妹。至少就我所知沒有。」

「在這樣的環境長大一定很寂寞吧。」

她聳聳肩。

「妳爸人在哪裡？」

梅雅嚥嚥口水，心癢難耐的感受被焦慮取代。

「不知道。他在我出生前就離開了。我從沒見過他。」

「眞慘。」

「要想念沒見過的人實在有點難。」

「妳眞是堅強。我看得出來。如果是我一定受不了。」

他以指尖拂去她臉頰上的髮絲，隔著白金色睫毛凝視她。梅雅無法呼吸，聽不見水波聲和蚊蟲飛舞，只看到他揮手驅趕蟲子。

「要不要游泳？」

他們游了一會，即便湖水凍得他們關節發麻，牙齒格格打顫，打破了寂靜。他游到她前方，她看見他皮膚下的藍色血管，以及他肩膀周圍修長單薄的肌肉。她使勁跟上。這座湖不深，但湖底鬆軟，一踩就散開。卡爾—約翰回頭朝她打信號，要她跟他到湖中央的一圈岩石上。拙劣的泳技讓她很不好意思，這時一群魚擦過她的臀部，鱗片冰冰涼涼，她馬上轉身。

「我快凍死了。」

卡爾—約翰帶了毛巾，梅雅拿一條包住滴水的頭髮，看他生起火。他的動作流暢確實，折斷樹枝，剝下樹皮。他以膝蓋輕鬆壓斷雲杉樹枝，粗糙的掌心無論碰什麼東西都不會受傷。她自己的手和小腿總是被地衣和灌木叢擦破，布滿又癢又痛的小傷口。

「我不屬於這裡。」她說。火堆劈啪作響，火星飛往半空中。「我覺得好彷徨。」

卡爾—約翰握住她的手，往她手背上的擦傷印下一吻，令她起了一身雞皮疙瘩，打了個寒顫。

「我會把我知道的一切教給妳。」他說：「等妳學完，妳會覺得自己一出生就在荒野裡闖蕩。」

他的吐息掃過她的上唇，從肚子裡湧出泡泡的感覺又來了。他靠得更近，閉起雙眼，她凝視著他的嘴唇，向他索吻。他的雙唇印下，她偷看他，確認他閉著雙眼。希潔曾說不能信任接吻時睜著眼睛的男人。要是他沒閉眼睛，那就該打包離開了。

可是卡爾—約翰眼睛閉著。緊緊閉著。

□

夜晚生機蓬勃，潮濕的氣息在盤根錯節的林間滲透，將霧氣吹向湖泊河川，讓它們翩翩起舞。在黑暗盤據之處，它更加堅不可摧。萊列靠著引擎蓋，往肺裡填充菸草與濕氣。霧燈只照得亮前方幾公尺的範圍，白銀之路宛如設置在他身旁的死亡陷阱，無人聞問，等著受害者上門。整夜的搜索都是枉然。

一輛車停到他後方，隔著層層霧氣，他認出警車的刺眼配色。聽見車門碰撞聲在寂靜中迴盪，萊列轉身背對那輛車。

「媽的，萊列，你不能在這種天氣開車。」

「你覺得我像在開車嗎？」

哈桑的輪廓模模糊糊。這場霧也改變了他，壓縮了他的尺寸。他走上前來，跟著萊列靠上車身，手中的保溫瓶映射燈光。他旋開杯蓋，倒出冒著煙的液體，遞向萊列。夜色中又添了一分霧氣。

「要我送你回去嗎？」

「我回家要幹嘛？」

「休息。吃東西。沖澡。看看Netflix。做做一般人會做的事情。」

「我坐不住。」

萊列喝下一大口，又在瞬間全吐出來。「這什麼鬼？」

「白茶。中國來的。說是對循環不錯。」

「去他的循環。」

萊列退還馬克杯，從舌尖拈起細細的茶葉。哈桑格格笑了幾聲，灌了好幾口，誇張地咂嘴。萊列往嘴裡塞了根受潮的菸，燃起它的生命之火。他很感激有哈桑陪伴，但他永遠不會承認。

「麥可・瓦格昨晚闖進我家。」

「真的假的？」

「我回到家，發現他在我家院子裡。他從黎娜房間跳下去，腳扭到了。」

「怎麼沒通知我？」

「我已經處理好了。」

哈桑轉緊瓶蓋，嘆了口氣。「我可以問你對他做了什麼嗎？」

「我沒拿熱茶和蛋糕招待他，不知道你是不是想問這個。最後我把他放走了。」

「他有打算偷什麼東西嗎？」

「沒。」

萊列盯著發亮的菸頭。他看到瓦格瞪大的雙眼、凹陷的臉頰、滿臉的淚水。

「他皮夾裡有一張黎娜的照片。沒穿衣服的那種。」

「是他們交往期間拍的？」

「應該是吧。」

哈桑緩緩吸氣，沒有回話。萊列把菸屁股丟進水溝，喉嚨裡瀰漫隱約的作嘔感。他用袖子抹掉臉上的水氣，感覺整個世界都在哭泣。到處都在滲水。

「你是高中老師。」哈桑說：「你知道現在的小孩把拍照當成什麼。沒啥大不了的。這種事情我們看得多了。家長跑來報警，照片到處亂傳，落入壞人手中。現在的小孩就喜歡冒險、踩線。」

「我知道。可是我不相信瓦格。黎娜失蹤後的這幾年來，那傢伙崩潰得比我還要慘。」

「因爲他想念她？」

「或許吧。要不就是他正在承受良心譴責。」

哈桑站直身子，萊列感覺車身隨之浮起。

「要我找他談談嗎？」

「不了，別管他。他遲早會說溜嘴。」

□

「妳就不能好好穿衣服嗎！」梅雅對只穿著內衣褲在起居室裡走來走去的希潔大叫。

希潔一臉困惑，低頭看看鬆垮垮的內褲、噴上紅色壓克力顏料的胸罩。

「妳也知道我畫畫的時候是什麼樣子。」她說：「我只看得到顏色！」

她鑽進臥室，披著紫色絲質日式睡袍出來，頭髮胡亂盤起。她的頸子發紅，呆滯表情顯示她要做出難以預測的行爲。

還沒看到車子，兩人已經聽見車輪輾過碎石子的聲響。卡爾—約翰那輛舊Volvo車身狹長方正，車輪周圍鏽得亂七八糟。希潔靠上梅雅的肩膀，近到吐息中的酒精發酵味無比清晰。

「是他開的車對吧？他幾歲？」

「十九。」

「比格家的孩子大概十二歲就在開車了。」托比恩說：「這一帶的居民大多如此。」

希潔拉好衣襟。

「唷！小帥哥！」看到卡爾—約翰踏出車外，她說：「梅雅，我都不知道妳是外貌協會！」

他送上一把即將枯萎的法國菊，她則是在門口給了他笨拙的擁抱。他的頭髮帶著水氣，散發洗髮精香味。上衣釦子扣滿，下巴生了些鬍碴。他不是小孩子了。兩人走進廚房時，梅雅從希潔的反應看出她的驚艷。托比恩開口打招呼，問候比格近來可好，介紹希潔是他的女友，口水噴到自己下巴。希潔仰頭大笑，露出亮晶晶的補牙填充物。她一直在喝酒，但雙眼相當清醒，厚顏無恥地打量卡爾—約翰，從腳尖一路看到頭頂。

「要來點咖啡嗎？」

「不了。我帶他去我房間。」

她牽著他上樓，他的掌心一片濕冷。一踏進她的房間，她馬上鬆手。

「不好意思，我媽有點怪怪的。」

「她看起來人不錯啊。」

卡爾—約翰低頭閃過屋梁，像是在找東西似地東張西望，冰藍色雙眼掃過空蕩蕩的牆面，停在她的背包上。拉鍊開著，裡面是她所有的家當。梅雅站得直挺挺的，覺得很不好意思。

「妳住在這裡嗎？」

「暫時的。我沒打算留下來。」

「是嗎？」

她搖搖頭。「明年春天我就十八歲了。到時候我要回南部。」

卡爾—約翰伸手把她拉近。「我不希望妳離開。我們才剛認識。」

他撥開垂落她臉頰的髮絲，在她耳朵下方印下親吻。接著他撫過她的鎖骨，低喃說她看過一切之前不該離開。他吻上她的唇，下一個瞬間她就躺到搖搖晃晃的床鋪上，被他壓在身下。他的身軀沉重，行動急切，雙手入侵她的上衣。梅雅把他推遠一些，解開他的釦子。他的胸膛上下起伏。不知道他曾和多少女生發生關係，不過她不想問。他的襯衫和她的T恤一起落地。兩人的嘴唇四處游移，肌膚火熱，梅雅的腦袋嗡嗡作響。她握住他的肩頭，不想鬆手。這時希潔響亮的笑聲傳來，兩人停下所有動作。卡爾—約翰滿臉通紅。

「托比恩有說到我的事情嗎？或是我的家人？」

梅雅陷入猶豫。她覺得嘴唇腫得厲害。「只說你們有點像嬉皮。」

「嬉皮？」

「對，就是那種接近大自然的人。和以前的人一樣。」

他笑得暢快，她看見他每一顆牙齒。她一手捧著胸部，直接按住心臟跳動處。

「要去我家嗎？我爸媽想看看妳。」

「你對他們說了我的事情？」

「當然。」

「你說了什麼？」

「沒什麼。就說妳是我遇過最棒的人。」

她耳邊充滿狂野的奔流聲，彷彿腦袋裡長出一片森林。卡爾—約翰和她額頭碰額頭，他眼中笑意盈盈。

「如何？要去嗎？」

梅雅的舌頭不聽使喚。心中滿溢喜悅，她只能點頭。

□

等到霧氣散去，他在沼澤區跋涉了半個晚上。回家路上，黏在他靴子與褲腳上的紅泥和青苔讓整輛車臭氣熏天。下車的第一件事就是在門口露台上脫掉靴子。

他站穩腳步，發現前門微微開著，屋內微弱的燈光照亮玄關的鞋架和踏腳墊。他心跳加速，只穿著襪子爬上門階，豎起耳朵，透過門縫觀察屋內。他按住插在腰間的槍。門板沒有受損，沒有遭人強行進入的跡象。他側身進屋，鉸鍊只發出細細的聲音。是他忘記鎖門了嗎？他無法信任自己的破爛記憶。走了幾步路，他聞出絕對不屬於這裡的隱約香水味。女人的味道。

他躡手躡腳地沿著走廊經過廚房門口，踩過實木地板，手沒有離開槍柄。他努力探聽，卻只聽得見耳際的血流和自己的呼吸聲。這裡的香水味更濃了。他轉個了彎，發現書房燈開著。一道亮光從門下溢出。他兩三步就來到門前，一手握住門把，另一手舉槍，接著，他一把推開門，槍口瞄準前方，看見牆上晃動的影子和房裡的人影。一聲驚恐的尖叫，兩個白色掌心浮在半空中。

「萊列！住手！」

「妳來這裡搞什麼鬼？」

他放下槍，瞪著眼前的安妮特。對，她用了她的鑰匙。那把他曾經要求她歸還的鑰匙。她臉頰下垂的皮肉透出疲態，頭髮全部往後撥，站在貼滿整面牆的瑞典北部地圖前，地圖上布滿圖釘、便利貼。安妮特揚手一揮。

「你在幹嘛？拿著槍到處跑？你瘋了嗎？」

「我以爲有人闖進我家。」

「我按了門鈴，可是你沒應門。」

「所以妳就直接走進來？安妮特，妳已經不住這裡了，鑰匙還我。」

她抬起頭，望向他。或許那把鑰匙就在她掌心，因爲她緊緊握拳，交扠手臂，把拳頭塞在腋下。她的視線從他染滿汗漬的T恤掃向破舊的襪子。

「你去哪了？怎麼這副鬼樣子？」

「我去找我們的女兒。妳看起來也沒有好到哪裡去。」

萊列把槍放到書架上，怒氣令他不敢握著槍。安妮特默默看了他半晌，她雙眼通紅，像是哭過。她轉向那張地圖，以及散落其上的圖釘。

「這是什麼？」

「看起來像什麼？地圖。」

「圖釘又是怎麼一回事？」

「那些是我找過的地方。」

安妮特按住嘴巴。她憋住呼吸，但沒有哭。她一動也不動地站在原處，打量地圖許久，又緩緩轉頭盯著他。

「我是來告訴你可以不用繼續找了。」她說：「黎娜不在了。她死了。」

□

梅雅往背包裡翻找合適的衣服。她衣服沒幾件，只有兩條洗到快爛的牛仔褲、四件褪色的襯衫、不成對的襪子。眞是丟臉。從她有記憶起，就不斷遭到嘲弄，大家笑她每天都穿同一套衣服，看起來既骯髒又格格不入。

卡爾—約翰坐在床上，雙眼閃閃發亮。

「妳現在這套衣服就很不錯了，不用大費周章啦。」

兩人下樓時，希潔和托比恩已轉移陣地到臥室裡。狗兒坐在房門外，百無聊賴地抓癢。看到梅雅和卡爾－約翰走過，牠拋來責難似的眼神。電視開著，但他們還是聽得見門內的黏膩情話。梅雅來不及逃到門口。

「妳不對他們說我們要出去嗎？」

「反正他們也不會發現。」

斯瓦提登的路標直直指向森林，所謂路面只是兩條深深的輪胎溝，中間雜草叢生。雲杉從兩側逼近，枝椏掃過車外的後視鏡。看不出這條路會通向任何有人煙的地方。

雨來得突兀，模糊了整片森林。當雨水重重打在車頂時，卡爾－約翰吹了聲口哨。他一手擱在方向盤上，像是讓車子自己行駛似地。他不時瞥向梅雅，笑了笑，似乎是要說服自己她還在車上。梅雅抬著頭，努力掩飾心中的焦慮。每次拜訪別人家總讓她無比拘束。眞正的家是無比陌生的異世界，有著她不知道的規矩。她已經習慣床墊擺在地上、廁所沒有衛生紙、空蕩蕩的廚房。她和希潔從未擁有過眞正的家，連類似的概念都沒有接觸過。卡爾－約翰就不同了，他對自己生長的背景相當自豪。

車子開過高聳的金屬柵門。「歡迎來到斯瓦提登」的標語漆在頂端。卡爾－約翰下車打開柵門，梅雅把自己縮向椅墊深處。

「這門眞是壯觀。」她說。

「我和我哥建的。妳在這座農場看到的一切都是我們家做出來的。」

森林盡頭是一大片草地，成群的牛隻低頭覓食。鋪著碎石的車道前方是迴轉的空地，以及一棟大房子，宛如木造城堡般聳立在森林邊緣，穀倉和幾棟小屋散落在兩側。梅雅的腸胃一陣翻攪。竟然有人住在這種地方。

卡爾—約翰指著馬廄與犬舍，蓬亂的狗兒前爪搭著欄杆，對他們狂吠。犬舍旁有一片和網球場一樣大的馬鈴薯田。

「那裡有一座湖，不過被森林擋住了看不到。」

「好棒喔。」

梅雅待在車上，雙手按著肚子，試著放慢呼吸，讓自己冷靜下來。她一向討厭和其他人的父母見面，討厭他們打量她、給她打分數的眼神。特別是媽媽，她們總能識破她的缺點。

妳爸媽做什麼工作？

我媽是藝術家。

藝術家？原來如此。什麼樣的藝術家？

她都在畫圖。

我們會不會在哪裡看過她的作品？

應該不會。

妳父親呢？

不知道。

妳不知道妳父親做什麼？

他沒和我們住在一起。

喔。

接下來不用多說了。最糟的就是他們已經知道希潔是什麼德性，什麼都不多問。

□

萊列盯著地板，不想面對安妮特扭曲的臉龐，但他聽見她輕聲啜泣、吸鼻子。

「頭兩年我還感覺得到她，覺得她還活著。只要想到她，我心中就一片光明。你知道那種全身暖起來的感覺。可是現在不一樣了。那道光已經熄了。」

「我不知道妳在說什麼。」

安妮特上前兩步，抱住他，臉頰貼在他手臂上。「她死了，萊列。我們的女兒死了。整個冬天我都有這種感覺。心裡有什麼東西碎掉了。我沒辦法解釋，總之就是這樣——我們的女兒死了。」

「我不想聽這種屁話。」

他想掙脫，但她抓得好緊，淚濕的臉頰埋進他的T恤，雙手往他身上摸索。她手指收緊，指甲扣起，最後他放棄了，任由她攀附，一手擁住她，從輕輕搭著到漸漸縮緊。他們攀在彼此身上，彷彿對方是自己的救生圈，他想不起過去何時兩人曾以這種方式擁抱。彷彿他們正從內側開始崩壞。

安妮特抬起頭，他沒有多想就吻了下去。她的唇帶著淚水的鹹味，他重重吻著，胯下壓向她，使出全力想和她貼得更近。他得要更加靠近她。安妮特拉扯他的衣物，摸向他的褲襠，拉著他壓向自己，幫他潛入自己體內。她以雙腿扣住他的腰，像是要把他鎖在自己身上。他狠狠抽插，比他想要的還要激烈。他看到自己的淚水滴到她臉上。她的指甲刺進他的皮膚，帶來陣陣刺痛。他意識到這才是他想要的。真正的痛楚。

事後，兩人並肩躺在地上，共抽一根菸。陽光透過百葉窗，往兩人的裸身上畫出一條條斑紋。安妮特戳戳他的肋間。

「你瘦了。」

「不用擔心我。」

「你又瘦又髒，還不睡覺。你這樣會把自己逼死。」

她起身穿衣服。他凝視她乳房上方那片散布著雀斑的皮膚，好想一頭靠上去，貼在她心上。臀部被她抓破的皮膚隱約作痛。不知道這場性交對她來說象徵著什麼。她會回家向湯瑪斯說起這件事嗎？還是說她馬上就拋到腦後？他希望她留下來，同時也知道這裡沒有空間讓她待著。令人窒息的沉重疲憊覆蓋在他身上，他真想就這樣光著身子睡去。可是安妮特已經鑽進廚房，他聽見打蛋和平底鍋撞擊磨擦、咖啡壺噴氣、收音機高唱。在滿屋子的咖啡香中，安妮特叫他去吃飯。

他走進廚房，發現她拉起了百葉窗，站在陽光中，霎時間，一切彷彿回到了正軌。黎娜在樓上賴床，安妮特準備要去叫她下來。陽光是如此燦爛，夢魘無處遁形。然而，當安妮特幫他倒咖啡時，他看到她嘴邊悲傷的線條，驚覺這都是幻象。她坐在他對面，以前她還住在這裡時，也是坐這個位置，只是現在她坐得端正，侷促不安。兩人中間放了兩盤炒蛋，萊列挖起食物，餓到有點反胃。安妮特隔著馬克杯口浮起的蒸氣看著他。

「先別生氣，我是認眞的。我相信黎娜已經走了。」

「沒差。在找到她之前，我不會放棄。」

□

卡爾—約翰家中充滿亮色系的木頭裝潢和溫暖顏色，還有燉肉與香草的濃郁氣味。圍著圍裙的婦人走出廚房迎接兩人，她掌心的皮膚粗糙泛紅，膚色比卡爾—約翰深一些，身材也比他纖細一點，但精緻的五官如出一轍。她微微一笑，摸了摸掛在肩頭的銀灰色辮子。

「妳就是梅雅對吧。能見到妳眞的很開心。我叫艾妮塔。」

她帶兩人進廚房，一名年邁男子坐在餐桌旁擦槍，各式各樣的零件攤在他面前。他抬起頭，皺著眉打量梅雅，從頭看到腳，最後停在她的指尖，像是在估測她的斤兩。電流竄過梅雅的皮膚，她覺得身體要著火了。

「這位是？」他拿手中的髒抹布朝她比劃。

「梅雅。」卡爾—約翰說：「我女朋友。」

「妳就是梅雅？他這陣子老是把妳掛在嘴邊。」

比格起身，他一張嘴就露出黑漆漆的牙縫。他看起來年紀很大——不太可能有卡爾—約翰這個歲數的兒子——不過他看起來相當硬朗結實，與她握手時展現出強健的力道。

艾妮塔送上鮮奶和黑麥麵包卷，搭配酸溜溜的手工藍莓醬。比格聊起農地、古老的森林、沼地及斯瓦提登湖。野莓、蘑菇、魚。他們養得起整個鎮，他說，而且產量還不斷增加。艾妮塔背對著三人替根莖類食物削皮，使力的肩膀不時抽動。她的話不多，卡爾—約翰也是。他只是坐在旁邊，一手緊緊攬著梅雅，眼神閃亮。陽光打在他的頸子上，照亮細細的藍色血管。她似乎看得見皮膚下的脈動。

「卡爾—約翰說妳是從南方來的。」比格說。

「我在斯德哥爾摩出生，不過我們搬過好幾次家。」

「我年輕時也是到處跑。我的雙親沒辦法照顧我，所以我換了好幾個寄養家庭，從來沒在哪裡落腳扎根。在這種環境長大很不簡單，會讓人豎起高牆。因此我想把我從未擁有過的事物交給幾個兒子。可以安頓下來的地方。安全感。」

梅雅喜歡他的嗓音，喜歡它在房裡迴盪的感覺。他嘴角的笑紋讓人覺得他著實享受自己的人生。

艾妮塔把整盤麵包卷推向梅雅。

「別客氣，多吃點。」

廚房裡滿是食物與清潔劑的香味。桌面和流理台乾乾淨淨。沒看到菸灰缸或空酒瓶。古董座鐘在角落滴答運轉。有著黑色鐵製開口的暖爐前放了一塊墊子，貓兒躺在上頭偷看人類聊天。此處的寧靜氣息令梅雅渾身放鬆。

「你一定要帶她去看看我們的牲口。」等他們吃完，艾妮塔說：「有剛出生的牛寶寶，還有幾頭小牛。」

晚間的太陽狠狠照耀穀倉和放牧牛群的草地。卡爾—約翰的手指摸起來粗粗的，看得出他每天都靠著這雙手勞動。他帶她穿過一片野花、成群的蚊蟲，向她介紹農場的動物，簡直把牠們當成人類看待。艾妲、茵德拉、丁德拉、奴特。還有艾葛特，不過別靠牠太近。他撫過牲口被太陽曬暖的毛皮，往牠們柔軟的嘴裡塞牧草。小小的牛兒撐著搖搖晃晃的細腿打轉，卡爾—約翰把牠們當成玩具似地抱起來。

兩人靠著穀倉的牆坐下。「這裡真的是天堂。」梅雅說。

夜深了，可是這片土地上沒有半點睡意。卡爾—約翰從她頭髮間抽出一根乾草。她想著睡在他身旁會是什麼感覺。在這樣的地方醒過來，是什麼樣的感覺。

門板咿啞作響，打破這片寧靜，下一秒，他們看到高高瘦瘦的人影走了過來。是大哥葛倫。看到兩人，他舉起扛在肩上的釣竿。梅雅和卡爾—約翰揮手打招呼。

「天色這麼亮，他完全睡不著，所以會去幫我們釣早餐要吃的魚。」

「早餐吃魚嗎？」

「超好吃的。」

卡爾—約翰起身，盡量拍掉牛仔褲上的草屑，向她伸出手。

「只要在這裡過夜妳就知道了。」

□

萊列在起居室的沙發上醒過來。笑聲從鄰居家飄進屋裡。時鐘告訴他現在是六點半，他起身走向廚房，渾身痠痛。發現自己把整晚時光浪費在睡眠上時，他飆了一輪髒話。看到水槽裡的平底鍋，他才想起安妮特曾來過。他還聽得見她說黎娜死了，猛然甩頭，想把她的聲音甩掉。安妮特的第六感總是很靈。

他用冷水洗臉漱口。窗外放著空蕩蕩的吊床，鍊子隨風晃動，吱嘎作響。安妮特好久好久以前曾經躺在床上，拿細細的鍊子吊著戒指，在她凸起的肚皮上旋轉。

「萊列，我們會有個女兒。」

「妳怎麼能確定。」

「我就是知道。」

他拿茶巾擦臉，望向書房的門。書背在陰暗的房裡與他對望。他們眞的做了嗎？

他打開門鎖，快步走向郵箱拿報紙。報紙上落了一把亮晶晶的鑰匙。安妮特的鑰匙。自從離開他之後，她不斷拒絕歸還，彷彿是無法眞正放下他。她放不下的其實是這棟屋子，黎娜出生長大的屋子。但鑰匙回來了，瑩亮嶄新，像是什麼事都沒有發生過似的。

萊列回到廚房裡，聽見黎娜的取笑，因爲他還留著看報的習慣。現在沒有人看報紙了啦。他看見她的身影，坐在餐桌旁，她的位置上；幾乎聽見她刻意挖苦的語氣。他把印著油墨的紙頁啪地丟在桌上，彷彿她就坐在這裡，彷彿是想回過來逗弄她。放下發亮的螢幕，來看看眞正的報紙。然而他只激起一片灰塵，過了半晌他才看清頭條：「十七歲少女失蹤，警方不排除是刑案的可能。」星期日清晨，阿耶普羅市警方和當地民眾忙著搜尋在克拉加露營區失蹤的十七歲少女。失蹤者與一名友人在這個接近九十五號公路的知名景點露營。根據友人的說法，她在凌晨離開帳篷後再也沒有回來。該名友人報警，警方協同義工和國民兵徹底搜過周邊區域。「目前我們不能排除犯罪事件的可能性，要請社會大眾盡可能提供情報。」阿耶普羅市警局的麥特．涅米表示。失蹤者金髮藍眼，身高一百五十六公分。失蹤時她穿著黑色背心、黑色牛仔褲、白色耐吉運動鞋。

萊列把報導反覆看了好幾遍，字句不斷擠成一團。咖啡灼燒他的喉嚨，他起身，在餐桌旁來回踱步。隔著窗戶，他看到鄰居小孩，但他們的笑聲進不了他的腦袋。肚子猛然抽搐，他撲向水槽，吐出咖啡和酸臭的胃液。汗水沿著背脊滑落，手臂抖了起來。他癱倒在地，雙手緊緊按住眼窩，張口號叫。

□

萊列左頰緊貼冰涼的木頭地板，手機隔著褲子嵌入他的皮膚。他從口袋裡挖出手機，將螢幕湊到耳邊，聽著自己逐漸加速的心跳。哈桑的聲音終於響起：「萊列，怎了？」

「你聽說了嗎？」

「什麼事？」

「阿耶普羅那裡有個十七歲女生失蹤。」

警車無線電的雜訊伴隨著長長的嘆息。「萊列，現在還沒辦法下定論。」

「是嗎？」

「搜索才剛開始呢。」

「我覺得他們找不到她。」萊列聽見自己沙啞的嗓音。「我擔心她也會和黎娜一樣。」

「我懂。」哈桑說：「但現在我們沒有證據去懷疑……」

「她們身高一模一樣！」萊列打斷他。「連一公分都不差！」

他知道這話聽起來有多荒唐，但他無法克制。

「這個案子的背景條件完全不同。一切都指向她的男友。」

萊列發出挫折的笑聲，他舌尖嚐到一絲苦味。

「黎娜失蹤的時候，你說我的嫌疑最大，你看你的理論得出什麼後果？」

「萊列，你冷靜點。」

「我很冷靜！我只想確定警方他媽的有好好做事。不知道你有沒有發現，這個女生的外表和黎娜沒有兩樣。而且她們都在白銀之路附近失蹤。你覺得只是巧合嗎？」

「現在說什麼都太早，我不想胡亂猜測。她才失蹤兩天，找到的機會還很大。」

萊列一摸臉頰，觸手一片濕冷。「你們找不到的。」

「我真心期望你這句話不會應驗。」

「我也是。」

□

梅雅獨自醒來，床被間還帶著卡爾—約翰的氣味。床邊的收音機顯示現在是六點半。他都是這麼早起嗎？深棕色的木片百葉窗遮住陽光，她在黑暗中瞇眼尋找衣服和手機。沒電了。牆上貼滿各種型號的戰鬥機海報。梅雅套上牛仔褲與T恤。窗邊的書桌上擺著老舊的打字機。她摸摸黑色按鍵，停在字母C上頭。

「妳醒了。」

卡爾—約翰站在門邊，光源在他背後，她看不清他的臉，只看到他嘴角的笑意。他走進房裡，緊緊抱住她。牧草和牲口的味道已滲入他衣服的纖維，他的頭髮還在滴水。

「妳睡得好嗎？」

「這裡很暗，好舒服。」

卡爾—約翰走到其中一扇窗邊，拉起百葉窗，讓陽光照進來。梅雅瞇起眼睛。

他握住她的雙手。

「餓了嗎？要不要吃早餐？」

大家都坐在餐桌旁，比格、艾妮塔、兩個哥哥。當她坐下時，他們狐疑地盯著她看。她用手指梳梳頭髮，望向桌上的食物。剛出爐的麵包一切開就冒出熱氣，三種不同的起司、火腿、外殼帶著斑點的水煮蛋。壺裡的牛奶還有一點泡沫。

「都是我們自己做的。」比格說：「找不到更新鮮的食物啦。」

飢餓狠狠攻擊梅雅的胃袋。

「卡爾—約翰說你們早餐常常吃魚。」

「沒錯。葛倫是我們的夜間漁夫。」

葛倫往前傾，手臂靠上深色桌面。

「昨晚魚沒有上鉤。」

他隔壁的帕爾嘴裡塞滿食物，對卡爾—約翰咧嘴而笑。「昨晚只有卡爾—約翰運氣好。」

食物碎屑隨著他的笑聲噴過來，卡爾—約翰拿奶油刀假裝要砍他。艾妮塔連忙勸阻。

她的頭髮像是白雪般披在肩頭，整個人好像一秒都坐不住，一會跑到火爐邊、倒咖啡、沖洗盤子。只要看到梅雅，她眼中就會綻放光彩。烈日和寒風在她臉上遺留的痕跡讓她更加美麗。梅雅心想等自己老了，也希望看起來像這樣。飽經風霜，因歲月而增色。

「妳母親知道妳在這裡吧？」

「應該吧。我手機沒電了，沒辦法打給她。」

「我就是看手機不順眼。」比格說：「那只是政府和當權者監視我們的手段。」

梅雅攪攪咖啡，感覺卡爾—約翰伸手偷搔她的大腿。

「這招確實很厲害。」比格繼續道：「年輕人依賴時時刻刻與世界聯繫，這樣上頭的人就能完全掌控。他們看得到你、聽得到你、把你錄下來。他們很清楚你的下落，追蹤你的一舉一動。」

比格凝視著她，那雙眼讓她想起水面。兩灘永不解凍的冰池。梅雅的T恤貼住腋下，嘴裡新鮮的麵包頓時變成蠟塊。

「這是什麼意思？」她問。

葛倫和帕爾嗤之以鼻，但比格收起笑意。

「問題就在這裡。」他說：「他們對你瞭若指掌，但我們對他們一無所知。」

□

卡爾—約翰攏起她的頭髮，親吻她。卡在兩人之間的排檔桿瘋狂震動，越過他的肩頭，隔著雨幕，她看到托比恩的身影，雨水敲打深色木牆。當她把他推開，卡爾—約翰握住她的手腕。

「別這麼難過。我們今天晚上就能見面。」

「眞的？」

「說好了。」

她緩緩穿過傾盆大雨，在泥濘的車道上轉身，看到他開車消失在林間。等她踏進屋裡，已經淋成了落湯雞。

狗兒踮腳轉圈，拿尾巴拍打她濕透的牛仔褲。托比恩大吼要牠趴下，向梅雅送上毛巾。

「妳去哪裡了？我們差點要報警了呢。」

「我和卡爾—約翰去了趟斯瓦提登。」

梅雅拿毛巾包著頭髮，擠過托比恩身旁，往屋裡找希潔。她坐在廚房裡畫素描，頭髮又換了顏色。和烏鴉一樣漆黑的髮絲落在她肩頭，讓她的氣色看起來更糟了。她枯瘦的手臂淹沒在托比恩的法蘭絨襯衫裡。她的視線沒有離開眼前的畫紙。

「妳就不能打個電話嗎？我們花大錢給妳買手機，妳根本沒在用。」

「沒電了。」

「托比恩要瘋了。真想讓妳看看他那副模樣。他半個晚上都在外頭開車找妳。」

梅雅瞥了托比恩一眼，他一頭髒兮兮的亂髮，手臂多了幾道鮮紅傷口，像是被他自己抓破似地。

「昨晚又有一個女生失蹤了。」他說：「在這個時機我沒辦法不擔心。」

梅雅朝成堆的髒碗盤、地上裝滿空瓶罐的黑色垃圾袋擺擺手。啤酒和菸屁股臭得她忍不住皺眉，她想到斯瓦提登的廚房，光潔的流理台和清新的氣味。記憶中的景象帶給她力量。她轉向托比恩，直視著他。

「我想你要擔心的不是我。」

□

當晚，他在新聞上看到她的臉。漢娜·萊森。漂亮的金髮女孩，畫著濃濃的深色眼妝，露出害羞的笑容。照片拍出銀色湖面旁的藍色帳篷。和黎娜是如此相像，他不由屏息。肋骨內側的陳年疼痛再次發作，他彎下腰，用拳頭按住痛點。安妮特老是唸他，催他去看醫生，但他知道這份痛楚無藥可醫，悲傷早已在胸中生根。

他抬起頭，換成漢娜．萊森的雙親上鏡頭。驚恐宛如蒼白的面具般覆蓋他們的臉龐。父親以破碎的嗓音哀求，如此熟悉，他胸膛裡的劇痛炸開。他向全國人民求助，那些幸運的畜生這輩子嘗不到失去孩子的無助感。那些一無所知的無名小卒。但他依舊苦苦哀求。萊列凝視男子的嘴唇，沒扣好的襯衫領口，沒刮的鬍子，刻入他臉頰的絕望。還有漢娜的母親，她已經說不出話了。等到協尋短片結束，萊列無法抑止顫抖的身軀。

他感覺到她的視線從爐架上投來。照片裡的黎娜露出挑釁似的微笑。爸，別呆坐在這裡。快點行動啊！他在起居室裡踱步，抵擋從四面八方襲來的惡意，努力呼吸。他到門口套上厚重的靴子和北極狐夾克，大大的兜帽可以擋住蚊蟲，只露出眼睛。他拍拍胸口，確認菸盒與打火機都在口袋裡。他沒有費神鎖門。夜晚的太陽在窗外照耀，灼燒著樹頂，指尖傳來熟悉的刺痛。從鄰居的院子飄來除草後濃濃的草味和烤肉香。黑漆漆的灌木叢後有幾個小孩玩彈跳床，柔軟的髮絲在風中飛揚。爲了再次看到這樣的景象，他有什麼不能給的？

可憐的傢伙？

你過得如何？

要是能找到屍體就好了。

他沒空幫別人找小孩。明亮的夜晚太過稀少，不容許他恣意揮霍。日光很快就會消失，一切事物在黑暗中腐敗結凍，藏在層層冰雪下。夏天無比珍貴，一絲一毫都不該浪費。

即便如此，方向盤和油門依舊帶著他往北、往內陸挺進，前往第二個女孩失蹤的地方。

□

克拉加營區的路旁排滿車輛。他至少要停到一公里外。他戴好兜帽，心跳與人們的呼喊、狗吠聲、警車的無線電形成對比。這個地方到處都是人，反光衣物和膠帶擋住他的視野。萊列走向警方在營區設置的調查總部，藍色白色的封鎖膠帶圍繞著一頂帳篷，那是一切行動的核心。他的胃部一陣翻騰。一名男子拿手機拍下帳篷的照片，年輕員警上前驅離他。萊列往前擠，在犯罪現場四周繞來繞去，遇到一名短髮女子，她尖聲指示他參加志願搜索網。他們才剛出發，只要加快腳步就能追上。她應該是問起他的名字，不過他不太確定，兜帽蓋住了他的耳朵。

這一區全是糾結的雜草和濃密樹林，他得抬起雙腳，像是在雪地裡走路。他的右邊是呼吸帶著咻咻聲的老婦人，但她在野地裡行動敏捷如山貓。左邊則是不斷說起他在陸軍遊騎兵中隊服役往事的男子，說他在森林裡拉屎時屁股被蚊子叮爛了。他永遠不會忘記那段歲月，大家都該接受那種訓練。萊列隨意應了幾聲，臉對著地面，耳中湧入其他聲音：激流的嘩啦啦水聲、國民兵的直昇機旋翼在遠處隆隆作響。森林裡塞滿了人，氣氛凝重，人們散發出恐懼、期盼等各式各樣的情緒。萊列心中空空如也，除了狠狠鞭笞身軀的緊繃與睡眠不足，他什麼都感覺不到。警方一開始也是靠這招來找黎娜，最後只剩下他一個人。他過去滿懷怒氣。那些人。凝結成塊的憤怒。氣他們不得要領，氣他們不正眼看他，氣他們把他當動物似地隨意拍拍他。他氣他們一無所知、幫不上忙，經過一天的搜索還能回家陪自己的孩子，繼續過日子。這股憤怒不曾離開他。他永遠無法用同樣的眼光看待旁人。

到了傍晚，搜索中止，腳上的水泡裂開，黏住襪子。失蹤的女孩不見蹤影，搜索隊長的面色陰沉。踏著林間薄霧回去開車的途中，他覺得渾身虛軟，精力都被抽乾了。朦朧的人影在樹林裡移動，四處都是人，但緊繃的沉默瀰漫在空氣裡。那些呼喊、口哨聲、吠叫全都安靜下來，取而代之的是低垂的腦袋。如此熟悉的沉默，彷彿要把他撕成碎片。

就在差點被鬆開的封鎖膠帶絆倒時，他看到了那個人。那名父親。在電視上，他的灰髮平貼頭皮，但現在全都翹了起來。即便如此，他還是認出了對方。

萊列想低頭走開，可是他做不到。他踏過低矮的野莓叢，站到男子面前，幾乎把他當成搜索的目標。兩人互望幾秒，萊列努力思索要說什麼。他聽到自己報上名字，清清喉嚨，吞下滿嘴怒氣。

「我女兒三年前失蹤了。如果這世界上有人能稍微體會你現在的感受，那個人就是我。」

漢娜．萊森的父親默默眨眼。恐懼使得他眼神空洞。萊列看到了，一陣羞恥襲來。

「總之，你想聊聊的話，可以打電話給我。」

他只說得出這些。他意識到自己的存在把這個人嚇到了，而且對方認識自己。或許他當年在眾人依舊抱持希望的那陣子，曾在電視上看過萊列。然而日子一天一天過去，期盼從未實現。萊列的體驗宛如夢魘，沒有人想正視，生怕會遭到傳染。

回到車上，他一頭靠上方向盤，靜靜啜泣，淚水流不出來。他無比羞愧。因為他把絕望當成重燃希望的契機。希望又一次的失蹤案能改變一切。

□

「妳為什麼不能穿好衣服？」

希潔在躺椅上曬半夜的太陽，剃光體毛的私處形成白得發亮的三角形。酒杯擱在她身旁的草堆上，旁邊是她按熄在地面的成排菸屁股。

「這裡的空氣讓衣服顯得多餘。」

她的嗓音清楚表現出她好幾晚沒睡，無法抵抗突如其來的衝動。把頭髮染黑只是個開始，下回肯定是更具毀滅性的行為。梅雅想到盧斯醫生，不知道他能不能遠距開藥，還是說希潔應該要在這裡找別的醫生。這一帶沒有幾間醫院，她想，精神科更是難找。她向希潔拿一根菸，放在鼻尖深吸一口菸草味。

「我不抽菸了。」

「為什麼？」

「因為很噁心，而且我和卡爾—約翰說好了。」

希潔點菸，故意把煙吹向梅雅。

「他真的叫卡爾—約翰嗎？」她冷笑一聲。「他有沒有什麼比較好叫的暱稱？」

「卡爾—約翰有什麼問題嗎？」

「不覺得聽起來有點假嗎？」

「我覺得這個名字很不錯。」

「妳不該做一堆事情討好他。男人喜歡壞女人，不然他們很快就會膩了。」

「我不用妳的建議。」

希潔又倒了一杯紅酒，手抖個不停，幾滴酒濺入草地。她湊過來用另一隻手摸摸梅雅的頭髮，隔著千迴百轉的煙霧對她微笑。

「聰明的小梅雅，妳不用我的建議，也不需要男人。我總說妳自己一個人也可以過得很好。」

梅雅躲開希潔的示好。紅酒讓她多愁善感。

「卡爾—約翰和其他男生不一樣。他眞的喜歡我。眞的。」

「你們有沒有睡過？」

梅雅折斷那根菸，菸草撒在她的褲子上。

「與妳無關。」

「我知道妳不想相信，但我是妳的親生母親。」

車聲響起，過了一會她們才看到那輛車。梅雅拎起草地上的毯子，蓋住希潔。等到卡爾—約翰的Volvo開近，她已經跳起來準備離開。

「妳要去哪？」

「我要和卡爾—約翰到斯瓦提登過仲夏節。」

希潔彈落菸灰，伸展雙臂。「如果妳整個週末都不在家，先給我一個擁抱吧。」

梅雅不情願地回頭。她感覺全身的肌肉在希潔懷裡僵硬，聞到菸味和染髮劑的味道。希潔推開她，推起太陽眼鏡，與她四目相對。

「梅雅，妳和我不一樣。記住。妳不必靠著男人活下去。」

□

隔天晚間，他又去了阿耶普羅一趟。帳篷撤掉了，工作人員豎起仲夏節的花柱。萊列避開人潮，躲到灌木叢後獨自展開搜尋。要等到霧氣從湖面冒起，世界消失在視野中，他才願意罷休。

不知道是疲憊、香菸煙霧，還是陽光令他目眩，當他開過隆特翠斯克的沼澤區時，他沒看到那頭馴鹿。好吧，該說看到時已經太遲了。牠們披著換到一半的毛皮漫步，肋骨在泛藍的皮膚下起伏。他反射性地猛打方向盤，滑到路中間，但衝擊依舊無法避免。一陣震動，一聲悶響，那頭纖細的野獸撞上引擎蓋。輪胎猛刮地面，終於靜止下來，鹿群往沼澤區逃竄。他的心臟狂跳，抽到一半的菸從指間滑落，在窗框上悶燒。他抖著手撿起菸，爬出車外。

一團深色硬塊橫躺在柏油路面上。從尺寸來看是頭幼鹿。看到牠還在呼吸，萊列高聲咒罵。牠的肋骨輕輕顫抖，身上還殘留幾撮白色冬毛，其間夾雜一縷縷鮮血。萊列取出置物盒裡的手槍，快步回到小鹿身旁。牠仰望著他，眼白閃閃發亮。他把槍口抵住牠的額頭，扣下扳機。四條腿抽了幾下，生命漸漸流逝，歸於寧靜。萊列把槍插回腰間，彎腰緊緊握住小鹿的後腿，費了點力將屍體拖過半邊馬路，丟進側溝。柏油路上留下一道明顯的血跡。萊列在牛仔褲上擦擦手，努力穩住呼吸。他跪在車旁，檢查有沒有撞壞什麼地方，只要還能開就好。只要還能繼續找黎娜就好。太陽迅速爬上天頂，鳥兒高唱，彷彿什麼事情都沒發生過。坐回駕駛座上，寒意竄過全身，他默默地哭了起來。

□

仲夏節的夜裡，森林和田野染上一片藍，黑漆漆的蚊蟲在野花上飛舞。完全無法阻止蚊蟲叮咬。稍早，他們宰了一頭豬。梅雅沒有看，但是垂死的慘叫聲在她腦中迴盪了許久。豬圈旁留了一大灘深色豬血，引來了成群蒼蠅。那頭豬掛在火坑上，已經不剩多少肉了。花柱投下長長的影子，艾妮塔拿野花編的花圈掛在柱頂，隨風搖曳。比格領著眾人繞花柱跳舞，直到大家雙腿痠痛。整晚他們滴酒不沾，梅雅靠在卡爾－約翰胸口躺著，感覺他的心臟怦怦跳動。

「我這輩子好像還沒有笑得這麼開心過。」

「我也是。」

火焰往天空翻捲，驅散蚊蟲。比格和艾妮塔在幾個小時前向他們道晚安，不過對年輕人來說，多晚都不算什麼。到了凌晨，帕爾話匣子突然開了，在美麗的夜晚塡滿光怪陸離的故事，他說那叫作末世學說。梅雅假裝沒在聽，和卡爾－約翰說悄悄話，在他身上畫圈圈，數他手臂上有幾顆痣，拿草葉搔搔他的耳垂，逗得他哈哈大笑，把她緊緊包在懷裡。

「首先會是核子武器。」帕爾說：「炸彈之母將會清除全世界一半的人口。之後，只有夠強大、準備充足的人才能存活。接著大家要重新開始，從錯誤中學習。」他撥了撥焦黑的木頭，臉頰紅得像火光般。「若不是如此，自然也會導致人類衰亡。假如我們動作太慢了，就會受到大自然反撲。或許是黃石公園，或許是什麼地方。只有倖存者知道。無論從哪裡開始，大戰都會開打。那會是人類史上最血腥的戰爭。」

他的語氣似乎帶著期待，強忍的興奮使得他的嗓音帶了一絲顫抖。他戳了身旁宛如沉默幽影的葛倫幾下。葛倫看起來完全沒聽進去，只是呆坐著凝視火堆，幾乎不存在於此。他不時猛抓胸口和手臂，彷彿難以忍受自己的皮膚。

帕爾拿燒黑的烤肉竹籤在地上畫了個黑色十字。

「我才不管老頭怎麼說。他嘴裡那些殺手病毒與疾病。對啦，那種事肯定會發生，不過還不足以終結人類歷史。病毒只是降低人口數量的工具。大規模的削減需要全面開戰。」

在卡爾—約翰懷裡，梅雅覺得勇氣百倍。她抬眼望向帕爾，挑釁似地問道：「你真的全都相信嗎？」

「相信什麼？」

「會爆發戰爭。」

「當然了。看看人類歷史，我們一直都在打來打去。現在的問題是我們擁有能摧毀全世界的武器。沒有人逃得掉。」

他摸摸自己的鬍碴，隔著燄舌投來強硬的眼神。

「要是社會崩潰，妳能撐多久？」

「什麼意思？」

「沒有電、自來水、超市。妳能活多久？」

梅雅低頭看著握在自己掌心的卡爾─約翰的手，輕撫粗糙的厚繭。「不知道。」

「妳知道我們在斯瓦提登能活多久？」

她搖搖頭。

帕爾舉起一隻手，攤開手指頭。「五年。至少。說不定可以待上一輩子。」他對卡爾─約翰說：「你要讓她看那個嗎？」

卡爾─約翰鼻尖埋進梅雅的頭髮。

「給我看什麼？」她問。

「明天吧。」他低喃：「明天再說。」

「廢話就到此為止。」葛倫突然開口，站了起來，拎起一個水桶，裝滿水，灑在火堆上，用腳踩熄最後一絲餘燼。被他抓破的幾顆青春痘正在滲血，他似乎毫不在意。他摸摸褲襠，走進樹林裡。帕爾把竹籤丟進灰燼。

「只有準備好的人才能存活。」他看著梅雅。「剩下的只能祈求奇蹟。」

他們躺在寧靜的黑暗中，不受半夜的太陽和蚊蟲侵擾，房裡只有卡爾—約翰帶著喉音的深沉鼾聲。他沉重溫暖的手臂壓在她屁股上，但她不想推開。她想趕走寂寞。想到以前的都市生活，她和希潔待過的公寓。電梯在樓層間嘆息，不是來自她們住處的飯菜香揮之不去。人們住得很近，生活的聲響彼此干擾。很近，卻又永遠觸碰不到。如果希潔晚上沒回家，陪伴她的只剩那些聲音。

她被身旁手機的震動吵醒。卡爾—約翰的身軀滑開，但他的溫暖從背後傳來。她瞄了螢幕一眼，發現是希潔來電。現在還不到八點，希潔從沒這麼早起過。一定出了什麼事。

「哈囉？」

「梅雅，妳趕快回來。」

「怎麼了？」

希潔的氣音斷斷傳來。「是托比恩。拜託，梅雅，我不想繼續和他獨處了。妳趕快回來。」

微弱的訊號打散了她的話語。感覺她是把手機湊在嘴邊，像是不想被旁人聽見。

□

當警車開到家門口時，萊列只穿著一條內褲，在廚房煎馬鈴薯餃。他匆忙進臥室套上牛仔褲和T恤。把鍋鏟油膩的那面朝下擱在床邊桌上。褲腳還是濕的，沾著昨晚在樹林裡的污漬，不過他沒發現。隔著百葉窗的縫隙，他看到員警踏上碎石子路，制服外套筆挺，警帽下冒出濃密的黑髮。

「現在又怎樣？」他悄聲自問。一如往常，熟悉的希望浮現，血液在全身上下奔流。說不定他們找到她了。說不定一切終於要結束了。又或者只是開始。他猛然推開門，哈桑被他嚇得倒退幾步。

「怎麼了？」

哈桑揚起戴著皮手套的雙手。「與黎娜無關。這次不是。」

失望——抑或是安慰？——令他重重靠向門框。

「所以你來幹嘛？」

「要讓我進去嗎？」

萊列讓到一旁，感覺哈桑的視線從沒離開過他。

「老兄，你的頭髮眞的要想想辦法。」

萊列舉起手，頭髮摸起來僵硬油膩，亂得不得了。

「你多久沒洗澡了？」

「不是每一個人都和你一樣光鮮亮麗。」

哈桑若有所思地看著他。「我聞到食物的味道。」

「我在煎馬鈴薯餃。要來一點嗎？」

「你很清楚我不吃豬。」

「你不是吃馬鈴薯嗎？」

「裡面不是包了豬肉？」

「你可以挑出來啊，一點點豬肉又不會死人。」

哈桑脫掉制服外套，正要掛到椅背上時，萊列突然大吼：「不准坐那張椅子！那是黎娜的。」

哈桑默默收起外套，選了另一張椅子。他的眼神透出關切，但什麼都沒說。他坐下來，雙手擱在桌上，望向萊列。彷彿他能看透萊列腦中打轉的每一個念頭。

萊列把油亮亮的餃子分到兩個盤子裡，拿湯匙挖出越橘醬。哈桑一臉狐疑。

「可以告訴我這是怎麼一回事嗎？」

「真的只是碰巧經過。」

「經過。在值勤時間？」

哈桑叉起一顆馬鈴薯餃，思考幾秒才塞進嘴裡。「我知道你最近不太好受。」他邊嚼邊說：「我只是想親眼確認你沒事。」

「廢話少說。」

哈桑吞下食物，臉皺成一團。他放下叉子，直視萊列。「好，廢話少說。你星期六半夜到星期日在幹嘛？」

「開車。」

「去哪？」

「沿著九十五號公路上上下下。」

「你有沒有剛好開到阿耶普羅一帶？」

「我每天晚上都會經過阿耶普羅。」

「你開到那裡的時候是幾點？」

萊列聳聳肩。「我猜是三四點左右吧。可能再晚一點。」

「你有沒有在克拉加營區附近停留？」

「我不記得有這回事。星期日沒有。」

「萊列，拜託。」

萊列在越橘醬裡畫圈圈。他們先前懷疑過他，但他現在一點都不怕了，只是更加疲憊。他是黎娜失蹤前最後見過她的人，現在他又經過漢娜．萊森失蹤的區域。警方自然會想到一塊去。

「你前天說我們永遠找不到她。那是什麼意思？」

萊列推開盤子。「就是一種感覺。她和黎娜那麼像，絕對不是巧合。這兩個案子一定有關聯。」

「隔了三年不會太久嗎？」

萊列用指甲剔牙，他不能隨便就被打發掉。「警方對漢娜．萊森了解多少？」

「我不能和你討論這件事。」

「也就是說你他媽的什麼都知道。」

「萊列，如果是我，我會更加留意。」萊列從沒聽過哈桑用這種語氣說話。

「那個男朋友，你們在他身上查出什麼了？」

「就我所知，他被釋放了。漢娜依舊下落不明，我們找不到理由繼續扣留他。你也知道的。」

「你不是認眞懷疑我和這件事有關吧？」

哈桑抹抹疲憊的臉龐。「我想看看你的車。」

「請自便。鑰匙掛在玄關。」

哈桑把盤子和餐具拿到水槽，刮掉剩餘的馬鈴薯餃，洗好盤子，放到架上。萊列盯著他粗壯的頸子和手臂。這雙手曾在他差點被自己的嘔吐物溺死時，把他從地板上扶起，扛到二樓，往他床邊放了個水桶。他曾徹夜陪伴萊列，儘管此舉完全超出警察的職務範圍。是哈桑在安妮特離開後清空裝滿私釀烈酒的塑膠容器，敲碎酒櫃裡的每一瓶酒。想到那些往事，他的眼窩就一陣刺痛。

「你知道這一帶的森林裡住了一些退役軍人嗎？」

哈桑關上水龍頭。「你說退役軍人？」

「對。某天晚上我去找黎娜的時候，遇到一個參加過聯合國部隊的人。他拿廢棄的農舍當自己家住。你應該要看看他那副模樣。長頭髮，全身髒兮兮的，和野人沒有兩樣。」

哈桑拿廚房紙巾擦手，悲傷地看著萊列。「你不覺得該放下這些事情了嗎？」

「放下？」萊列的聲音在廚房裡迴盪。「我女兒失蹤三年了——整整三年，沒有半點蛛絲馬跡。我他媽的是要放下什麼？」

「你這是在虛耗時間。」

萊列擺擺手，眼窩的酸澀卻更加嚴重。「要來點咖啡嗎？」

「沒空。馬鈴薯餃謝啦。」

哈桑走向門口，萊列聽見他從鉤子取下鑰匙的沙沙聲。隔著起居室的窗戶，他看到哈桑套起拋棄式的藍色手套，走向他的Volvo。車門開了。他看著哈桑雙手伸進去翻動車內的垃圾，菸灰在他頭上飛舞。

萊列轉頭，瞥了爐架上微笑依舊的黎娜一眼。

「妳相信嗎？」他高聲說：「他們又要把事情推到我頭上。」

他坐在廚房裡，聽咖啡咕嚕咕嚕煮沸，哈桑回到屋內，站在門口，手中舉著一塊布。

萊列斜眼看去，發現那是他昨晚穿的上衣。

「整個前座都是血。萊列，你到底在搞什麼鬼？」

□

「你不用跟我來啦。」

「說什麼話，我當然要陪妳進去。」

卡爾—約翰從駕駛座下抽出一把刀。

「你要幹嘛？」

「妳知道托比恩是什麼樣的人嗎？妳認識他多久了？」

梅雅嚥嚥口水，她嘴裡泛起酸味。「不知道。希潔在網路上認識他的。」

卡爾—約翰緊緊皺眉，望向屋子。「妳待在我背後。」

他把刀藏進袖子裡，踏出車外。抗議的字句卡在梅雅舌尖，卻半句話都說不出來，只聽見耳際如雷的心跳聲。她戰戰兢兢地跟著他下車，沒有修剪的草坪上露珠閃閃發亮，沾濕了他們的鞋子。卡爾—約翰站在門前的露台上，敲敲門，伸手擋住梅雅。

來開門的是托比恩。他將鮮血淋漓的廚房紙巾按在腦袋側邊，視線亂飄，最後才落到梅雅身上。

「那個女人根本是神經病！說什麼她都聽不進去！」

卡爾—約翰推開他，連聲呼喚希潔。梅雅快步跟他進屋，瞥見握在他手中的刀。希潔坐在廚房地板上，身旁散著一大堆色情雜誌。汗濕的頭髮貼住她枯瘦的脖子，睫毛膏在凹陷的臉頰畫出一道道黑線。她對著兩人舉起幾張雜誌內頁。其中一張印著胸部超大的女生，光裸的雙腿張開往後勾起。

「整間地窖塞滿了這種垃圾！」希潔說：「都是小女生！不到十八歲！光看就想吐！」

梅雅踩上光滑的紙頁，羞恥心在她臉頰點燃烈火。

卡爾－約翰折起小刀，收進口袋裡。他的脖子紅得像是被曬傷似地。托比恩粗啞的嗓音從後頭傳來。

「我已經單身四十多年了。就只有這些雜誌陪我。我想過要丟掉，但就是沒辦法下手。我沒說我是什麼好東西。」

「整間儲藏室！」希潔大罵：「他對我說要去做一些木雕。木雕！」她的笑聲轉成沙啞的啜泣，臉埋進掌心，不住抽搐，彷彿即將崩潰。三人站在旁邊看著，無能爲力，尷尬到無法動彈。最後，卡爾－約翰對托比恩說：「我可以幫你燒掉那些東西。」

這事耗去一整個早上。他們在穀倉旁的斜坡上生火，用手推車將雜誌和錄影帶分好幾次運到火堆裡。濃濃黑煙飄向天眞無邪的夏日天空。梅雅收拾好她的行囊，等他們燒完。她站在浴室鏡子前直視自己的面容。握住髒兮兮的洗手檯，她的手指陣陣抽痛。羞恥深深刻入臉頰，她滿臉通紅。接著她到廚房裡猛灌咖啡，直到雙手抖個不停。屋外的兩個男人拿長柄鏟子把色情雜誌當牛糞似地鏟起。卡爾—約翰推著手推車來回奔走，肌肉在陽光下閃耀。不知道要過多久她才有勇氣面對他。

火堆燒得正旺，希潔沉浸在鉛筆素描中，雙手意外地穩定。言語在梅雅嘴裡翻了幾圈，過了許久她才找到自己的聲帶。

「妳這次太過分了。」

「我拿柴薪敲他的頭，所以他才會流血。」

「妳打電話叫我回家，因爲妳的炮友在倉庫裡收了一堆色情書刊。妳知道這聽起來有多好笑嗎？」

「我不知道該怎麼做。我嚇壞了！他說他要去做木工，當我走進那個小房間的時候，簡直就像是走進色情書刊專賣店！那些小女生的照片從地板堆到天花板！梅雅——她們和妳一樣大。我嚇到放聲尖叫。應該要讓妳聽我叫得多大聲。」

「妳搬進來前就應該要考慮到這點吧。調查清楚一點。這樣妳就會知道全鎮的人都叫他老色胚。」

「妳在欺負我。」希潔拿素描簿遮住臉好一會，像是又要哭了。但梅雅聽見她的笑聲。

「一點都不好笑。妳讓我蒙羞。妳讓我們無地自容。妳爲什麼不能正常一點？」

希潔放下素描簿，用手背擦掉笑出來的淚水。「我知道他有點不對勁，很明顯。在床上他和其他男人不一樣，我很清楚……」

「誰要聽妳說這個！」梅雅拎起背包，踏出門外。甩上門時，整棟年久失修的屋子聽起來像是要垮了。

她直接走向卡爾—約翰，推開手推車，緊緊扣住他的手腕。她聽見自己這麼說：「帶我離開這裡。現在。」

□

回到斯瓦提登，仲夏節的祭品豬還掛在火坑上，對著蒼白的天空微笑。燒烤皮肉的氣味隨著霧氣飄散，鑽過林間，在碎石子車道上空凝聚成雲層。卡爾—約翰與梅雅坐在車裡，搖下車窗，呼吸濃郁的空氣。他已經把刀子收回駕駛座下。

「我覺得不該就這樣丟下妳媽。」他突然開口。

「相信我，她才沒有這麼容易就被嚇傻。她只是想引人注意。」

他重重嘆息。「妳有沒有看到他收集的那些鬼東西？國內每一本色情雜誌他都買過了。」

笑意解放了哽在她喉中的羞愧硬塊。

「你不會說出去吧？」等兩人笑完，梅雅問道。「無論是你爸媽、葛倫、帕爾。太尷尬了。」

「不會的。」

他在她的指節周圍畫圈圈，令她渾身輕顫，冒出雞皮疙瘩。艾妮塔從森林邊緣走出，在淡淡光線中，白髮泛著自然的光澤。她垂著肩膀，沒有看向兩人。焦慮在梅雅心中翻騰。

「你想比格和艾妮塔會介意我在這裡多待一陣子嗎？」

「當然不會，他們一定開心極了。」

儘管如此，他還是沒有下車。隔著T恤，梅雅看見他的胸膛隨著心跳起伏。

「你不希望我留下來嗎？」

「我當然想！只是這是很大的一步。我希望妳知道自己選擇了什麼。我家和其他人不一樣。」

「什麼意思？」

「我們要辛苦工作。」

梅雅伸手撥開蓋住他臉頰的金髮。她感覺到熱氣從他的毛孔散出，心想她從沒遇過如此鮮活、如此活力充沛的人。

「要我做多少事情都沒關係。沒有比和希潔住在一起還要辛苦的事情。」

他們在穀倉找到比格。穿著深藍色吊帶褲的他看來年輕許多，身軀結實如同年輕人，灰白的頭髮藏在鴨舌帽下。他似乎完全不在乎泥水和蚊蠅。看到兩人走近，他放下耙子。

「梅雅，要不是我髒得要命，我會給妳一個擁抱。」

梅雅露齒一笑，突然間有些害羞。陰暗的穀倉裡空氣悶滯。她不習慣牲口的氣味、在乾草堆中擠來擠去的身體散發的熱氣、甩來甩去對抗蒼蠅的尾巴。

卡爾—約翰也看出她的不安。他面對父親，低沉嗓音帶著一絲猶豫。「梅雅可以在我們這裡住一陣子嗎？她在家裡有點難待。」

那雙冰藍色的眼珠在飽經風霜的臉龐上閃耀。比格收起笑意。他挺直上身，直視梅雅。她垂頭盯著穀倉不平整的地板、結塊的泥巴、乾草堆、從牲口欄位邊緣流出的尿液。她的心臟一抽，後悔起自己的提議。沒有人想收留她。她早該知道的，自己是什麼樣的瑕疵品。她一直都不夠好。

比格的嗓音像是絨布般覆上她加速的心跳。「梅雅當然能住在我們這裡，只要她母親同意就好。」

鬆了一口氣的感覺讓她好想笑。卡爾—約翰環抱她的肩膀，把她拉進懷裡。她聽見他們哈哈大笑，或許她也跟著一起笑了。

兩人留下比格繼續照料牲口，快步走到陽光下。太陽直直射向他們的眼睛，卡爾—約翰拉她到陰影下，吻她吻到她無法呼吸。他抱起她，把她按在被太陽曬暖的牆面上，緊緊貼著她，彷彿是想與她融爲一體。

葛倫的聲音憑空冒出，兩人連忙分開。

「去開房間好不好？」

「你在這裡鬼鬼祟祟的幹嘛？」

葛倫露出傻笑，雙手在藍色連身工作服上抹了抹。他的褲腳隨意塞進靴子，身上汗水淋漓。

「怎麼了？」他問：「你看起來超興奮的。」

「梅雅要搬來這裡住。」

葛倫退後一步，在不平的地面上一個踉蹌。他對梅雅開口：「眞的嗎？妳要住在這裡？」

「至少會住一小陣子。」

他的臉色變了，抬頭望向主屋，又看回卡爾—約翰身上。

「有些人就是占盡了便宜。」他往地上吐了口口水。

□

接近半夜，萊列難以坐定。他走過一間間房，沒有點燃的菸先是夾在指間，接著進了他的嘴裡，又移到耳朵上。哈桑叫來一名同事，兩人沒收了他的車。即便萊列一遍又一遍地解釋，但謝萊夫特奧警局的鑑識團隊會來採樣。

「我在史多西喬湖附近撞上一頭小馴鹿。」

「你當我是什麼？你以為我分不出人血和鹿血嗎？」

「我要我的車！」

「我們還沒把你關起來已經算你走運。」

他是不是太蠢了？竟然把哈桑當成朋友、覺得他可以信任。絕對不能卸下防備，不然到最後你只會成爲毫無招架之力的傻瓜。三年的夢魘教會他這世界是個不值得信賴的爛地方，諾爾蘭內陸也不例外。不能依賴任何人。句點。

十二點十分，他再也忍不住了。他穿上外套和鞋子，踏入明亮的夜色。鳥兒都睡了，只聽得到他踩上碎石子小徑的聲音。空氣毫無流動，帶著濃濃的植物氣味。他穿過松林，來到黎娜小時候搭帳篷的空地。幾片發霉的木板還釘在樹幹上，但剩餘零件已經掉落，被青苔和雜草吞噬。他試著移開目光。

他走上馬路後，繼續走向大街，以及那座該死的候車亭。他放雙腳自行移動，身體切換到自動導航模式。包括思緒。他點燃香菸，盯著水窪裡閃爍的夜空。他一邊抽菸，坐到孤零零的候車亭裡。椅子上放了半罐嘉士伯啤酒，他心想在這樣的時刻，來一杯啤酒肯定很暢快。對酒精的渴求在體內流竄，這時他聽見一絲動靜。他叼起菸，深深吸了一口，以眼角餘光看著兩個小伙子走近。一人抱著滑板，另一人走路有點跛。他們在街角擊拳後分道揚鑣，滑板小弟沿著大街溜遠，小輪子在柏油路上喀答喀答作響。他的同伴半走半跳地朝萊列這邊靠近，黑髮蓋過耳朵，黑色刺青從細瘦的雙臂爬上頸部。他眼睛周圍也是一片黑，像是化了妝。青年放慢腳步，萊列挺直背脊，手指一僵。

「你是不是剛好多一根菸？」他問。

「當然。」萊列遞出那包菸，青年跳進候車亭。他的指節上也有刺青，左手是四葉幸運草，右手則是幾個字母。

「你腳怎麼了？」萊列問道。

「滑板意外。」

「喔。」

萊列把菸按熄，感覺小伙子的視線落在自己身上。那片黑影中閃著突兀的光芒。

「你是黎娜．古斯塔森的老爸？」

萊列的心跳漏了一拍。「對，我是。你認識她嗎？」

「沒，不過大家都知道她是誰。」

萊列點點頭，很高興聽見他用現在式說起黎娜。「你叫什麼名字？」

「賈斯伯。賈斯伯．史庫格。」

「你不是在托貝卡高中唸書嗎？」

「去年畢業了。我比黎娜低一年級。」

萊列不記得曾看過這個男孩，不過這些年來他對人臉的記性已經大不如前。

「我是不是教過你數學？」

「應該有吧，不過你幾乎都在請病假。」

萊列上下打量眼前的年輕人。動個不停的四肢，不斷磨蹭地面的腳板。

「你沒和黎娜接觸過嗎？」

「我猜她連我是誰都不知道。」

「眞的？」

賈斯伯吸完最後一口菸，彈掉菸蒂。他的舌環不時敲打門牙。

「她眼中只有麥可．瓦格。」

「沒錯。」

「他們眞的對彼此無比執著。」

「執著？」

「對，大家都這麼想。」

萊列思量一會。夜晚一片寂靜，唯一的聲響來自銀製舌環與琺瑯質互撞。這種事情做多了肯定對牙齒不好。萊列再次送上菸盒，讓賈斯伯再抽一根。他好久沒有這種感覺．和人開開心心地聊起黎娜。

「你大概在想我半夜幹嘛坐在這裡。」萊列說。

「她不是在這裡失蹤的嗎？」

「沒錯。」

「所以你是在這裡等她回來。」這句話不是疑問。

「嗯，我想是吧。」

賈斯伯菸抽得很快，吸得很深。半夜的太陽照亮他黑髮間的一縷縷銀絲，黑色睫毛下那雙稚氣的眼珠子帶著幾許忐忑。

「大家都喜歡黎娜。」他說：「可是沒有人喜歡瓦格。」

「沒有人對我說過這件事。」

男孩吸了口氣，門牙又傳來幾聲碰撞。

「對我們這些小孩來說，他真的是個混帳，根本看不起我們。」賈斯伯啐道：「他眼中只有自己。」

「他真的只想到自己。」

「她對他有好的影響。大家都這麼想。」

「我沒想到這一點。」

賈斯伯把菸屁股丟進水窪，萊列看著紅點消失。「有人說是他幹的。說他承認了。」

「承認什麼？」

「殺掉黎娜。」

短短幾個字在萊列腦中迴響。「誰說的？」

「我在雷卡斯耶爾維認識的人。一對兄弟。他們以前常常賣酒給他，還有他的跟班。他們說他喝醉的時候承認過。」

「一定是瞎說的。根據警方的說法，麥可．瓦格有不在場證明。」

賈斯伯嘖了幾聲。「我只是轉述我聽到的。」

「黎娜沒死。」萊列感覺自己的手汗沾濕牛仔褲。「沒有人殺了她，因爲她沒死。」

賈斯伯的視線彈向地面。萊列覺得越發焦躁。

「那對兄弟叫什麼來著？」

「約拿斯和約納。姓林堡。」

「約拿斯和約納？」

「雙胞胎。」

萊列掏出手機，輸入他們的名字。他思考從這裡到雷卡斯耶爾維要多久。

「你知道要怎麼聯絡這對兄弟嗎？」

「他們週末通常會在微光山丘那邊閒晃，賣酒給那裡的小鬼。」

萊列輸入這串情報，努力控制顫抖的雙手。

「我要回家了。你打算在這裡坐一整晚？」

「大概吧。」

「要來點啤酒嗎？」

萊列用力吞口水，殘破的神經感應到那股癮頭。

「我不會拒絕。」

賈斯伯抖下褪色的北極狐背包，掏出一瓶可樂娜啤酒，遞給萊列。

「夏天的啤酒。」他說：「加一片萊姆會更對味。」

「這樣就很不錯了。」

賈斯伯把頭髮往後甩，一拐一拐地走向鎮中心，快走到地下道時，他轉過身，萊列看到他深吸一口氣。

「我眞的很希望她能回來！」他大喊。

萊列揮揮手，啜飲啤酒。賈斯伯這句話懸在半空中。

「我也是。」

□

萊列乾了那瓶啤酒，卻遲遲沒有醉意。陽光擢打小小的候車亭，暖意卻到不了他身上。他抖個不停。爲什麼現在才聽說林堡兄弟的存在？要是麥可．瓦格認罪的謠言滿天飛，警方不是該掌握這個情報嗎？

他把空酒瓶丟進垃圾桶，拔腿狂奔。他衝過清晨空無一人、昏昏欲睡的格林姆翠斯克購物中心，不顧一腳踏進水窪、牛仔褲沾上一條條水痕。他把大街拋在腦後，抄捷徑穿過足球場，撒水器正往空中畫出彩虹。

跑到山丘頂上的白色屋子前時，他的喉嚨像是著了火。一輛巡邏車停在路旁，花圃裡一叢叢紫羅蘭開得正盛。踩踏碎石子路的腳步聲和他的心跳節奏相同，他在門口露台上彎腰緩口氣，按了幾下門鈴，發現沒人應門便揮拳猛搥門板。敲打聲的回音從森林邊緣傳來。門突然打開，他一頭栽向哈桑赤裸的胸口。他只穿了件四角褲，頭髮翹得亂七八糟。

「搞什麼？」

「林堡兄弟。」萊列邊喘邊說：「約拿斯和約納。你聽過這兩個人嗎？」

哈桑瞇細眼睛，像是要遮住深夜的陽光。「萊列，到底是怎樣？你喝酒了嗎？你身上都是啤酒味！」

「只有一瓶。先別管那個了，聽我說。我坐在那個候車亭，和一個叫賈斯伯的小伙子聊起來。他對我說林堡兄弟到處講麥可．瓦格承認他殺了黎娜。」

這串話在他口裡留下噁心的餘味，他轉頭往碎石子路上吐了口口水。

哈桑抓抓胸毛，似乎是睏到無法理解萊列這番話的衝擊力。「你知道現在幾點嗎？」

「你認識林堡兄弟？」

「松茲瓦爾以北的每一個社工和警察都知道那兩個傢伙。喜歡在這一帶兜售私酒的小混混。幹過幾次搶案及小竊案。打從會走路開始，他們換了好幾個育幼院與寄養家庭。」

「他們說麥可．瓦格承認犯案。」

哈桑嘆了口氣。「林堡兄弟的可信度和天氣預報一樣。我不會相信他們說出的任何一句話。」

「所以你聽說過他們對瓦格的指控？」

「萊列，聽我說，這幾年來我們聽過無數關於黎娜失蹤案的謠言。你和我一樣清楚。調查行動初期，我們已經對瓦格家進行地毯式搜尋，帶了鑑識人員、警犬之類的。我們甚至查過他們家在維唐吉的渡假別墅。我們聽過各式各樣的認罪謠言，據此對瓦格偵訊了好幾個小時。經過四十次的偵訊，我們沒有半點進展。他什麼都不認，沒有屍體或是任何物證，我們拿他沒辦法。」

「看來你們要換個偵訊人員。」

哈桑一頭靠上門框，閉起眼睛。「萊列，你在走鋼索。我知道你受盡煎熬，可是我已經受夠你和你那些指控了。」

萊列後退一步，疲憊與興奮流入他的雙腿，地面搖搖晃晃。他轉頭望向陽光中閃閃發亮的巡邏車，還有他腳下那些該死的紫羅蘭。

「車還我。」他說：「我要開去雷卡斯，和那對兄弟談一談。」

「你的車在警局。」哈桑直視萊列。「要是讓我聽說你去了雷卡斯，我會把它扣留一整個夏季。」

萊列背靠露台欄杆，努力穩住打顫的雙腿。哈桑拉開門。

「進來睡一下。我們晚點再談。」

□

「我不想讓妳和葛倫獨處。」

卡爾—約翰的頭髮搔過她的後頸。梅雅翻身對上他的雙眼。「爲什麼？」

「因爲妳是我的。然後葛倫總是想拿走我的東西。」

梅雅推開他。

「聽你這樣說，我好像成了什麼私人財產。」

「我不是這個意思。妳有沒有看到他的眼神？」

梅雅按住他的嘴唇。

「他想怎麼看就怎麼看。」她說。「你完全不用擔心。」

他把她拉進懷裡，吐息溫暖了她的頸子。「答應我，離他遠一點。」

黎明時分，他離開房間。梅雅還感覺得到他手臂的餘溫。房裡的空氣黏答答的，但他堅持抱著她一整晚。她夢見森林，夢見自己在小徑上奔跑，樹木張牙舞爪地撲向她，一縷縷長髮從松樹樹梢垂落。

她摸起手機，看到希潔的簡訊。

那些髒東西都燒了。我已經原諒托。他希望妳能回家，要向妳道歉。

梅雅起身，打開百葉窗，讓陽光流入。過了一會她的眼睛才適應屋外的亮度，看到這片美景。看起來就像是電影場景，牛隻在草地上覓食，花朵攀上穀倉牆面。雞隻在碎石子地上啄食，她似乎看到卡爾—約翰人在木頭棚屋旁。他曾說他們今年的柴薪短缺，她似懂非懂地點點頭。她已經習慣惶然不安，習慣在一瞬間搬到新的地方，和陌生人相處，不知道該指望什麼。她這輩子總是在旁邊看著、獨自玩耍。

廚房裡，艾妮塔在烤箱與爐子間穿梭，鮮紅色頭巾包住白髮。看到梅雅現身，艾妮塔停下來匆忙抱了她一把，小心地沒讓沾滿麵粉的雙手碰到她。茶巾下放了幾條麵包，房裡充滿果醬沸騰的甜香。梅雅覺得自己餓到快要胃穿孔。

「比格想和妳談談。」

「我？」

「他在外頭的犬舍。」

梅雅一向喜歡狗兒，但諾爾蘭本地的犬種看起來野性更重，更像野狼。總共有七隻，坐在犬舍裡嚎叫，披著厚厚的灰色毛皮，淺藍色眼珠盯著她的一舉一動。卡爾—約翰說牠們是工作犬，不是寵物。要是她想親近小動物，山羊會比較適合。

她看到比格提著兩個水桶，頸部的肌肉像是粗繩般隆起。

「早啊，梅雅。睡得好嗎？」

「是的，謝謝。」

「太好了。」

當他開口說話，臉上的皮膚放鬆下來，下巴的肉微微顫動。他放下水桶，雙手輕輕擱在她肩頭，彷彿是怕太用力會把她壓垮。

「我們非常歡迎妳住在這裡。」

梅雅垂眼看著他那雙牢牢踩著潮濕地面的工作靴。水桶裡飄出強烈的腐臭味。

「我才要感謝你們。」

他終於收手，拎起水桶，走進犬舍，把魚內臟鏟進長長一排的狗碗裡，狗兒不耐地在他身旁跳來跳去。梅雅待在欄杆外，用嘴巴呼吸，不想聞到濃濃的魚腥味。她試著不看狗兒大口吞下的粉紅色滑溜條狀物。

「妳應該已注意到在斯瓦提登這裡，我們要努力勞動才能維生。如果妳打算和我們住，就得分擔妳那份工作。」

梅雅握住鐵桿。「我一直住在城市裡，不知道農家要做什麼事情。」

「別擔心。我們會慢慢教妳一切，沒有地方能給妳更好的訓練。」

比格把最後一點魚內臟倒往地上，兩條狗撲過來搶食。他氣惱地拿水桶揮向牠們。

「我想妳可以從雞舍開始，撿蛋，保持環境整潔，培養責任感。艾妮塔會教妳怎麼做。妳覺得如何？」

「聽起來不錯。」

「那就說定了。」

他笑了笑，露出一道道牙縫，讓她聯想到鋼琴鍵。她聽到自己的肚子吵著要吃早餐，雙手按住腹部想把聲音壓掉。柵欄裡的狗兒對著空碗嗚嗚叫。

「還有一件事。妳可能不會喜歡，但我希望妳丟掉那支智慧型手機。」

口袋裡的iPhone彷彿要在梅雅口袋裡燒出一個洞。「爲什麼？」

「因爲手機全是監視工具。在斯瓦提登這裡，我們達成共識，要盡力維持身心健全，因此，我們得排除某些高科技產品。」

梅雅掏出手機，緊緊握著。

比格把手指伸到鏡框下，抹了抹眼睛，同情似地看著她。「我知道這很不容易。你們這一代伴隨著與外界聯繫的需求長大。我兒子也面對同樣的誘惑，但這個決定是爲了保護我們的安全。」

「可是希潔只能用手機聯絡我。」

「我們有室內電話。把我們的號碼給她，她隨時要打來都可以。」他穿過狗群，牢牢鎖上犬舍的門。

「妳好好考慮。我不能讓妳做我禁止兒子做的事情。我們都得要遵守同樣的規矩。」

梅雅感受手機的重量，思考幾秒。一陣刺麻竄上脊椎。「讓我傳最後一封簡訊給希潔就好。」

她滿心期待，手指差點按不準。只有兩句話。她按下傳送鍵，把手機交給比格。她手中一空，像是放下了沉重的負荷，希望從她心中升起。沒有手機，希潔就找不到她了。現在她自由了。

□

萊列在清晨醒過來，陽光照亮哈桑家最近磨光的橡木地板。靠了沙發扶手幾個小時的脖子難以轉動，但至少他沒把口水沾上那些高級抱枕。他循著鋼琴樂聲、打蛋進平底鍋的聲音往廚房走，與第一年冬天醉得半死那次同樣的羞愧燒灼他的臉頰。

哈桑的廚房一片雪白，非常現代化，到處都是方方正正的線條。不夠俐落時尚的東西進了這間廚房都會顯得格格不入。可能連他也算在內吧。他停在門邊，哈桑聽到他的腳步聲，轉過身來。

「啊，恭候大駕。你有睡著嗎？」

「睡了一個多小時吧。」

「坐下來吃點東西。」

「謝啦，不過我該走了。」

哈桑放下鍋鏟，盯著他看。「希望你不是要去做蠢事。」

「什麼意思？」

「沒有人想和林堡兄弟扯上關係。」

「這幾年也沒有人想和我扯上關係。」

哈桑往炒蛋裡撒鹽與胡椒粉，直接捧著平底鍋吃了起來。「你眞的相信麥可．瓦格是幕後黑手？你眞心認定那個小鬼有聰明到能耍我們三年？」

「我什麼都不信。我已經不再相信任何事物了。我只知道我要調查每一個毒蛇的巢穴，無論有多噁心。」

「林堡兄弟不是單純的毒蛇巢穴，相信我，他們是糞坑。只會煽風點火。」

萊列抓抓鬍碴。「感覺要好好教訓他們一番，才能永絕後患。」

「可以答應我別去惹林堡兄弟嗎？」

萊列瞇眼仰望聚光燈。「告訴我什麼時候可以去牽車。」

□

一天四顆蛋，有時候五顆。梅雅去了雞舍好幾趟，起先還怕牠們會撲向她。雞隻眨啊眨的小眼睛、抽動的頸子把她嚇得不輕。她一開始只敢伸長手臂，摸出雞蛋，不過沒有多久，她在雞舍裡越待越久，漸漸理解牠們的行爲模式。牠們不斷拉屎，很難維持雞舍整潔。其中一隻母雞總是被其他同伴猛啄，就連公雞逮到機會也會跑來啄牠。某天早上，梅雅踏進陰暗的小屋，發現遭到欺負的雞縮在角落，身上幾乎不剩半根羽毛，木屑沾滿血跡。

艾妮塔給了她一條松焦油膏。「把這個抹在那隻雞身上，牠們就不會碰牠了。別爲這種事浪費眼淚。」

梅雅坐在草地上看卡爾—約翰拿鋸子和斧頭辛勤劈柴。他沾滿瑩亮汗珠的身軀令她看得入迷。他的手臂和肩膀隨著每一次使力而隆起，撩得她心頭發癢。當他走向她、撲到她身上時，她毫不在乎他滿身汗味，也不在乎滿頭的大汗在她的衣服留下痕跡。兩人在休息時段躲進草叢，以布滿細細傷痕的粗糙手掌探索彼此的身體。髒污和疲憊都無法阻止他們，他們總能找到彼此——短暫又激烈的片刻，直到有人叫他們回去工作。兩人體內的火焰從未熄滅過。

到了用餐時間，他們坐在一起，不管其他人散在各處。比格和帕爾喜歡談論末日。到了晚上，他們會聽一些podcast，大多是美國人介紹求生之術、要如何面對各式各樣的危機，從囤積必備用品到動簡單的手術。他們還常把迫在眉睫的浩劫掛在嘴邊。比格和帕爾對他們的各種理論無比熱衷：美俄之間的陰謀、生物戰、製造假新聞的程式。有時候聊得太投入，他們會用力拍桌，震得杯盤跳起來。梅雅無法理解他們為何如此認真。她的注意力全都放在卡爾—約翰身上。兩人光裸的膝蓋相觸，他的手指探入她的褲管，他唇邊總是帶著笑意，讓她也隨之微笑。

「你們兩個在偷笑什麼？」比格問。

梅雅真想和卡爾—約翰獨處，這樣就不用面對這些疑問了。比格喜歡把焦點轉到她身上，帕爾與葛倫盯著他們露出賊笑。

「我們處於世界崩毀的節骨眼，瑞典政府卻縮減了國民兵的規模。梅雅，對這件事妳有什麼看法？」

「什麼？」

「妳覺得爲什麼要縮減國防軍力？」

「因爲太花錢了？」

帕爾哈哈大笑，把食物渣渣噴了滿桌。

「這就是他們希望我們相信的假象。」比格心情很好。「事實上，政府要我們受苦，當地獄之門敞開時，我們只能等死。」

「不要鬧她。」卡爾—約翰開口。「不必嚇她。」

「我只是要她提高警覺，瞪大眼睛。可惜這個世界不是遊樂場。」

夜裡，當他們四肢交纏，筋疲力盡又心滿意足，有時她會問起他是不是認同比格和他哥哥的一切言論。

「大家都不願相信自己的世界、同胞會遭遇最慘烈的悲劇。我們不想面對無法避免的未來。天生的直覺就是要我們把頭埋進沙子裡，直到事情已經無法挽回。可是爸爸教我什麼是倖存者的思維。總要做好準備，搶先其他人一步。」

「一直想著最壞的結果，不覺得很喪氣嗎？」

「在一夕之間失去一切才讓人喪氣——你愛的每一個人，你努力付出的心力——就因爲你沒有膽子面對現實。」

「可是你眞的相信結果會那麼糟嗎？戰爭在瑞典爆發？」

卡爾—約翰環抱她的腰，下巴靠上她的鎖骨。疲憊使得他嗓音沙啞。

「對，我相信。跡象處處可見，不過這不重要。最重要的是無論發生什麼事，我們已經準備好了。沒有人能傷害我們。特別是妳，梅雅。我要用我的生命守護妳。」

在夢中，她是那隻被欺負的雞。她坐在艾妮塔陽光普照的廚房裡，比格和其他人卻突然撕咬她。他們以尖銳的鳥喙攻擊，直到她身上只剩光禿禿的皮膚。

□

星期六晚間，天幕低垂在樹頂上。烏雲像是隨時要炸開。萊列套上靴子，戴起兜帽，捧著槍掂了掂重量，最後還是把它放回原處。這樣最安全。他現在沒車，不過微光山丘不遠。賈斯伯說林堡兄弟和麥可．瓦格每個週末都在那裡碰頭。

他沿路穿過樺樹林，在看到火光前先聞到了煙味。山丘佇立在小鎮旁，投下不祥的陰影。東側的碎石子路可供車輛行駛——前提是要有車。萊列挑了南側的一條蜿蜒小路，雜草叢生，地勢陡峭，他得迂迴繞過幾處被雨水打濕的滑溜花崗岩。

松林間浮現從幾個火堆冒起的黑煙，他聽見雜音隨風飄來，起起伏伏，宛如歌聲。聽起來好像不少人。他的小腿肌肉抽痛，停在岩壁旁喘口氣。即便看不到，但他感覺黎娜就在身旁。他們每年冬天都會開電動雪橇上來，北極光在頭頂飛舞，寒意刺痛肺葉。她的眼中閃著和天空一樣強烈的光彩。

「看起來好像天使的翅膀。」

「妳這麼想嗎？」

「你沒看到他們在飛嗎？」

回憶和過度操勞的肌肉一樣痛苦。他矮身鑽過樹林，感覺天空在四周凝結。雨來得很快，沿著鼻梁流進領口。他聽見黎娜著急的聲音穿透雨幕而來。

「爸，快回家。你用不著來這裡。」

呼號聲衝進他耳中，有如一群野生動物，喉嚨一陣緊縮。他緩緩爬上最後一段斜坡，獵人似地蹲在草叢裡。他看到那群人繞著火堆圍成一圈，火焰劈啪作響，往天空竄起，熱氣襲向他的頭臉。沉重的低音在林間迴盪，吞噬所有聲音。地面彷彿在他腳下震動。聚集在這裡的人比他想像的還要多，大多是靜不下來的年輕人，火光照亮他們蒼白如鬼魅的臉龐。烤肉的獨特氣味混雜著潮濕的森林味。他認出幾張曾在托貝卡高中看過的臉，好像也看到賈斯伯．史庫格，不過他不太確定。

萊列深呼吸，努力壓抑滿心不快。他試著計算總共有多少人，可是丘頂的人多到數不清。整座森林活了起來。他大步走上前，站在人群中央，讓火焰溫暖後背，尋找目標。幾個小伙子把啤酒罐藏進外套袖子裡，把大麻菸丟進火堆。

「我不是來打擾你們的派對。」萊列開口：「我只是要找林堡兄弟。約拿斯和約納。有沒有人看到他們？」

一名年輕人直盯著他，搖搖晃晃地走上前。「你是警察？」

音樂聲安靜下來，他只聽見自己的心跳。他們像是包圍獵物的狼群，從四面八方圍過來。

「我與警方無關。」他開口，語氣卻暴露了真實的情緒。

一個結實的小伙子靠過來，拿火把照向萊列的臉。「我認得你。你是托貝卡的老師。」

萊列聽見幾個人倒抽一口氣。他舉起一隻手擋住火光。

「沒錯。我才不管你們在搞什麼鬼。我只要找到林堡兄弟就好。有誰知道他們在哪？」

拿火把的小伙子湊得更近。「你找他們要幹嘛？」

「我想和他們討論一起謠言。」

「什麼樣的謠言？」

「顯然他們知道我女兒失蹤背後的內情。」

萊列一手從外套內袋抽出黎娜的照片，拿著她的笑臉對人群揮舞。「這是我女兒——黎娜。在場應該很多人知道她三年前在格林姆翠斯克的候車亭失蹤了吧，如果有人知道任何相關的情報，我懇求你說出來。現在還不算太遲。」

他只得到一張張茫然的臉龐。被雨水沖刷過，無法解讀。恐懼令他憤怒。

「你們真的無話可說嗎？」

萊列戴起兜帽，朝四周張望那些蒼白的臉。注意到他們是如何避開他的視線，他努力壓抑撲向他們、赤手空拳把他們打倒的衝動，他想在這群懦夫之間發狂。要是手中有槍就好了。這樣就能逼他們開口。等他轉身回到樹林裡時，他氣得渾身發抖。才剛走到雲杉林間，兩道人影便從背後鬼鬼祟祟地逼近。其中一人拍拍他的手臂。

「我是約拿斯．林堡。」

□

梅雅渾身痠痛。她用手推車運送柴薪，在砍柴區和儲藏的棚屋間來回不下一百次。她抱起木柴，堆成一座小山，直到肩膀尖叫抗議。卡爾－約翰說等他們忙完就去游泳，他說這句話的神情令她胸口幾乎要炸開。

突然間，艾妮塔來到她身旁，一手擋著射向雙眼的陽光。「梅雅，妳有客人。在大門那邊。」

她大老遠就看到托比恩的福特。鏽得亂七八糟的車殼讓她想到那隻遍體鱗傷的雞。他們下了車，兩個人一起。托比恩像是被激怒的公牛般來回踱步，希潔用太陽眼鏡遮住雙眼，冷著臉抽菸的模樣顯示她緊張極了。她光著腳踩在濃密的雜草上，她只穿著褲管一刀剪短的牛仔褲和漂白過的比基尼，頭髮像鳥巢般豎起。

梅雅感覺喉中一陣噁心。「你們來幹嘛？」

「我們想看看妳過得如何。妳媽媽擔心死了。」

希潔把太陽眼鏡推到鼻尖，抬眼看著梅雅。「喔天啊，看看妳身上有多髒！妳都在搞什麼啊？」

「勞動。」

「勞動？那我希望他們有付妳錢。妳的衣服都毀了。」

「至少我有穿衣服。不像妳。」

托比恩舉起雙手，擋在兩人之間。

「我想我們該稍微冷靜一下。梅雅，我們希望妳能回家。」

「斯瓦提登是我現在的家。」

托比恩光禿禿的頭頂亮得像是過熟的越橘。「如果妳是在意我那些雜誌，聽我說，都解決了。那些東西都處理掉了。多虧希潔——還有妳——我有機會開啓人生的下一個章節……」

「與那件事無關。我只想住在這裡，和卡爾—約翰一起。」

「我們不覺得這是好事。」

「我他媽的才不管你們怎麼想。」

托比恩無助地轉向希潔，看起來像是要哭了。

「比格和艾妮塔怎麼說？」

「他們眞心誠意地歡迎我。」

希潔戴好太陽眼鏡，揚起下巴，緊緊咬住嘴裡的菸。「妳丟了手機，請問我要怎麼聯絡妳？」

「妳可以打比格和艾妮塔家的電話。說要找我就好。」

希潔在草地上搖搖晃晃。「他們是對妳洗腦還是怎樣了？」

「閉嘴！」

「妳幹嘛丟掉手機？」

「就是想丟。這樣妳也不用向我抱怨電話帳單了。」

希潔靠了過來。「他們是不是在這裡搞什麼邪教？他們利用卡爾—約翰釣妳上鉤？」

梅雅乾笑一聲。

「回去戒酒吧。妳根本沒有活在現實世界裡。卡爾—約翰愛我。」

希潔的嘴唇擰成憤怒的鮮花。她在破爛的車殼上按熄香菸，打開副駕駛座的門。

「妳知道我在哪裡。」她說：「等這邊結束。這種事情總會結束的。」

她甩上車門的巨響在松林間迴盪。

托比恩沒有動，眼中充滿懇求。「妳還不到離家的年紀，梅雅。妳還沒滿十八歲呢。」

「去問希潔幾歲的時候離家啊。」

「妳要知道，我們兩個都很想念妳。」

他拖著腳步，像是快要溺死似地。淚水刺痛她的眼窩，她望向木頭棚屋，尋找卡爾—約翰的身影，然後清清喉嚨。

「我答應你，我們會去打招呼。」

「我真心希望你們會過來。別讓比格把妳累壞了。」

「別讓希潔把你累壞了。」

他笑了笑，似乎要給她一個擁抱，但這時希潔猛按喇叭，他匆忙離去。

「如果她陷入黑暗，打電話找我。」梅雅對著他的背影大喊：「答應我！」

□

兩名青年站在他面前，黑色兜帽下的蒼白臉龐如出一轍。萊列靠上一棵松樹，森林在四面八方脈動。他們把他從小徑拉到這裡，帶他鑽進灌木叢，避開其他人耳目。萊列一手悄悄溜進牛仔褲口袋，抓住整串鑰匙。他胸口劇烈起伏，難以吸入足夠的空氣。

「我不是來找麻煩的。」

兩人的眼珠子在幽暗森林裡閃閃發亮，名叫約拿斯的年輕人靠過來，臉湊到萊列面前，渾身散發酒臭味。

「你誰啊你？」他說：「憑什麼到處找我們碴？」

他繞到萊列背後，從屁股上的口袋抽出皮夾，拿了萊列的駕照看了好一會。萊列沒有抵抗，鑰匙還緊緊握在他掌心。

「萊納特．古斯塔森。」約拿斯的視線從駕照移向萊列。「你眞的不是條子？」

「我和警方無關，也懶得管你們在幹什麼好事。我只是聽說你們知道我女兒爲什麼會失蹤。」

「我們不知道你女兒怎麼了。」

萊列收回皮夾與駕照，翻出黎娜的照片，像是盾牌般舉在面前。

「她是黎娜。」他的嗓音顫抖。「我女兒。她離開我三年——整整三年！——爲了查出她到底出了什麼事，我什麼都願意做。你們懂嗎？」

兩人咬咬嘴唇，左右搖晃，思考萊列這番話。

「是很可憐沒錯。」約拿斯說：「可是我們與這件事無關。」

「可能沒有，但你們到處說知道是誰幹的。」

雙胞胎兄弟互看一眼。「我們只是聽到謠言，和大家一樣。」

「什麼謠言？」

「這幾年來有很多種說法。」

「比如說？」

約拿斯仰天嘆息。「老兄，聽好了，我不是要在你的傷口上撒鹽，可是你女兒當年老是和某個智障鬼混。」

「你是說麥可．瓦格？」

「有可能。大家都叫他野狼。」

「那爲什麼說他是智障？」

「他以前常向我們買酒，錢給得很慷慨。一開始是這樣，直到他女朋友不見了。他完全瘋了，每天晚上打電話說要刷卡買酒，還想要其他鬼東西，就是小藥丸之類的。開了一堆他負擔不起的趴。我們不喜歡這樣。」

萊列想到麥可．瓦格，想到他踏著草地踉蹌走來，比出手槍的手勢；想到他趁火把遊行時闖進家裡，在萊列的廚房裡痛哭。暈眩瀰漫全身。

約拿斯站在他面前，焦躁地捲菸。「所以我們上門去討錢。他就失控了，一口氣招出他做了什麼。」

「什麼？」

「你知道的，殺了她。」

萊列靠上樹幹，雙腿撐不住身體。約拿斯像是在聊天氣似地，語氣淡然。他的兄弟像是影子般站在他身旁，沒往萊列這邊看。

「可以告訴我他到底招了什麼嗎？」

「他說他們吵了起來，他氣壞了。屍體處理掉了，誰都找不到她。」

萊列跪倒在潮濕的地上。約拿斯的字句在他腦中迴盪，他好想吐。他彎下腰，對著青苔狂嘔，可是什麼都吐不出來。等稍微恢復一點，他抬頭望向這對兄弟。

「你們怎麼不報警？」

他們哼了一聲。「若非必要，我們才不會和條子扯上關係。」

「這件事和你們違法賣酒無關！一個十七歲女生就這樣失蹤了！要是瓦格眞的認罪，

一切都會不一樣！」

萊列硬撐著起身，面對兩人。怒火讓他覺得自己站得更直。彷彿長高了好幾公分。他無暇思考，和約拿斯的距離近到能感覺到他的吐息。兩人狠狠互瞪，以意志進行無聲的詰抗。他瞄到另一名青年逼近，感覺雙手握成拳頭。二對一，但他一點都不怕。

「你們都是膽小鬼。比起女孩子的生命，你們只顧著自保。」

約拿斯大吼一聲，揪住萊列的外套，把他扯到面前。萊列原本想掙扎，但看到另一個人手中刀光一閃。冰冷的金屬貼住他的頸子。

「聽仔細了。」約拿斯說：「我知道你很生氣。要是我女兒失蹤了，我他媽的做什麼也會揪出犯人。可是我們和這件事無關，而且我不喜歡你的態度。」

「別做讓你們後悔的事。」萊列說。

約拿斯凝視萊列許久，打手勢要他的兄弟收起刀。他狠狠推開萊列，讓他一屁股坐倒在地。另一名小伙子對他吐口水。

「去找瓦格，對他發洩你的怒氣。」

萊列一動也不動地躺著，目送他們遁入陰影中。兩人跑了起來，腳步聲沙沙作響。他沒有費力追上去，沒有必要。

從手臂開始，顫抖擴散到全身。他的四肢沉重、不聽使喚。他雙手按住地面，十指深深陷入青苔，任由冰冷潮濕的土地擁抱。他聽不見自己的牙齒格格打顫，只聽到松林的低語，方才聽到的字句在腦中反覆播放。屍體處理掉了。誰都找不到她。

□

梅雅從沒體驗過真正的家庭生活，她不禁觀察他們，努力學習他們的舉止。顯然比格是這裡的老大，每當他走進某個房間，大家就馬上找事做。他不必多說半句話，光是存在就夠了。

他稱艾妮塔親愛的，喜歡親吻她的白髮。梅雅很快就發現這只是作戲。梅雅看過希潔和她的男人玩過無數次同樣的把戲，沒想到比格和艾妮塔也沒有兩樣，她失望極了。只要比格接近，她就會在艾妮塔眼中看到那些與愛情無關的心思。還有歌聲。艾妮塔工作時會哼歌，只要聽見歌聲就知道她在農場的什麼地方。歌聲隨風飄揚，連狗吠都壓不過，根本無法忽略。然而一旦比格靠近，歌聲就會停止。

三兄弟的差異也令她驚嘆不已。卡爾—約翰最愛說話，最能引起旁人關注。要是這家人有偏愛的孩子，肯定就是他。

帕爾愛笑，響亮快活的笑聲響遍整棟屋子，傳染給其他人。他對動物很有一手，收集了好幾把刀。每天晚上，他會清理刀刃，把刀子插進蘋果裡，就這樣放上一整夜。他向梅雅解釋說酸會讓金屬變硬。*沒有比脆弱的刀子還要糟糕的東西*。

葛倫喜歡獨處。他總是戴著兜帽，掩飾坑坑疤疤的臉頰，那些令他苦惱不已的青春痘。結痂的痘子被他摳掉，血跡斑斑，更加惡化。在農場偶遇時，她會盡力避開那些痘疤，直視他的眼睛，同時他的眼神中帶著無法迴避的光芒。他對她投以包上薄皮的憤怒，像是看她哪裡不順眼似的。

當他走近時，她躺在空地上，伸展四肢，沉入整片野生銀蓮花，只要瞇起眼睛，它們看起來就像是雪花。白花花的背景讓她沒察覺對方的身分。她朝著朦朧的人影伸出雙臂，但對方沒有回應。等到她以手肘撐起上身，才發現是葛倫。他稀疏的頭髮貼著千瘡百孔的臉頰。

「妳以為我是卡爾—約翰？」

「幹嘛偷偷摸摸地靠近我？」

「之前來拜訪的是妳媽？」

「對。」

「她看起來好年輕。」

「她生我的時候才十七歲。」

「靠。」

他盤腿坐下，壓爛一片銀蓮花。他嘴角叼著一根草葉。幸好有陽光，陰影遮住了他那張臉。

「她要妳搬回去？」

「嗯。」

「妳怎麼說？」

「我說現在這裡就是我的家。」

葛倫撕扯滿地野草，不顧花朵飛散。他的膝蓋與梅雅相觸，儘管陽光普照，他的皮膚仍然好冰冷。

「她難過嗎？」

「我媽就和小孩沒有兩樣。反而是我一直在照顧她。」

「可是現在妳有卡爾—約翰。還有我們。」

梅雅低頭笑了笑。

「我就少了這個。」葛倫繼續說：「女朋友。能夠分享一切的人。」

「那你要趕快開始找啊。」

「妳以爲我沒有嗎？我這張臉根本沒有人會喜歡。」

他扯下掌心翻起的死皮。梅雅不敢看。她伸了個懶腰，同時聽見艾妮塔踩上碎石子地。她的白色辮子拍打後背，臉上帶著嚴苛的表情。

「你坐在這裡幹嘛？」她對葛倫說：「不是要去整理馬鈴薯田嗎？」

「我只是在休息。」

「我看也是。」

他爬起來，拍拍牛仔褲。在垂著肩膀離開前，他對梅雅眨眨眼，彷彿兩人之間有什麼祕密。艾妮塔伸手拉起梅雅，等到兩人並肩而立，她的眼神又轉爲溫煦。

「喔，梅雅，我這幾個兒子就像蜜蜂一樣繞著妳打轉呢。」

這句話讓梅雅一陣尷尬。艾妮塔注意到她的心情，微微一笑。

「說起來妳可能不會相信，我也曾經年輕貌美過。所以我知道那種感覺。有時候妳會厭倦這一切關注。」

「妳現在還是很漂亮啊。」

艾妮塔的笑聲宏亮到在畜舍敲出回音。

等她笑完，她說：「梅雅，妳人眞好。要是我家的孩子帶來任何困擾，一定要告訴我。好嗎？」

「一定的。」

□

想到自己可能無法控制心中的狂暴，恐懼油然而生。怕癲狂會反過來主宰他。彷彿站在馬拉瓦頓峽谷的邊緣，腳趾懸空，深淵聲聲呼喚。深埋在體內的純粹恐懼把他喚醒。

灰塵飄浮在灑了滿地的陽光中，從沙發上看過去，爐架上黎娜的笑臉有些扭曲。他低頭打量自己，沾滿泥巴的牛仔褲和襯衫硬梆梆地貼住皮膚，還有被汗水浸濕的不成對襪子。地板上的菸灰缸彷彿是在嘲笑他。要是黎娜現在走進來，肯定會在門口轉身，以爲自己跑錯地方了。這個想像讓他振作起來。

他花了一整個早上整理屋子，把兩個塞滿的吸塵器集塵袋丟進垃圾桶。洗了一堆東西令他雙手刺痛，剛刮過鬍子的臉頰一片刺癢。萊列坐在餐桌旁，筋疲力盡，不過他沖過澡，濕答答的頭髮往剪報滴水。有一篇漢娜・萊森失蹤案的報導，沒有多少進展。持續搜索阿耶普羅境內的森林，警方懇請社會大眾提供情報。又是那一套。

手槍收在槍套裡，放在書桌上，閃亮的金屬不斷吸引他的目光，像是在呼喚他。清掃只有短暫的效力。大腦就是不肯給他片刻安寧。現在無法。

武器和整瓶拉弗格藏在外套下，車庫裡還是空蕩蕩的，他只能徒步穿過森林。他長期盯著瓦格，很清楚瓦格的習性。這個小鬼鮮少離開老家，從沒工作過，也與朋友斷了聯繫。只有釣魚和酒精能吸引他出門。

萊列在格林姆翠斯克湖找到他。瓦格坐在蘆葦叢間的石頭上，手握釣竿，湖面冒出陣陣蒸氣，宛如巫婆的鍋子。對岸傳來小孩子戲水的笑鬧聲，瓦格沒拿釣竿的手拍掉蚊子。他沒穿T恤，脊椎突出，在蒼白的皮膚下好似魚鱗。

萊列在森林邊緣猶豫許久。敲打耳際的心跳聲被蚊子的嗡鳴淹沒，但他沒有費神驅趕。他穿過石楠叢，貼著大腿的槍冰冰涼涼。

瓦格沒聽見他的腳步聲，直到萊列踏進水中，他才轉過身，嚇得丟下釣竿。

「你要幹嘛？」

萊列沒有脫鞋，也沒有捲起褲管。他涉水走向岩石，爬到瓦格身旁，粗糙的地衣和鳥糞卡進他的指甲縫。他瞥見瓦格的工具箱裡，閃亮的假餌間放了半瓶烈酒。他掃了對岸一眼，確認那些小孩不會看到蘆葦叢中的兩人，這才掏出威士忌。

「來一口？」

瓦格眨眨眼，但還是接過酒瓶，面不改色地灌下一大口。

萊列擠出微笑。「不覺得現在我們該爲了黎娜，放下過節？」

「你是認眞的嗎？」

「互相掐脖子沒有半點好處。」

瓦格遞還酒瓶，萊列喝了一口，威士忌和他的欺瞞一同灼燒。汗水在外套下刺痛皮膚。

「她失蹤那時候，感覺就像世界末日。」瓦格說：「我覺得自己成了行屍走肉。」

萊列把瓶口湊到他鼻尖。

「再喝一點。這樣會好過一些。」

瓦格又吞了兩大口，用手背抹抹嘴巴，斜眼瞄向萊列。「你不會是打算毒死我吧？」

「我該這麼做嗎？」

兩人露出同樣的諷刺微笑，瞇眼眺望粼粼波光，隨興傳遞昂貴的威士忌。酒精讓萊列的怒火燒得更旺，體內似乎要沸騰了。孩子的笑聲、激起的水花只是火上加油，引他想起黎娜。

「昨晚我在微光山丘遇到你的兩個朋友。」

「是嗎？」

「嗯。雙胞胎。長得一模一樣。他們以前是不是和你交易過？」

他以眼角餘光看見瓦格咬咬牙，手指握緊釣竿。

「你是說林堡兄弟？」

「對，這個名字沒錯。約拿斯和約納。他們對我說了不少你的事情。」

瓦格頸部的脈搏跳動變得更加明顯。「你不是說要放下過節嗎？」

「沒錯。」萊列舉起雙手。「我手裡有刀槍嗎？我沒打算和你起衝突，只是想聽你告訴我眞相。」

「什麼鬼眞相？」

萊列湊上前，憤怒給予他動力與勇氣。「大家幹嘛到處說你承認殺了黎娜？」

「我怎麼會知道？那些都是屁話。」

「你吹噓說把屍體處理掉了，沒有人能找到她。」

瓦格的臉龐像是要從接縫處裂開，他拉高嗓門回應：「才怪。我絕對不會傷害黎娜。絕對。」

萊列放下威士忌，再次確認沒有人看得到這邊的動靜。一切在瞬間發生。他從腰間抽出手槍，槍口抵住瓦格的肋骨，鬆開保險時，這個小伙子眼中浮現驚惶。釣竿掉進水裡，載浮載沉。

「你他媽的有病！」

「對，我他媽的有病，如果你想活著回家，我建議你趕快開口。」

「可是我什麼都沒做。」

「那林堡兄弟幹嘛說你認罪了？」

瓦格打了個寒顫。槍口在他的皮膚烙下痕跡。膽汁湧上萊列的喉頭，但他扣住扳機的手指毫不動搖。他感覺到瓦格放棄掙扎，幾乎癱軟在他面前。

「我欠林堡兄弟幾千塊，他們到處找我麻煩，威脅要闖進我家、從我家人身上偷錢。說要宰了我。我快崩潰了，只是想要逼退他們。我要他們像我一樣害怕。」

瓦格抽抽噎噎，大口喘氣，像是哭得要嗆到似的。他的牙齒格格打顫，四肢關節抖個不停。

萊列稍稍鬆手，目的已經達成。

「這不是什麼光彩的事。我說那種話全是迫於無奈。還有懦弱。我這個廢物。我騙了林堡兄弟，只是想嚇跑他們。要是他們以爲我幹得出那種事，就不會來我家騷擾了。這樣他們就會放過我。眞的有效！他們再也沒找我討債了！」

萊列腦中一陣暈眩，彷彿要從這個世界抽離。他湊到瓦格面前。「如果我沒有理解錯誤，你承認殺了我女兒是爲了博得藥頭的尊敬，是嗎？」

瓦格抱著瘦巴巴的膝蓋，哭得不能自已。

萊列懷抱著怒氣，任它沖刷，直到渾身發冷。手中的槍晃了晃，想像自己朝哭哭啼啼的青年舉起武器，抵住他的額頭。他看到樹上的鳥兒被槍響驚動，孩子們的笑聲頓時停歇。他感覺到哈桑將冰冷的手銬扣上他的手腕，開車押送他回警局，後視鏡映出朋友失望的表情。哈桑以爲他瘋了。或許他眞的瘋了。

是黎娜的聲音把他拉回來。她站在湖邊，哀求他放下槍。最後他放棄了，溜下岩石，循著黎娜的呼喚涉水回到岸上。瓦格在他身後大喊，但他聽不清對方說了什麼。他不想回頭。他不能回頭。自己差點幹下的事情帶來排山倒海的恐懼，他在灌木叢間奔跑，遠離那座湖，遠離瓦格。遠離自己的瘋狂。

等他衝進雲杉林間，他抖到不得不停下來，蹲在地上，摸索著能讓他攀附的物體，高聳的林木將他包圍。他仆倒在青苔上，恐懼令他狂嘔不止。他邊吐邊哭，直到體內什麼都不剩，除了陳舊的空虛。之後，他抖著腿走到一棵樺樹下，太陽曬得他渾身發熱，野草掃過大腿。他坐倒在地，心想自己再也擠不出起身的力量。

□

梅雅知道他們有事瞞著她，只屬於他們一家人的祕密。她還沒成爲他們的一分子，說不定永遠做不到。她只能等待，期盼。她知道向她透露祕密的不會是卡爾－約翰，而是比格。

某天早上，她走出雞舍時，他突然冒出來，她瞬間看出他判斷時機已經成熟。

「沒有蛋嗎？」他問。

「這回沒有。」

「希望母雞不是打算開始偷懶。」

「喔，不。我們手邊的蛋已多到吃不完啦。」

「重點就在這裡。我們永遠都要掌握吃不完的糧食，才能爲了危急時刻做準備。」

梅雅盯著兩人在碎石子地面上拉得長長的影子，莫名覺得這影子眞不現實。

「我小時候家裡從沒有過半點食物。」她說：「世界上最慘的就是空蕩蕩的廚房。」

「梅雅，妳說得對。小時候被肚子咕咕叫的聲音哄睡的經驗多到我懶得數。大多數的人從未體驗過沒東西吃的絕望，盲目地信任我們總能豐衣足食的幻象。」

比格停下腳步，低頭看她。「我想該讓妳看看我們的儲藏室了。」

「我看過你們的儲藏室啦。」

但他只是咧嘴一笑，往主屋反方向的樹林走去，領著她鑽過低垂的雲杉樹枝。儘管上了年紀，他敏捷的動作讓梅雅驚歎不已。他停在一片灌木叢前，用腳撥開枯枝和松針，顯露出埋在下面的活門。梅雅屏息等待，看著他跪到鬆軟的土地上，撬起門板。門內是一道往黑暗坑洞延伸的梯子，看不到盡頭。比格跨過門框，往下爬。他要她跟上，但她待在黑洞邊緣。

「我不喜歡狹窄的地方。」

他笑了幾聲。「底下沒有妳想像的那麼封閉。」

沒過幾秒，她只看到他頭頂柔軟的髮絲。她東張西望，主屋的窗戶在黑暗中散發溫暖光芒。眞希望卡爾—約翰剛好踏出門外，這樣她就可以叫他過來了。只要和他在一起，她就有勇氣跳進洞裡。只要在他身邊，恐懼永遠不會侵襲。

「來吧，梅雅！」比格在無底洞裡高喊。「快來看看這個。」

她很慢很慢很慢地踏上第一根横桿，接著是下一根。她雙手往下摸索。洞很深，横桿彷彿永無止盡。冰冷原始的空氣襲來，她肺裡充滿潮濕的泥土味。到了坑底，比格站在打開一半的門邊。暖黃色的光線從門縫滲出，他雙眼在厚厚的鏡片後方閃耀。

「梅雅，準備好了。」

門板滑開的幾秒間，托比恩和他收集的色情雜誌閃過腦海。她頓時難以呼吸，心想這裡的氧氣根本不夠，暈眩漸漸侵蝕她的意識。

她鼓起勇氣往房裡張望。裡頭很寬敞，天花板夠高，燈光明亮，像是室內運動場，只是少了窗戶。五顏六色的毯子鋪滿木頭地板，給予大房間蓬勃的生氣。架子從地板延伸到天花板，擺滿各種食物罐頭、一罐罐標示清楚的醃漬物。煤油燈、煤油爐子、電池放了一整排。地上有大桶大桶的清水。一面牆邊擱著三張行軍床和睡袋，衣架上掛了各種尺寸的衣物，還有鞋子、厚實的毛帽、手套。十組防毒面具從鉤子上俯視兩人，三個急救箱與幾瓶藥丸、好幾捲繃帶放在一塊。甚至還有幾組擔架和一張輪椅。

房間深處藏了大量軍火。十把槍口朝下的獵槍、幾把手槍。數百個棕色紙盒，裡頭裝滿亮晃晃的子彈。鋒銳的刀具、斧頭、各式工具也占了一席之地。

比格一邊比劃，一邊說明。他們有至少能撐一年的食物和水、電池、太陽能收音機、油燈。煤油、點火器、其他燃料，必要時可以用上好幾個冬天。

「無論是誰都動不了我們。我們已經準備好面對一切危機。」

他讓梅雅想到某年夏天希潔在哥特蘭島色誘的天主教神父。那個男人抖著嗓子說他選擇上帝，不會受到一切世俗欲望左右。他在開飯前禱告許久，拒絕享受食物、睡眠、女色。但他的眼神無比虔誠，帶有傳染力，讓她想加入他的信念。梅雅永遠忘不了他嘴唇顫抖，說起那些聖徒、他的上帝；他以拉丁文詠唱經文，震動架上的瓷器。她也想體驗如此強大的力量，想相信如此純粹的事物，想讓那股光芒從自己的毛孔中滲出，傳播給接近她的每一個人。顯然比格也擁有類似的才能，他也對自己深信不疑。燈光照得他的白髮一片金黃，讓她想到天使。他布滿皺紋的臉頰欠缺血色，皮膚鬆垮，但散發著超脫塵世的靈光，擊中她的胸口，使得她難以呼吸。

「社會無法保護人民、提供足夠的緊急糧食。可是我們做得到。梅雅，妳待在這裡很安全，永遠不會餓肚子。」

□

他對瓦格做得太過火了。奔回鎮上途中，他還感覺得到扣住扳機的手指有多麼用力。最糟的是他眞的想開槍。想結束這一切。先是那傢伙，接著槍口轉向自己。兩槍就夠了，就能結束一切。

萊列抵達時，哈桑正跪在花圃旁，雜草越堆越高，古典弦樂從敞開的窗內飄出。旁邊的長椅上放了馬丁尼杯，橄欖沉在杯底，調酒的雪克杯在陽光下閃閃發光。

萊列把槍輕輕放到雜草堆上，幾乎把它當成活生生的小動物。哈桑起身，戴著園藝手套的雙手拍掉褲子上的沙土。

「這是什麼?」

「我要你沒收它。」

「是你的?」

「沒有登記，你想問這個吧?」

哈桑撿起手槍，仔細檢查。

「希望你還沒有對誰開槍。」

「所以我才要你收下。在我眞的開槍前。」

□

希潔只能靠著室內電話找到她，於是便沒日沒夜地來電，大多是纏著梅雅要她回家。

「新聞都在報導有女生失蹤，托比恩完全不能放心。他要妳趕快回家，我們才能盯著妳。」

「我在這裡比和你們住一起安全。」

「我不懂妳爲什麼變得這麼叛逆。」

向比格提起希潔的顧慮時，他只是笑了笑。

「媒體總是使盡渾身解數要把人民嚇死。看到一個小土堆就能報成一座山。失蹤的女孩子——什麼鬼話？年輕人常常不吭一聲就到處亂跑，沒必要吵得天下盡知。這種事每天都有。艾妮塔和我以前也幹過，連根頭髮都沒少過。反而有不少好處。」

就算這麼說，他不再讓他們半夜開車出門。他說在斯瓦提登的柵門外充滿了腐敗和悲傷，他們不該捲入那些事。以防萬一，他不顧三兄弟的抗議，把鑰匙鎖在書桌抽屜裡。

斯瓦提登沒有電視。卡爾—約翰不知道原因，只說家裡從沒出現過電視。梅雅不敢向比格問起，生怕會引來另一頓訓斥。屋裡有電腦，但比格嚴格把關，發現她想登入臉書時，他氣得火冒三丈。

「梅雅，妳要天真到什麼時候？社群媒體不過是監視的手段！」

於是他們改聽podcast。比格最愛的主播是美國人傑克．瓊斯，他自稱是美國空軍的一員，已經看透了腐敗的政府機構。

到了晚間，他們聚集在起居室裡，比格坐在他的扶手椅上，雙手祈禱似地交疊。艾妮塔手邊總有編織活要做，棒針迅速敲擊，彷彿是兩支纏鬥不休的大軍。葛倫與帕爾躺在沙發上，手腳往抱枕和扶手亂放，梅雅和卡爾—約翰則選擇壁爐前的馴鹿皮毯，只想圖個清靜。她喜歡熱氣烘得他臉頰泛紅，翻捲的火焰映在他眼中。電台和其他聲響只是背景雜音，感覺天地間只剩下他們兩人。

等傑克．瓊斯講完，比格出聲引起眾人注意。

「梅雅，親愛的，妳知道艾妮塔和我是怎麼認識的嗎？」某天晚上他問道。

他的兒子們咕噥嘆息，但他絲毫不覺得掃興。比格的臉龐泛起幾乎無法察覺的輕顫，這代表他急著想說某件事。梅雅挺直上身，他一向最期待她的關注。

「你們是怎麼認識的？」

「喔，很久很久以前，我們是手足。我們曾經是兄妹。」

「比格，克制一點！」

艾妮塔手中的棒針停了下來。房裡冒出響亮笑聲。梅雅望向卡爾─約翰，看到他滿臉通紅。

「當然不是親兄妹。」比格繼續說：「我們十多歲的時候進了同一個寄養家庭，他們希望我們像兄妹一樣相處。然而我一看到她──」他指著艾妮塔，「就知道他們絕對無法如願。她有一種古典美，就和妳一樣，梅雅。古典美，可以輕輕鬆鬆引誘最冷漠的硬漢多看她兩眼。」

艾妮塔紅著臉繼續織毛線。

「所以囉，我們的養父也對她起了好感。幸好那棟屋子夠小，一切動靜都聽得清清楚楚，他的作爲無所遁形。我在洗衣房逮到他想把手伸進她的裙子……」

「比格。」艾妮塔語帶警告。棒針動得越來越快，敲出一片漸強音。

比格一手按住她的肩膀，繼續道：「我狠狠揍了他一拳，他倒在地上，頭撞到滾筒式烘乾機。我們想說他死了，就打包所有家當遠走高飛，決定遠離政府的耳目、養活自己。那時我十七歲，艾妮塔十六歲，就我們兩個對付全世界。存了十年的錢才買下這塊地。剩下的就不用多說了。」

比格上身前傾，視線鎖在梅雅和卡爾—約翰身上。他笑開了臉。「只要找到眞正的伴侶，你就等於是功成名就了。找到可以分享一切的對象，你就什麼都做得到。看看我們就知道。」

梅雅想到希潔，想到她不斷追逐愛情，卻從未找到落腳處。她的人生是多麼煎熬，充滿了尋找與孤單。她靠上卡爾—約翰的肩膀，默默發誓絕對不要走上那條路。她要緊緊掌握愛情。

□

每次找到黎娜時，她總是泡在黑漆漆的水面下，冰冷灰白。他把她浮腫的纖細身軀拖上岸。過程總是一模一樣——扯下自己的套頭毛衣，包裹她濕答答的身體，但水不斷從她的頭皮、嘴巴、眼窩傾瀉而出。萊列想堵住漏水的孔竅，可是沒有用，她的身體像是融雪帶來的洪水。每回她都在他懷中流乾全身水分。當他醒來，被單總是濕了一片。

雷聲把他從夢境拖回現實。就著一陣陣電光，他看到自己滿身的傷，每晚在森林裡摔出來的擦傷和瘀青、腳踝和髮際線的蚊蟲咬痕——被他在睡夢中抓得血跡斑斑。他渾身發癢發臭。在蓮蓬頭下，前一天的記憶流回他腦中，他是怎麼拿槍抵住麥可．瓦格的肋骨，準備開槍。雖然沖著熱水，他還是猛打哆嗦。他貼著磁磚，無法控制地啜泣，直到屋裡停電才停下來。他摸進廚房找蠟燭，水滴得到處都是。找到蠟燭時，手機剛好響了。

安妮特沙啞的嗓音一如往常狠狠擊中他。「我打了室內電話，你沒接。」

「我在洗澡。」

「這樣啊。」

沉重的靜默令人不安。萊列點燃蠟燭，走到餐桌旁放好。他聽見她的呼吸聲。

「我打來是要對你說一件事，可能會嚇到你——天知道我被嚇得多厲害——我差點以爲自己已經太老了，不過顯然還不到……」

「妳想說什麼就說吧。」

「我懷孕了。」

震耳欲聾的雷聲扭曲了她的字句。萊列把手機緊緊按向耳邊。「妳說什麼？」

「我懷孕了。湯瑪斯和我的孩子。」

「妳和湯瑪斯的孩子？」

「對。」

萊列乾笑一聲，儘管這消息一點都不好玩。閃電在他身旁亮起，往黎娜的椅子投下閃爍的影子。他望向書房。門微微開著。他和安妮特，他們兩個在那裡做愛，是多久以前的事情？

「妳確定是湯瑪斯的小孩嗎？」

「當然。」

「要是我記得沒錯，我們不是……」

「萊列，那件事過去了。那天做了什麼都沒有關係。」

「喔，好，我懂。」

燭光明滅不定，影子在牆上舞動。

「那黎娜呢？」

「什麼意思？」

「妳已經有一個小孩，那個小孩失蹤了三年。不覺得我們該拿全副心力來找她嗎？還是說妳要靠這一招揮別過去，再生一個小孩來取代已經有的那個孩子？」

安妮特的嗓音在線路另一端顫抖。

「希望未來你能爲這件事高興。」她說：「等你恢復理智。」

稍晚，他領回了扣留在警局的車。哈桑交回鑰匙時一臉愧疚，對他說沒有找到半點人類血液。萊列沒有刻意刁難，他一心只想繼續開車上路。

他幾乎是立刻出發，關著車窗抽菸，直到煙霧填滿車內，菸灰在儀表板和杯架上打轉飛舞。他才不在乎。他想到安妮特第一次告訴他說她懷孕那時，她幾乎說不出完整的一句話。當年他們才剛住在一起，他煮了白煮蛋，買了剛出爐的麵包卷當早餐。安妮特睡得不省人事，他叫她起床時，她抱怨說蛋的味道讓她反胃。安妮特可是雞蛋料理的瘋狂支持者。她披著穿舊的睡袍，說咖啡味好噁心。他擔心是不是哪裡不對勁，他們同居得太快。她把腦袋探往陽台門外，他悄悄從後頭接近，一手滑進睡袍托住她的右胸。此舉純粹是出自好玩，不帶急迫或是欲望，但安妮特卻發出像是被捅了一刀似的尖叫。然後她哭了起來。在抽屜間他發現她安排好下禮拜要去墮胎。她把附近外科診所的信藏了起來。他這才知道。

他堅持要送她過去。他想陪著她。安妮特的嘴唇抿成一條線，視線投向車外往後飛掠的冷杉，強調她需要安靜。車子開到佛洛斯卡吉，她說暈車，想要下去吐一陣。萊列一邊抽菸，看她往水溝裡狂吐。

「你以爲你有資格當爸爸嗎？」她嗤笑。「你這個老菸槍。」

「如果妳想留下孩子，我現在就戒菸。」

他把菸舉在兩人之間，安妮特挺直腰桿，走向他，還沒擦掉流到下巴的膽汁。她站得好近，菸頭幾乎貼上她的鼻尖。兩人瞪著彼此，燃起莫名的怒火。最後安妮特抹抹嘴巴，放鬆肩膀。

「給我熄了那根菸。我要回家。」

從那天起，他整整十七年沒抽菸，而現在他卻是這副德性，大腿上蓋了厚厚一層菸灰。他努力計算距那個早上過了幾個禮拜，可是他算不出來。他只記得事後安妮特炒了蛋。她眞的好愛吃蛋。他搖下車窗，把抽到一半的菸丟到路上。然後拎起菸盒，往同一個方向拋去。隨便安妮特要怎麼說，他知道那是他的孩子。

第二部
Part II

沉默比黑暗還要難耐。她聽不到風聲、雨聲、鳥叫聲。沒有腳步或是說話聲，外頭像是沒有一整個世界存在。她把耳朵貼上牆面，凝神細聽，卻只聽到自己的心跳。微弱的光線下，她手臂上的抓痕越來越深，身上各處的瘀傷漸漸變黃，隨著時間消失。她不再抵抗了。她沒有心思面對那些事。血管在鬆垮的皮膚下腫起，彷彿她未老先衰，彷彿生命正不斷從她身上流失。

懸在天花板上的燈泡把她的影子投向牆面，她發現自己正從床鋪上對著它揮手。她看到修長的人影也揮手回應，與她一同對抗孤寂。

這個房間方方正正，有如一個箱子。她的鋪位和一張桌子貼牆放置，桌上放著沒有碰過的食物：包著保鮮膜的起司三明治和一壺熱湯。當飢餓變得無法忍受，她聞聞熱湯的氣味，可是才喝下一口就反射性地吐出來。她的身體拒絕進食。她的身體抗拒著遭到囚禁的命運。

另一面牆上的金屬門旁放了兩個水桶，一個給她上廁所，另一個裝滿清水。她盡可能避開它們，吃得很少，連排尿都不太必要。她沒有力氣刷洗自己的身體。她的頭髮糾結著垂在肩頭，在枕頭上留下油膩的印子。儘管聞不到，她猜自己身上臭得要命。她希望自己散發惡臭，或許這樣就能阻止他碰她。

她努力睡過死寂的時光，靠著睡眠消磨時間。要是輾轉難眠，她就繞著房間走著一圈又一圈，直到雙腿痠痛不已。她用指節敲打牆面，尋找空洞，以耳朵專心尋找除了自己的呼吸之外的動靜。她忍不住尋找不存在的聲音。少了日光，她難以得知自己失去了多少歲月。分分秒秒相互交疊，時間由睡眠和活動來定義。還有傾聽。有好長一段時間，她盯著門板看。她的血液在淺灰色金屬上乾涸，猶如鏽斑。拚命搥打那扇門已是很久很久以前的事情了，然而她的手指依舊皮開肉綻，彷彿皮膚不願在封閉的黑暗空間中癒合。他說可以幫她塗藥，可是她把自己縮成一團，背對著他，像是豎起尖刺的刺蝟。她最不需要的，就是他的觸碰。

□

萊列啜飲咖啡，看著面前整班學生垂下的腦袋。教室裡只有筆尖磨擦紙張的聲音。看幾個男生不斷撥開遮住臉的頭髮，最近一定掀起了留長髮的風潮。女孩各有特色，其中一人的劉海挑染了一撮粉紅色，另一個則是剃掉了耳朵上方的一大片髮絲。他們年輕又健壯，百無聊賴的模樣令他屏息。

現在黎娜的年紀比他們大了吧。她將滿二十歲，但他無法想像。她想了好多計畫，列出所有想去的國家。泰國、西班牙，說不定再加個美國。她提到以後要幫人帶小孩換宿。

「妳對小孩子了解多少？」

「有什麼難的？」

他喜歡幻想那些景象。黎娜在加州的高速公路上開車奔馳，後座載著兩個美國小孩。幻想她根本沒有失蹤。

黑暗再次降臨，又一個夏日離他遠去。秋季學期像是死刑宣判，逼他放棄尋找，坐在教室裡。從新生著迷又同情的眼神中看得出來，他們知道他是誰。這使得他肚子裡一陣翻騰。但他們從沒問起。向剛入學的班級自我介紹時，他沒有提到黎娜。反正他們都知道。鎮上每一個人都知道。大家都在怕，課堂上的年輕人得要與恐懼共生。他們不得不學會別落單，永遠提高警戒。他想這些孩子肯定不會獨自站在候車亭，等待不準時的公車。家長從他遭逢的悲劇學到教訓，不會重蹈覆轍。漢娜·萊森失蹤案等於是火上加油，再次提醒大家致命威脅隨時可能發生，得把小孩放在眼皮下盯著，即便是格林姆翠斯克這樣一個小地方。

學生比家長還要好對付。下課後他們魚貫從他身旁走出教室，他在他們留下的寂靜中坐了許久。他對教職員辦公室有些卻步，同事對他總是表情緊繃，說著那些空泛的好聽話。即使辦公室裡炸開笑聲，他一陣瑟縮，直接走向咖啡機，忙著弄東弄西，攪拌咖啡，他沒拿奶精或是糖。他以金屬與瓷杯撞擊的聲音隱藏自己的存在。透過百葉窗的隙縫，他看到葉子轉黃飄落的樺樹。外頭的水池結起了薄冰。

社會科老師克雷斯．弗耶爾站到他身旁，聊起駝鹿狩獵大會。

萊列乖乖聽著，但他的視線沒有離開結冰的池塘。弗耶爾湊過來，一手搭上萊列的肩膀，嘴裡噴出噁心的香蕉和喉糖味。

「告訴你，我們在森林裡一直掛記著你的女兒。」

萊列轉頭看著弗耶爾那張浮腫蒼白的臉，一股惡寒沿著脊椎竄下。「你們爲什麼覺得她人在森林裡？」

弗耶爾閉上嘴巴，頜結上的臉漲得通紅。「我不是那個意思。我只是說我們把她放在心上，總是留意有沒有她的下落。」

萊列垂下頭，突然間無比清楚地意識到鞋底下堅硬的地板，還有雙腳爲了支撐身體而承受的重量。

「謝了。這對我來說意義重大。」

弗耶爾從他身旁離開，坐下來陪其他老師聊天，他們有辦法放鬆、蹺腳，知道要如何開啓話題。萊列看到安妮特坐在一張木椅上，說得眉飛色舞，對一大群人說話時她總是如此。她穿著緊身的黑色套頭毛衣，讓人難以忽視她牛仔褲頭上的小小隆起。他雙腿虛軟，連忙一手扶著窗框，聽到咖啡灑了滿地，以及他們轉身關切時衣服磨擦的窸窣聲。腳下的地面開始搖晃，他快步離開。好像有人在他背後大喊。可憐的傢伙！他怎麼撐得住呢？

□

他來得毫無預警，只聽見鉸鍊咿呀轉動，門板撞上裝排泄物的桶子。要是燈沒開，他會拉繩子開燈，低頭打量她，即使她裝睡，視線仍幾乎要燒穿她的眼皮。確認她還有一口氣之後，他就拎起水桶離開房間。她只看到他背後的樓梯，可是看不見天光。他每次都會倒掉深色的尿液，水泥地上積起黑色水窪，再把另一個水桶裝滿清水。

門自動鎖上。她沒聽過鑰匙聲。一開始，她還有些力氣時，曾在他拿水桶進門時攻擊他。她站在門邊，門一開就撲上去，水灑得到處都是。他直接拿水桶往她背上重擊，打得她站不起來，連被他扛回床上、用那雙噁心的手撫摸她時也無力反抗。他拍拍她的身體，似乎把她當成屠宰前要安撫的牲口。

他戴著面罩，黑色布料下看得到色澤極淺的雙眼。她從沒看過他的頭髮，心想他大概是禿子吧，面罩下沒有半根毛。

難以判斷他的年紀。她猜他比自己的父親要小一些，但又無法確定。他掌控這個小房間，站在門邊時肩背的線條映在光禿禿的水泥牆上。可是她不確定他在外頭的世界眞的如此高大。雖然穿著厚重的工作靴，他的動作輕盈，身上帶著新鮮的汗水味，好像剛跑了一段路似的。他的嗓音柔順低沉，聲帶彷彿深埋在腹部。

「妳爲什麼不吃？」

他不耐地收起幾乎完好如初的食物，換上還在冒煙的燉蔬菜，搭配一片油亮的肉。作嘔感在瞬間發作。即便她餓壞了。胃袋穿了個洞。

「我沒辦法。一吃就吐。」

「妳有特別想要什麼嗎？有喜歡的東西嗎？」

她聽出他在努力示好，儘管怒氣在他虛假的嗓音下脈動。

「我要呼吸新鮮空氣。一下下就好。拜託！」

「別再拿這件事情鬧。」

他轉下保溫瓶上的杯子，裝滿液體，遞給她。蒸氣溫柔地撫慰她脫皮的嘴唇。聞起來好甜，有點水果味。

「玫瑰果湯。」他說：「喝幾口下去會好一點。」

她舉起杯子做做樣子，視線落向他的靴子，幾片小小的黃葉黏在上頭。

「外面是秋天了嗎？」

他明顯僵住，退向門邊。

「等我回來，我希望這些食物都不見了。」

□

「我夢見妳懷孕了。」

卡爾—約翰從她體內抽離，讓她躺在略帶濕氣的床單上。梅雅掀開羽毛被，爬下床鋪。

「聽起來比較像惡夢。」

「妳挺著大肚子超美的！」

梅雅鑽進浴室，關上門，不讓他跟進來。她刷牙梳頭髮，塗上睫毛膏。沒空做其他事情了。等她出來，他還躺在原處，笑得合不攏嘴。她走到床邊，彎腰親親他，感受從他身上散發的溫暖。他伸長雙手，拉她進被窩。

「妳眞的一定要去嗎？不能留下來陪我？」他緊緊抱著她，雙手撥亂她的頭髮。

梅雅掙脫他的懷抱。「你爲什麼一定要毀了我的髮型？」

「有差嗎？妳打扮給誰看？」

卡爾－約翰和比格都不想讓她去高中上課。他們認爲那只是浪費時間。梅雅解釋過好幾次了，說她答應自己一定要通過考試，好好過生活。至少要過得比希潔好。希潔懷了她後就沒再去學校了。

「妳母親沒有錯過任何事。」比格這麼說過：「把孩子帶到這個世界上，遠遠比接受全國最強大的奴隸洗腦重要太多了。」

讓步會很容易，反正她也不喜歡學校。她沒在同一個地方待上夠久的時間來適應環境，每當她漸漸習慣某間教室的氣氛，又要收拾書包，準備離開。希潔才不管是不是學期間，搬家的時間一到就走人。梅雅的動力來自於此。她要成爲不同的人。成爲獨一無二的自己。

這裡離白銀之路和公車站牌有三公里。等到十一月，外頭暗下來，妳不會喜歡走這段路的。比格曾經警告過。但現在天早就黑了，森林成為大團大團的陰影包圍著她，她緊緊盯著碎石子路面，不想看到林間的動靜。柵門的數字密碼她得默記在心裡，因為他們不讓她寫下來。後來她發現那是比格的生日。柵門在沉默中輕輕呻吟，她感覺得到比格的視線對著她的後頸。她小心翼翼地關好門，小跑步地經過淒涼的灰色松樹、光禿禿的樺樹。路面吱嘎作響，儘管第一道霜還沒落下，但她似乎聞到了雪的氣味。

抵達大馬路時，她喉嚨刺痛，得遠離路肩才能讓公車司機看到。那個臉色紅潤的矮個子拿著保溫瓶喝咖啡，聲音粗啞到她幾乎聽不懂，只知道他問起比格的事情。

公車漸漸被來自周遭村鎮的學生擠滿。她沒看到幾棟房子，只有指向森林裡的路標。這些孩子站在路旁等車，臉頰紅潤，吐出陣陣白煙。車子繼續往前開，梅雅閉上眼睛，靠著冰冷的玻璃。她感受到他們的目光，好奇心幾乎燒穿她的眼皮，不過他們沒有向她搭話。

托貝卡高中在格林姆翠斯克鎮上，是一層樓高的紅磚建築，與其說是學校，更像是穀倉。窗戶洞開，班上的人大多穿著厚外套。雙開式的彈簧門內擺了一排排綠色置物櫃，梅雅把外套掛進自己的櫃子，伸手摸過書架，把鋁箔藥包翻出來。她擠出一顆藍色藥丸，直接吞下去。她關上櫃門，發現烏鴉頂著粉紅色的刺蝟頭站在門後。

「妳爸媽不知道妳在吃避孕藥吧？」

「我搬去卡爾─約翰家了。」

烏鴉瞪大眼睛。「然後他不知道？」

梅雅笑了笑。

「他想搞大我的肚子。」

□

等他回到房裡，她已經喝完那杯玫瑰果湯。她聞到冰冷的空氣和腐敗的落葉。秋天的氣息吸附在他衣服上，不用多問就知道夏天已經結束。

「妳肯吃東西真是太好了。」

他帶來牛奶和肉桂麵包，香氣宛如橫亙在兩人間的停戰協定。

「多留一下下。」她懇求。

他渾身一僵，面罩下的視線小心翼翼地游移，過了一會，他背靠著門，坐在地上，隔著面罩抓抓臉頰，像是裡頭藏著讓他發癢的鬍鬚。

她把裝了麵包的袋子遞還給他，坐到自己床上。

「自己一個人吃東西好無聊。」

他拿了一個麵包，黑色面罩隨著咀嚼的動作活起來。她吃不下，恐懼在她體內盤據，掐住她的喉嚨。她提出別的要求。

「你不能拿掉面罩嗎？」

「一樣的白痴問題妳要問到什麼時候？」

他在面罩下勾起嘴角，像是在和她調笑。希望竄過她心頭，她思考要用什麼方法逼他讓步。

「你自己烤的嗎？」

「不是。」

「店裡買的？」

「我有沒有說過多嘴的下場是什麼？」

他又拿了一個麵包，拍掉胸口的碎屑。他穿著知名戶外品牌的黑色刷毛上衣，腰線鬆鬆垮垮。他嗓音中隱含的不悅讓她緊緊貼上冰冷牆面。他不喜歡聽她問問題。

他起身，雙手交握，靠近床邊。床板被他壓得吱嘎作響。當他伸手時，她閉上眼睛，感受他的手指隔著T恤滑過她的鎖骨，沿著她的胸口往下滑，指節點了點她的肋骨。

「妳一定要吃點東西。妳就在我眼前慢慢消逝。」

「我不餓。我要的是新鮮空氣。」

她逼自己迎上他的目光，吞下恐懼。他的眼白充滿血絲，不知道是嗑了藥，還是睡眠不足。放大的瞳孔沒有透出太多資訊。他身上依舊聞得到外頭冰冷的空氣。或許他把眼神接觸解讀成邀請，因爲下一瞬間，他靠過來，把她拉進懷裡。她想要掙脫，但他抓得更緊，一手滑入她的上衣。她猛抓他冷冰冰的手指，想要擊退它們。她感受到在他體內沸騰的憤怒。當他鬆手時，他一拳捶上她腦袋旁邊的牆面，帶起凌厲的氣流。

「妳應該要心懷感激。我爲妳做了那麼多事。」

她沒有目送他離開。門板狠狠甩上，接著又是無盡的孤寂。

□

梅雅走出校門時，天色已經暗了下來。烏鴉駝著背站在一棵樺樹下捲菸。她舔濕菸紙，舌環一閃，粉紅色頭髮被濕氣弄得毛躁不堪。她向梅雅歪歪腦袋。

「要來吃披薩嗎？我請客。」

「不行。我的公車很快就來了。」

「在斯瓦提登那邊不是很無聊嗎？」

「不會啊，我覺得那裡很舒服、很平靜。」

「是喔，反正妳有卡爾—約翰幫忙打發時間。」烏鴉東張西望，誘惑似地舔舔菸捲。「他表現如何？我是說在床上。」

「不關妳的事。」

「天啊，妳這個人眞不好玩！」烏鴉咯咯尖笑。「看妳臉這麼紅，相信他沒有辜負妳的期望。」

梅雅拉高衣領。

烏鴉又說：「我一直覺得他很辣。有點冷淡又有點怪，可是很辣。」

一輛車停到兩人身旁，梅雅一眼就從生鏽的外殼認出車主，肚子裡結了一團硬塊。托比恩搖下車窗，靠著方向盤。車上只有他，沒看到希潔的蹤影。他笑得燦爛，向烏鴉打招呼，烏鴉朝他吹了幾個煙圈作爲回應。

「梅雅，妳現在有空嗎？」

她對烏鴉扮鬼臉，繞到另一側，鑽進副駕駛座。

「怎麼了？」

「沒事，都很好。」

他關起車窗，調低收音機音量。儀表板上散著菸盒與糖果紙。梅雅把背包擱到自己大腿上，瞄了時鐘一眼。公車再十分鐘就要開走，她不想讓托比恩載她。

「你想幹嘛？」

「是希潔。她整天睡覺，什麼都不吃。」

「她不畫畫了嗎？」

他嘆了口氣，她當作這是肯定的意思。

「去預約醫生。不是本地的外科診所。你要找精神科醫師。」

「她拒絕的話怎麼辦？」

「把酒收起來，直到她答應。」

他抓抓鬍鬚，以羞愧的眼神看著她。

「說眞的，她很想念妳，我內疚得要命，是我把妳逼走的。」

梅雅轉頭望向校舍的紅色磚牆。

「不是你。」

他粗糙的手指配合雨刷的節奏咚咚敲打方向盤。

「妳在斯瓦提登過得如何？」

「很好。」

「和比格一家處得好嗎？」

「好。」

「和他們住在一起是什麼感覺？」

「很好。」

「所以妳不後悔嗎？」

梅雅瞇眼盯著樺樹。烏鴉的頭髮在灰沉沉的背景中顯得很不自然。

「不。」

「不用不好意思。改變心意什麼的。你們還很年輕。」

「我還沒改變決定。」

托比恩深深吐氣，酸臭味填滿整輛車。

「那找一天來和我們吃飯吧？妳和卡爾—約翰。我們都很想念妳。」

「嗯。」

他看著她的眼中帶著哀求。

「我眞的很想當妳的爸爸，只要妳願意。」

梅雅把背包緊緊抱在胸口，抓住門把。

「我才不需要爸爸。」

□

她躺在床鋪上和自己的影子玩耍，與牆上細長的人影擬定一個個計畫。她要抓著裝糞尿的水桶等門打開。趁他淋了滿頭尿，什麼都看不到，她就舉起那張小桌子，以全身的力量砸到他頭上。把他敲昏，或是至少打得他站不住腳，然後從他身旁跑上樓梯。她不知道上頭有什麼難關，說不定又有好幾層上鎖的門，但她準備面對一切風險。

有時候男子隔了幾天才回來，她只能依賴自己的大腦來判斷時光是如何流逝，不過可以觀察食物的變化，變硬、發霉。同時她又怕那扇門再也不會打開。這種心情很怪，恐懼一件事物的同時，又期盼它的降臨。她發現自己對於獨自在這裡死亡腐爛的恐懼，遠遠大於他本人。

她把乾巴巴的食物放到地上，練習扛起桌子。笨重的木板壓得她胸口疼痛。她看到牆上人影的手臂不住顫抖，彷彿自己身上的力氣已流失殆盡。

「如果眞的要做這件事，我們一定要吃。」她對影子說。

她被相機的閃光驚醒。他站在她身旁拍照，托著鏡頭的手掌因爲寒冷和勞動而粗糙。她拉起毯子，用雙手遮住臉。閃光沒有停過。他扯下毯子，撕開她的T恤，露出肚子和胸罩。等到她哭了起來他才停手。他繞著小房間踱步，呼吸沉重。

「妳什麼都沒吃！妳是想害死自己還是怎樣？」

「我不舒服。我要看醫生。」

他瞥了她一眼，傳達沉默的警告，接著瘋狂把乾掉的食物倒進垃圾袋，又放下更多食物：香腸、馬鈴薯、胡蘿蔔泥、兩個保溫瓶、一條巧克力。銀色的包裝紙在她眼前綻放光芒。牆上的影子一副飢渴模樣。

「我以爲你不會回來了。」

他歪嘴一笑。

「想念我了嗎？」

她拿起巧克力，摸摸包裝紙。

「你身上有冬天的味道。外面很冷嗎？」

「我還沒說妳聞起來是什麼味道。沒看到水桶和肥皂嗎？妳不能梳洗一下嗎？」

她折下一小塊巧克力，放在舌尖，讓它隨著她的淚水融化。他摸摸她的頭髮。

「要不要幫妳洗頭髮？」

她屈起膝蓋，看著影子模仿她。她的鼻水流不停，巧克力嘗起來鹹鹹的。

「爲什麼要拍我的照片？」

「我希望沒在這裡的時候也看得到妳。」

「你自己住嗎？還是和家人一起？」

「怎樣？妳嫉妒嗎？」

「只是好奇。」

「好奇心有時候很危險。」

他撫上她的臉頰。她努力忍受，忍住閃躲的衝動。他的大拇指撫過她的嘴唇。

「不管有沒有家人，妳都是我人生中最重要的事物。」

□

她獨自站在候車亭，霧濛濛的路燈照亮她頭頂，一縷縷金髮從兜帽下伸出。他對她的髮色、她獨自等車的身影起了反應。

萊列想也不想，橫跨左邊的車道，停到站牌前。他搖下副駕駛座的車窗，揮手招她過來。可惜她不是黎娜，儘管他早就知道。

這個女生叫梅雅，是這學期的新生。在他班上，她坐在窗邊，大半節課都在筆記本邊緣畫螺旋圖案。他沒有理會她，因爲她是新生，看起來總是獨來獨往。現在她走向他，他看見她瞇細的雙眼在兜帽下閃閃發光。

「我現在要回家了。要搭便車嗎？」

他看她望向公車應該要開來的方向。

「我住斯瓦提登，離這裡超過十公里。」

「沒差。反正我家沒人。」

他看出了她的猶豫，知道她在腦中衡量這個提議。接著，她快步上前，打開車門，坐上副駕駛座。她身上帶著雨水的氣味，兜帽下的頭髮不斷滴水。萊列轉向白銀之路，往北開去。

「妳不能總是依賴公車。」他說。

「車子每次都這麼晚來。」

開到坡頂，他打開大燈，望向灰色的森林。很快就會變成白色了。樹木會像扛著包袱的老人般彎下腰，人們將會遺忘地面和藏在雪中的一切。又一次冬天。他不知道要如何度過。他感覺到梅雅的眼角餘光，轉頭發現她匆忙收回注視。

「妳住在斯瓦提登？」

「嗯。」

「和比格還有艾妮塔一起住？」

「你認識他們嗎？」

「老實說不認識。你們是親戚嗎？」

她搖頭。

「他們的兒子，卡爾—約翰——他是我男朋友。」

「喔，眞沒想到。」

就算和他們沒有很熟，但大家都瞧不起比格．布蘭特和他的家人。或許這就是原因所在。他們很少在鎮上露臉，沒有人知道他們在斯瓦提登如何維生，不知道他們是靠打獵還是農場過活。他們拒絕讓兒子上學，當年吵得不可開交。他們說想在家裡自己教小孩，就像以前的人一樣。萊列不知道後來如何發展、社福單位有沒有接受。但他從沒在托貝卡見過他們。

「你抽菸嗎？」梅雅突然發問。

「只在夏天抽。」

車裡的菸味濃得要命，滲入了內裝，萊列沒有費神清理過。儀表板上蓋了厚厚一層菸灰，但他不以爲意。

「妳抽菸嗎？」

「沒，我戒了。」

「很好。香菸都是垃圾。」

「卡爾—約翰說菸草是政府的陰謀，他們要消滅弱者。」

萊列盯著她看。

「我沒聽過這種事情。不過癌症對政府有好處嗎？」

梅雅嘆息。

「衰弱的人民讓政府有更多機會，比格是這麼說的。」

「是嗎？」

萊列清清喉嚨，掩飾他的疑惑。他不想奚落這個女孩子。三年前，第一個夏天，他曾在比格家的土地上尋找黎娜，他們都來幫忙——比格、他太太，還有他們家的三個小伙子。把每一間小屋、地窖的鑰匙交給他，引導他走過橫越他們家土地的林間道路。

他斜眼打量身旁的女孩，她一頭金髮，夏天曬出來的雀斑散在臉頰上。她的肩膀緊繃縮起，看起來一碰就會裂開，有如隆冬降臨前的薄脆冰層。

「妳在斯瓦提登住多久啦？」

「從今年夏天開始。」

「之前妳住哪？」

「到處搬來搬去。」

「聽起來妳是從南部來的。」

「我在斯德哥爾摩出生，不過搬過好幾次家。」

「知道妳住在斯瓦提登，妳爸媽有沒有說什麼？」

「我只有希潔，她根本沒在管我。」

看得出她不喜歡被人問個沒完。她的手指躁動不安地拍打牛仔褲，猛摳縫線。他想到黎娜，想到和她聊天有多不容易。等她長大一些，情況更加惡化，彷彿歲月擋在兩人之間，把他們變成陌生人。他說的每一句話只換來皺眉和白眼。當時讓他無比挫折的溝通，現在卻是無比懷念。

接近目的地時，梅雅揚手指路，隔著陰暗的霧氣，他看到雲杉間的木頭標示。

「把我放在路口就好。」

「我送妳到門口。」

她在座位上煩躁地扭了扭，但萊列沒有讓步。

他想知道這個小女生爲什麼會自願搬到如此與世隔絕的地方，青春愛情的力量眞有如此龐大？斯瓦提登除了茂密又古老的森林、無趣的小湖，什麼都沒有。

到了柵門前，他待在車上，梅雅跑下去輸入密碼。

「比格·布蘭特家的孩子肯定很有魅力。」在她回來前，他大聲自言自語。

柵門裡頭有一棟高大的農舍，屋後的森林一片漆黑，明亮的窗戶像是在黑暗中燃燒的烈火。梅雅坐在座椅前端把玩自己的頭髮，綁起馬尾又解開重綁。她的舉動讓他緊張極了。

車子開近，比格站在門口。這名年邁男子揮揮手，快步走下台階。梅雅一下車，他就拍拍她的肩膀，彷彿把她當成自己養的狗，手勢輕快又充滿親愛之情。

「喔，這不是萊納特·古斯塔森嗎？眞是久違了！」他的腦袋鑽進副駕駛座的窗戶。「要來喝杯咖啡嗎？」

□

牆上的影子飛舞，細瘦的手腳搖搖晃晃，腦袋甩動，水滴從濕答答的頭髮四處飛濺。肥皂味聞起來好陌生，讓她的鼻腔一陣刺痛，不過清洗和巧克力都帶給她能量，足夠舉起小桌子八次的能量。之後，她的掌心貼上牆面，和影子擊掌。她已經好久沒有這麼強壯過了。

男子來的時候，食物都沒了。大部分被她吐回桶子裡，但他什麼都沒說。他到門外清空水桶，很快就回來，在房裡塡滿秋天的空氣和他的吐息。他的雙眼在面罩下發亮。

「妳洗澡了！」

她坐在床上，影子在她背後，肩膀貼著粗糙的牆面。她突然害怕起身體洗乾淨後他會對她做的事情。她看著他走來走去，盯著他的雙手從背包裡取出食物。一片一片厚厚的血布丁、越橘果醬。小桌子吱嘎作響，像是也想逃避他的觸碰。

「可惜我現在沒帶相機。妳把自己整理得好漂亮。」

他坐到她身旁，床鋪代替她抗議。她麻木又沉默。當他觸碰她時，她只聽見自己嘶啞的呼吸聲。他摸摸她的頭髮，手指沿著她的頸子滑落。

「妳爲什麼選在今天把自己弄得這麼漂亮？」

她胸口起伏不定，難以開口。

「我想要是我吃點東西，把身體弄乾淨，說不定你會讓我出去一下下，透透氣。」

扣著她頸子的手不耐地收緊，把她的臉往上扯。

「先吻我再說。」

他把嘴巴貼向她的唇，面罩帶著濕氣。她抿唇別開臉，看著影子掙扎。他撕扯她的衣服，影子細長的雙手又抓又打，直到他反擊。溫暖的鮮血從她的額頭流進嘴裡，他把她用力按在床上。

在他爲所欲爲的期間，她往上飄向牆壁，與影子相聚，緊緊咬牙，直到下顎骨疼痛不堪。

事後，他套上牛仔褲，用她的T恤擦拭她前額的血跡，用整隻手掌的力量緊壓。她用嘴巴呼吸，不想聞到他的味道。兜帽蓋住他頭頂，她努力抗拒一把扯掉面罩的衝動。從他的撫觸可察覺他的憤怒已經轉爲後悔。她逮住機會：「爲什麼你不拿掉面罩？」

「妳知道我之前是怎麼說的。」

「可是我想看你。」

他鬆開手，握著血跡斑斑的T恤。

「總有一天，我會摘下面罩，我們會手牽著手，一起走出去。可是妳還沒準備好。還沒。」

血流咚咚敲打她的耳膜。她湊向他，突然間充滿期待。「我準備好了。」

他把她丟在床上。她看著影子朝敞開的門板伸展，彷彿它有自己的盤算，和他一起溜出去。可是門重重關上，飛舞的灰塵與血味中只剩她和影子。

□

看來他們還記得他。比格的太太艾妮塔泡了咖啡，隔著劉海打量萊列。她似乎相當激動，整理餐桌的雙手微微顫抖，指尖布滿裂痕。她沒有坐下，駝著背站在爐子旁。萊列心想：如果從沒出過門、與外人接觸，就會變成這樣。

兩人三年沒見，比格蒼老不少，額頭添了紋路，眼窩凹陷。他關切地凝視萊列。

「你家的孩子還是沒有消息嗎？」

萊列搖搖頭，望向屋外只點著一盞燈的車道。風勢轉烈，樹木和影子搖擺不定，難以聚焦。

「沒有進展。」

「警方呢？他們什麼都沒幹嗎？」

「完全沒有。」

比格點點頭，臉皮抖顫。

「那些無能的智障，不用懷疑。如果希望有任何成果，你只能指望自己。」

「我還沒放棄。我要一吋一吋翻遍整個諾爾蘭。」

「很好。」比格說：「你一定會找到她的。」

萊列垂眼盯著桌面，眨眨眼，直到視線恢復清晰，看出木紋的凹痕和艾妮塔端來的蛋糕上的砂糖顆粒。他依舊莫名鼻酸，但已經學會不要屈服於自己的淚水。

「我要感謝你送梅雅回家。我們很擔心她。」

「真的嗎？」梅雅問。

「當然了。」

萊列抬起頭，視線從比格移向艾妮塔。

「我猜你們聽說了今年夏天在阿耶普羅有個女孩子失蹤的事情？」

「沒錯。」比格說：「看來警方這次也幫不上什麼忙。」

「對，沒有找到多少線索。」

艾妮塔彎腰打開烤箱，一陣白煙湧出。她抽出烤盤，上頭放著幾條外皮焦黑的麵包。

她翻動茶巾，他看到她腋下的汗漬。

「唉。」比格打開窗戶。「聰明人會好好照顧自己。警方不過是一群低能兒。」

萊列抿抿唇，咖啡苦得不可思議。

「我可能不會說得這麼過分。」

比格還沒來得及回話，前門突然打開，三名青年挾著寒風進屋，跺掉靴底的泥巴。一看到萊列，他們愣在原處。

「我家小子回來了！」比格向他們招手。「別杵在那裡，快進來坐下！」

他們膚色蒼白，臉頰紅潤，指甲縫卡著沙土，肌肉結實。比格一一介紹三人，老大葛倫留著一頭橘金色頭髮，滿臉痘疤。他看起來話不多。老二帕爾正在留鬍子，他抓抓臉頰，笑容可掬，和萊列握手時，手掌冰冷而有力。卡爾—約翰年紀最小，身材修長，匆忙坐到梅雅隔壁。比格得意得臉上發光。

「這輩子我有三個最大成就，現在我們就等著孫子孫女的到來。」

「屋裡好臭。」帕爾說：「妳是要燒房子嗎？」

「我把麵包烤焦了。」這是萊列聽到艾妮塔說的第一句話。

她站在屋角看起來好嬌小，至少比三個兒子矮了一個頭。青年之間的活力與羈絆讓萊列精疲力盡。疲憊像是掛在他肩上的牛軛，他突然起身，杯子和茶碟鏗鏘作響。

「咖啡多謝了。我要在眼睛太累之前回家。」

屋內陷入凝重的沉默，直到艾妮塔找回她的聲音。「喔，當然了。天啊，看現在外頭有多暗。」

梅雅感謝他送她回來，他感覺到眾人的視線戳刺他的後頸。比格送他到停車處，一手攬著他的肩頭，彷彿兩人有多年交情。

「聽說你離開狩獵隊了？」

「他們暗示我自己走人。」

萊列鑽進駕駛座，小雨敲打車窗，比格站在車旁，眼鏡起了霧。

「要是癮頭犯了，歡迎和我還有我家的小鬼一起打獵。」

「謝了，不過我現在對獵駝鹿沒有興趣。更大的獵物等著我呢。」

比格抿唇笑了笑。

「我懂，也希望你知道我們很樂意幫你找女兒。一句話就好。我們有很好的設備，我家的孩子很有耐性的。」

「好，我會記在心上。」

比格拍拍車身。

「保重。」

「你也是。」

萊列開上車道，小心翼翼地轉彎，揮揮手。他開著大燈，以最快速度穿過兩側長滿雲杉的小路。咖啡還在他喉中灼燒，在抵達柵門前，他一直憋著呼吸。停下車，回頭望向農舍，看著明亮的窗戶後人影晃動。彷彿等了一輩子，柵門才咿呀開啓。

□

「那個老師幹嘛送妳回家？」卡爾─約翰問。

「我在等公車，他自己過來問的。」

「妳就答應了？」

「不然呢？」

「我只是覺得他有點可疑。妳還是搭公車比較好。」

梅雅盯著他看。「你嫉妒喔？」

卡爾─約翰的笑聲把溫暖氣息吹向她的頸子。「誰會嫉妒那個老頭子！」

梅雅掙脫他的懷抱和羽毛被，爬下床鋪。溫熱的黏液沿著大腿內側滑落，她突然好懷念自己睡的日子。整張床都是她的。

「我覺得他有點可憐。看起來好孤單，像是被人拋棄了。」

卡爾─約翰朝她伸手。「感覺被人拋棄的人不是只有他。」

梅雅進浴室上廁所，原本想拿衛生紙擦乾淨尿液和黏液，最後放棄了，打開蓮蓬頭，她脫掉上衣，踏進冰冷的水幕。卡爾－約翰的身影很快就出現在浴簾外。她聽見他掀起馬桶蓋，嘩啦啦地小便。應該要鎖門的。他好像不懂尊重其他人的空間。水過了好一會才熱起來，她站著不動，任由熱水沖刷。眞希望已經是早上了，這樣她就可以去上學。隔著水聲，她聽到卡爾－約翰刷牙。她閉上眼睛，不想看到他，他卻扯開浴簾，鑽進來和她一起沖水，緊緊貼著她，占據大半空間。他的眼珠子在蒸氣間發亮。

「我認爲妳該離那男人遠一點。」

「他是我班上的老師。」

「這不代表妳得要在下課後搭他的車亂跑。」

「他只是想做點好事，送我回家。想到他女兒是在等公車的時候失蹤，這也沒什麼好奇怪的。」

「妳要謹慎一點。爸媽也不喜歡別人進來這裡。」

「你沒對我說過。」

梅雅扯開浴簾，擠過他身旁，抓起鉤子上的浴巾，不顧水滴得到處都是，迅速包住身體。卡爾－約翰高聲說了些什麼，都被水聲蓋過去了。梅雅走到窗邊，濕答答的腦袋探出狹窄的窗縫，深深吸氣。

艾妮塔剛好從窗下走過。梅雅眯眼打量那道縮小的身影、疲憊的雙肩。她擺動短腿在碎石子路上奔跑，懷裡緊緊抱著什麼東西，似乎怕會把它弄掉。一隻黑貓像影子似地跟著她，在她腿間轉來轉去。艾妮塔踢了牠一腳，牠跳進花圃裡。下一刻，她仰頭對上梅雅的視線。在暮色中，她的臉龐看似整塊麵團，臉頰垮著。她揚手打招呼，梅雅也揮手回應，沒有移動，指尖貼著玻璃。艾妮塔爲什麼要踢那隻貓呢？眞想知道她眞正是在氣誰。

□

日光變得越來越珍貴，白晝漸漸縮短。即便如此，時間仍舊是寂寞又漫長。萊列每天早上都會反胃，只能小口小口地喝咖啡，努力憋住嘔吐的衝動。就算那些貼文只讓他更加噁心，他仍逼自己看看社群媒體。在黎娜的臉書頁面上，安妮特貼了張超音波照片，寫上：黎娜，快回家。很快就會有個弟弟或是妹妹等妳了。這張照片得到了兩百三十二個讚，超過一百則回覆，全都是驚喜的讚歎加上五顏六色的愛心。萊列咬牙吸了口咖啡，臉皺成一團。

到了學校，他大多昏昏沉沉地走來走去，上了整堂課都不知道自己在說什麼。學生的臉宛如空白的Ａ４紙，看不出任何反應。在辦公室裡，他只與同事制式化地聊聊天氣和即將到來的週末，靠著自動導航喝咖啡、吃香蕉，盡可能地避開安妮特和她日漸鼓起的肚子。不再有人問起黎娜，要是他允許自己多想，他會無比憤怒。只有校護問他真正的感受，就連這點善意也會惹得他一肚子火，因爲對方想不出要如何詢問她想知道的事情。她似乎很喜歡左右歪歪腦袋，以冰冷的手指觸碰他。有時候看到她坐在辦公室裡，他會直接過門不入，轉身離開。

在紅磚校舍的日光燈管照明範圍外是永恆的暮色。早上起來天色昏暗，到了下午天又黑了。有時候他會趁午休時段外出走走，踏過水窪、菸屁股、黏答答的口香糖、沙沙作響的落葉。雲朵膨脹到快要爆炸，但還沒冷到下雪的程度。不像他年輕時，十月已經處處是積雪。他曾向黎娜說明現在的冬天沒有以前那樣眞實了。只有幾個禮拜的破紀錄刺骨冰寒，讓人們冷到六神無主。以前才不是這樣，每天都是冰點之下，沒有人想過要抱怨。黎娜喜歡冬天，特別喜歡在冰層上釣魚、搭電動雪橇奔馳。他們最後一次去釣魚時，用保溫瓶裝了咖啡。她已經過了喝熱巧克力的年紀。感覺已是好久好久以前的事情。

他在意的只有梅雅一個人。她自己窩在座位上的模樣感覺好孤單，像是一直在感冒似地臉色蒼白，穿著外套。她似乎不擅長交朋友。他想應該要主動接觸她，問她感覺如何。眞正的感覺。

開車回家路上，他的機會來了。梅雅坐在停車場旁的破舊長椅上，雙腳埋進一堆落葉，手深深收在口袋裡。她呼出陣陣白煙，身上的衣服不夠保暖，只有一件黑色連帽外套。沒有帽子或手套。他沒有多想便走上前去。落葉被踩碎的聲響讓她抬起頭來直視他。像是怕被人找到似的。萊列擠出笑容。

「喔，妳在這裡啊。」

這話聽起來蠢到家了。他可以預期她會狂翻白眼。仔細一看，她和黎娜沒多少相似處，但他仍然心臟狂跳、難以呼吸。

「我可以在這裡坐一下嗎？」

她聳聳肩，稍稍移動，替他騰出位置。發霉的木板一片潮濕，坐下時他感覺水氣浸透牛仔褲。

「妳在托貝卡過得如何？」

「我想還可以吧。」

「有交到朋友嗎？」

她皺起眉頭。顯然他的問題惹毛她了。萊列往腦中翻找更合適的字句。在黑暗中摸索的感覺太過熟悉。

「妳說妳母親還在。她住在哪裡？」

「在這裡，格林姆翠斯克。和托比恩一起。」

「托比恩．佛斯？」

梅雅點頭。

「怎麼可能。」

他以白色的吐息塡滿兩人之間的距離，努力閉緊嘴巴。所以哈桑沒說錯，托比恩．佛斯一輩子孤家寡人，終於找到伴了。這只能用奇蹟來形容。

「那妳怎麼會住進斯瓦提登？不是該和妳媽媽還有托比恩住在一起？」

「希潔和我處不來。我寧可和卡爾－約翰一起住。」

「那托比恩呢？妳和他處得如何？」

她又聳聳肩。「他有點怪，不過對我都很好。我不是因爲他才搬出去。只是時間到了。」

萊列似懂非懂地點點頭，希望她能多說些什麼。

梅雅轉頭盯著他看，像是被他嚇到似地瞪大雙眼。「你女兒真的失蹤了嗎？」現在輪到他提高防備了。

「沒錯。」

「可是你一直在找她？」

「我會永遠找下去。」

他從口袋裡翻出皮夾，抽出邊緣皺巴巴的照片，遞給她。他發現她的粉紅色指甲油邊緣斑駁，手指凍得發白。她盯著黎娜的照片看了好一會。

「她和另一個失蹤的女生好像。」她開口道：「海報上的那個女生。」

萊列緩緩點頭。她遞還照片，他忍住握住那雙冰冷的手、替她取暖的衝動，以前他也是這樣幫小小的黎娜暖手。他把皮夾擱在大腿上。

「妳住在斯瓦提登的話會很難交朋友。那裡離鎮上太遠了。」

她別開頭，腳尖踢散落葉。

「我一直交不到朋友，不是什麼新鮮事啦。現在我有卡爾—約翰和他的家人，這樣就夠了。比格還有艾妮塔讓我覺得像是住在自己家。」

「聽起來不錯啊。只是希望妳知道我也很樂意幫忙。我知道在新學校重新開始並不容易，特別是在這個大家早就互相認識的小地方。」

梅雅斜眼看他，裂開的嘴唇張著。

「謝了。不過我習慣了。」

她站起來，雙手拍拍濕掉的牛仔褲，萊列看她單薄的身軀抖個不停。

「我要去搭公車了。」

她邊走，膝蓋像是要求支撐似地不住互撞。她瘦得不忍卒睹。希望他們至少還有良心把她餵飽。她站在候車亭，抱著上身，沒戴手套的雙手不斷拍打手臂取暖。萊列坐在潮濕的長椅上也是冷到不行，但他在原處待到公車開來，確定她搭上車。

□

他站在床邊的身影驚醒了她。他背後的燈泡搖搖晃晃，讓她覺得整個房間都在晃。他的吐息如同砂紙般粗糙，她一手撐起上身，看到他握著某樣閃閃發亮的東西，懸在兩人之間。很慢很慢地，她看出那是一副手銬，在他手中搖晃。他另一手拿著一條黑色圍巾。

「這是什麼？」

「我要把這些東西套在妳身上。」

他把她的雙手往後銬住，手銬緊到陷入她的手腕。接著他拿圍巾蒙住她的眼睛。當他假裝賞她一巴掌，確認她看不到他的時候，恐慌湧上她心頭，瞬間把她擊倒，嘴裡泛起血味，她無法掩飾竄過背脊的惡寒。她怕他又要換著把戲攻擊她。她的恐懼令他不耐。

「妳爲什麼要發抖？」

「不知道。」

「我說過多少次了，妳不用怕我。」

他的臉貼得很近，她感覺到他的呼吸噴在臉頰上。她咬牙努力冷靜下來。他緊緊貼住她，手掌摩擦她的手臂，像是要幫她取暖似地。發現她還是抖個不停，他用力扣住她腰際，拖她橫越房間。

「我們要去哪裡？」

她沒想到會聽到開門聲，寒風從頭頂上襲來。他從背後推她前進，被關了那麼久，樓梯感覺好陌生，再加上雙手銬在背後，維持平衡就更難了。爬完這段樓梯，她喘得像是爬完一座高山。她聽見他打開另一道門鎖，冷空氣彷彿驚濤駭浪般衝向她。他的手指陷入她的手臂，兩人跨過一道門檻，一切事物在瞬間變得鮮活無比。她聽見落葉被他們踩碎，寒風撕扯樹頂。她清楚聞到森林、發霉的樹葉、即將到來的冬天。

他們走了一小段路，她大口大口吸進新鮮空氣，感覺自己因此更加有力。隔著圍巾的隙縫，她只看得見腳下凹凸不平的林地和黑暗夜色。思緒在腦中盤旋。機會來了。她一定要掙脫逃跑。尖叫反抗。然而他的手勁和手銬一樣毫不動搖。她沒有機會的。還沒有。嶄新的恐懼竄過她的腦海。他打算殺了她。結束了。說不定他已經厭倦了她。說不定他沒辦法繼續留她活口。說不定這事從一開始就是誤會，而他只想趕快擺脫她。

她停下腳步，冷空氣鑽到皮膚下，但她感覺背後的男子散發熱氣，彷彿連天氣也無法撼動他。

「我們要去哪裡？」她悄聲問。

「妳吵著要透氣，所以我就帶妳出來啦。多吸幾口，妳要靠這個撐上好一陣子。」

她深深吸氣，想掩飾顫抖。她直挺挺地站著，豎起耳朵，卻只聽到秋風在松林間嘆息。要是她放聲大叫，不知道會不會有誰聽得見。叫嚷在她胸中凝聚，但她不敢放它出來。現在他站得太近。或許是感受到她的僵硬，他再度使勁拉她轉身。

「好，夠了。再下去妳會感冒。」

「再一下下就好。」

「我不會放妳生病。」

他帶她回到小房間，失望在她體內形成不斷膨脹的黑洞。當他拆下手銬時，她的手腕浮現鮮紅的勒痕。她坐到床鋪上，任由他拿毯子包裹。後悔不斷搥打她的腦袋。應該要拔腿狂奔，應該要放聲尖叫。但她卻乖乖回到這散發惡臭的洞窟。這裡眞的好臭。嘗過自由的滋味後，她現在聞得到了。這裡充滿腐臭味。宛如墓穴。

「這下可不能說我都沒爲妳做什麼。我做的每一件事都是爲了妳。」他說。

□

衝動。自從黎娜失蹤後，他一直受到衝動控制。他做各種事情，任由身體帶著自己到許多陌生的地方，大腦完全跟不上。毫無預警。

在濕答答的長椅上和梅雅聊過後，他發現自己穿過村子，來到葛梅爾瓦根。這條路通往那座湖的南端，轉過去就是托比恩·佛斯的土地。隔著松林瞥見那棟瀕臨解體的屋子時，他才回過神來，把車停在雜草蔓生的溝渠旁，坐了好一會。他和托比恩只是點頭之交。兩匹各據一方的獨行狼。

他完全想像不出托比恩是從哪裡認識女人。托比恩，打從雙親過世後便獨自居住，收集各種色情書刊來填補真正的人際關係。多年來，鎮民對他這個習慣眾說紛紜，說他寄錢給網路上認識的女人，卻任他自己的屋子腐朽；說他喜歡看女孩子在湖裡游泳。萊列知道他待過林業，年輕的時候愛喝酒。但他從沒和女性交際過。

在黎娜失蹤當天早上，托比恩應當要和她搭同一班公車。萊列幾乎想像得出他遭到訊問時猛扯鬍鬚的模樣。

我到的時候她不在那裡。候車亭只有我一個人。去問司機。我們從沒看到她。

警方判斷他的證詞可信。不過在萊列心目中，沒有人配得上這句話。

那棟屋子堪稱廢墟，往一邊歪斜，雜草長得和窗台一樣高。前門半開，瘦巴巴的狗兒在露台上伸懶腰。牠搖搖尾巴，一點都不打算移動。萊列用力敲了幾下門。

「哈囉！有人在嗎？」

過了幾分鐘，一道人影從陰暗的屋內鑽出來。是個女人，她身穿褪色的睡袍和成套的拖鞋。她的頭髮翹得像獅子鬃毛，臉頰糊著花掉的黑色眼妝。她眨了眨眼，眼皮彷彿沉重無比。

「你是誰？」

「我叫萊納特·古斯塔森。」

他正要伸手，卻發現她手中握著畫筆和調色盤，顏料往地板滴落。

「我們有見過面嗎？」

一踏進玄關，刺鼻的垃圾與菸味迎面而來。

「沒有吧。妳一定就是希潔。我是妳女兒在托貝卡高中的老師。」

她直盯著他看。

「梅雅出了什麼事了？」

「不，她很好，沒有出事。」

「梅雅不住這裡了。她搬出去了。」

「我知道。我來這裡有一半也是爲了這件事。」

希潔用沾滿顏料的畫筆打手勢。「進來吧。不用脫鞋。」

萊列大步跨過睡著的狗兒，閃過滿地的鞋子、衣物、垃圾。他用嘴巴吸氣，隨她走進起居室，窗邊放了一組畫架；旁邊是沾滿葡萄酒漬的破爛沙發，矮几上擺了幾個空杯、菸灰缸、髒盤子。儘管外頭下著冷雨，一扇窗戶開著，但就連松針的氣味也蓋不過滿屋子臭味。她沒有綁好睡袍腰帶，看得出裡面接近全裸，從敞開的衣襟能看見乳房和蕾絲內褲。

他一陣尷尬，低頭盯著髒兮兮的地板。

「要來一杯嗎？」她敲敲酒瓶。

「不了，謝謝。我開車來的。」

他看著她灌下兩三口酒，點燃打火機。與臭氣熏天的起居室相比，菸味幾乎稱得上是清新怡人。沒看到托比恩的蹤影。

「梅雅搬去她男朋友家了。」

「有聽說這件事。」

「我們想帶她回來，可是她就像是被什麼東西吞掉，我們碰不到她。」

她隨意叼著菸，往畫布上緩緩著色。

萊列清清喉嚨。

「托比恩在哪裡？」

「工作，在森林裡。」

「什麼樣的工作？」

「不知道，他很快就回來了。」

萊列靠過去看看畫布。

「梅雅說妳們是今年夏天搬過來的。」

「沒錯。」

「妳喜歡這個地方嗎？」

希潔的手停在半空中，黑色眼妝把她的眼睛放大好幾倍。「說不上喜歡，不過人總要隨遇而安嘛。」

「托比恩呢？希望他對妳不錯。」

「托比恩是我遇過最好心的人。」

「所以不是他把梅雅逼走？」

希潔吸了最後一口菸，把發亮的菸屁股丟進窗台上的空啤酒罐裡。她年紀不大，但艱苦的生活在她的眼睛嘴巴周圍刻下深深的紋路。她望著他，下唇輕輕抖顫。

「沒有人逼梅雅離開。是那個卡爾—約翰，他把她迷得六親不認。我們想邀他們兩個過來。開了大老遠的車到那個該死的垃圾場，求了老半天，她就是不聽。我們都受不了了。」

「她年紀還小，沒有妳的允許不能搬走。妳沒和社福單位談過嗎？」

她冷哼一聲。「社福單位和我處不來。他們從沒替梅雅和我做過任何事。」

「我認識一個警察，他很會和年輕人聊天。」

「我不想和警察什麼的扯上關係。到頭來他們只會帶走梅雅，沒有她我活不下去。」

沾著化妝品的淚水滑下她的臉頰，她手中的畫筆顫巍巍地晃動。她抓起酒杯，一口乾了。

「梅雅知道我需要她。她知道我一個人不行的。最後她還是會回到我身邊。」

萊列看看髒亂不堪的屋子，最後視線對上眼前衣不蔽體的女子。

「不是該說梅雅需要妳嗎？」

她掩住皺成一團的臉。

「我病了。」她說：「所以我們需要彼此。我生梅雅的時候和她現在的年紀一樣大。從那時開始，我們就是兩個人對抗全世界。」

她的嗓音碎成一串啜泣，幾乎站不住。萊列尷尬地站在牆邊，想到梅雅坐在寒風中，獨自一人，沒有禦寒衣物。他心中燃起一把火。

他再次清清喉嚨。

「我知道妳們居無定所，也相信梅雅現在最需要的就是穩定的環境，讓她有歸屬感。眞正的家。」

「我努力過了！不是已經對你說了嗎？」

「我的警察朋友可以開車過去找她談談。他不會把這件事寫進報告……」

「不用，我說過了：我才不要和該死的警察扯上關係！」希潔的身體搖搖晃晃，握著畫筆的手活像是握著武器。「你最好現在就出去。我不能太激動。」

萊列舉起雙手，沿著亂七八糟的走廊退出去，回到門口的露台上。踏過叢生的雜草時，他雙腿沉重，手指僵硬，怒氣在腦中搏動。假如他有辦法，他一定會解決那些傢伙——那些從沒替孩子奮鬥過的家長，他們沉溺於自己的痛苦中無暇多顧。

就在他握住車門門把的那一刻，她探頭對他大喊：「告訴梅雅我好想她！」

□

「重點在於呼吸。若要和妳的武器融為一體，妳得維持和它一樣的呼吸節奏。」比格的靴子在梅雅背後的金黃色落葉上踏出穩定的腳步聲。梅雅單膝跪地，濕氣浸透牛仔褲。她拿不穩獵槍，黑色的塑膠槍柄在指間震動。她感覺到他們的視線刺向她的後頸，比格和他的三個兒子。他們一一表演射擊，在遠處槍靶的心臟與頭部位置射出致命的黑洞，教她要如何在扣下扳機時緩緩吐氣，彷彿這發子彈是從她體內射出。可是梅雅無法放鬆，隨時都想閃躲，肌肉和肺部就是不聽使喚。她打得太高，子彈消失在樺樹間，開越多槍表現就越差。武器依舊冰冷陌生，她害怕極了。

「我們從小就在玩槍，只要有點耐心就能抓到訣竅。」葛倫說。

帕爾是神槍手。他們丟出飛靶，他彈無虛發。他有辦法在樹木之間奔跑，幾秒內擺好射擊姿勢。當他把槍架在肩頭時，表情變得銳利如同鷹隼。他雙手遮住耳朵，看她的試射終於結束，他鬆了一口氣。

比格拍拍她。空氣裡充滿硝煙味，秋日寒風啃蝕他的臉頰。看來他樂得很。

「我想妳還沒準備好參加今年的獵駝鹿大會，親愛的梅雅。不過相信妳明年就能打下一頭野牛。」

他們扛起獵槍，卡爾―約翰穿上迷彩裝就像變了個人，更加嚴肅，更加成熟。

「可惜現在天黑得早，不然我們每天都可以練習，就我們兩個。」

卡爾―約翰在低矮的越橘叢中靈活移動，沒發現她已經落後。最後一段路她身旁只剩比格，陽光照進樹林，在他們背後拉出長長的影子。他不時停下來彎腰摸摸地上的苔蘚、枝頭寥寥可數的野莓。他抬起頭，聞聞空氣，像是要尋找某股氣味。每次對上她的視線，他都會露出微笑。

「梅雅，很高興妳今天和我們一起出來。大家都該知道怎麼用槍。」

「假如大家都不用武器，不是更好嗎？」

「妳這話和那些左派報紙有什麼兩樣？絕對不能如此天真。妳知道政府削減民防，即使現在的世界如此動盪不安。現在擁有保護自己的能力最重要不過了。」

比格低頭對著一叢蕈菇咧嘴一笑。「這個國家不喜歡人民武裝自己，因爲持有武器的人民會威脅到獨裁政權。因此我們手邊有他們絕對不會知道的武器，我們才不想自掘墳墓。」

「持有這麼多武器是合法的嗎？」

他笑了笑。「我們把自己的生機和自由看得比不公正的瑞典法律還要重。長久下來，這才是眞正有價值的事物。」

農舍映入眼簾，白煙隔著樹林升起，飄向暮色靄靄的天空，迎接他們回家。熟悉的飢餓刨抓梅雅的胃袋，她好期待艾妮塔廚房裡的溫暖與食物香味，然而比格粗重的手臂環上她肩頭。

「生存之道是我教導兒子最寶貴的課題。梅雅，照我們的方式學習，再也沒有人能踐踏妳。」

□

她回到後車廂裡。車子在凹凸不平的路面上顛簸，耳邊傳來收音機的嗡嗡歌聲。她咬咬塞住嘴巴的破布，眼角一陣刺痛。扭到背後的一隻手麻木無感，被他掐過的喉嚨依舊疼痛難當。廂蓋狠狠關上時，她確信他搞錯了，沒發現她還有呼吸。

醒過來時，她的肺部一陣刺痛，像是在睡夢中跑了好一段路。四四方方的房間在她眼前緩慢而確實地成形。潮濕的牆面、燈泡的白光。她摸摸喉嚨，感受自己的脈搏。她轉向影子，將兩根手指貼在牆上，似乎也要替它測脈搏。

「我們還活著。」她低喃。

她不顧那黏在牙齒間的觸感，逼自己吃下幾片血布丁。她拿保溫瓶裡的溫牛奶漱口，伸展四肢，僵硬的關節劈啪作響。接著她趴到地上，勉強做了幾個伏地挺身，最後側躺下來，臉頰貼住冰冷的水泥地。維持體力比想像的還要困難。她的身體拒絕努力，思緒總是和她作對。她好怕一旦失敗了，他會拿出什麼手段來對付她。

她瞄到床腳，有個東西纏在髒兮兮的金屬棒上。看起來像是某種細繩。她伸出手，發現那是一條髮圈，某人把這條紫色髮圈纏在單薄床鋪的支架上。她胸口劇烈起伏，以疲憊的手臂撐起身體，用肩膀頂起床板，拔下那條髮圈。她把紫色的鬆緊髮圈湊到燈光下，看到幾根金髮，比她自己的髮色還要淺一些。接近白色。領悟擊中她的腦海，奪走她的呼吸。她用拳頭塞住嘴巴，堵住所有湧出來的東西。

等男子打開門，她把髮圈像手環似地套在手腕上。他看起來激動極了，在房裡走來走去，留下泥濘的腳印，清理水桶，放下新鮮食物：連皮的水煮馬鈴薯和深色香腸。感覺他帶來的食物都加了血。她的視線避開食物，捕捉他的雙眼。

或許他感受到她的挑釁，立刻停下手邊工作。冬季的厚外套放大了他的身形，領口的頸子泛紅，身體彷彿正在沸騰。

「怎麼了？幹嘛那樣瞪著我？」她努力嚥下恐懼，把它呼出體外。

「在我之前，這裡是不是關過別人？」

他拉扯面罩，拉下外套拉鍊，像是遭到偷襲似的。「妳是什麼意思？」

「還有其他人在這個房間裡住過嗎？」

「幹嘛這樣問？」

「我感覺這裡曾經有人住過。」

他一手伸到外套裡猛抓胸口，雙眼往牆上和屋角探尋。

「妳找到什麼了？」

「沒什麼。」她拉下袖子，遮住髮圈。「只是有這種感覺。」

「沒空陪妳瞎扯。快吃晚餐，多睡一下，別去想像那些有的沒的。」

她看到他握住門把的手微微顫抖，鼓起勇氣。

「她現在在哪？你對她做了什麼？」

他僵在原處，緩緩轉頭盯著她。「要是再問下去，我就不會回來了。讓妳爛在這裡。」

□

晚秋的早晨最難熬，刺骨的寒氣鑽過門縫和衣領，讓人總是暖不起來。抵達學校時屋外一片漆黑，他下巴的鬍碴被融霜沾濕，水一點一點滴落。教室裡聞得到被潮氣浸濕的外套、冰冷的皮膚，日光燈管下學生的臉看起來病懨懨的。流鼻水、嘴唇凍裂、黑色眼線在秋風中花掉。

梅雅坐在窗邊的老位置，圍巾包住嘴巴，外套的兜帽拉起。看到她還在，他頓時鬆了一口氣。這算得上是幸福感嗎？他寫下算式，手中的白板筆感覺格外輕盈。現在他能理解她爲何會跑到斯瓦提登。希潔的嗓音還在他腦中迴盪：梅雅知道我需要她！

到了午休時間，萊列在那張腐朽的長椅上找到她。他遞上一杯熱騰騰的咖啡，她沒有拒絕，乖乖接過。

「我不知道妳想不想加牛奶。」

「沒差，我喝得下黑咖啡。」

她挪了個位置給他，太陽升到樹頂上，卻無法提供太多光亮和溫暖。

「聽說你去找過希潔。」

「沒錯。」

「爲什麼？」

「因爲我關心妳。」

她吐了口氣，望向足球場，等待降雪的草地正漸漸枯萎。

「因爲我讓你想到失蹤的女兒？」

「不是的。」他回得有些太快。隔了幾秒，他又說：「或許吧。」

她隔著咖啡杯勾起一邊嘴角，他也笑了。兩人之間的沉默不太自然，但也不到令人坐立難安的程度。他試著不去想路人看到他們倆坐在這裡會有什麼想像，中年男子加上十七歲女孩。這種景象總是會惹人閒話。

「你去的時候她喝醉了嗎？」

「有一點。」

兜帽下的視線斜斜瞥過來。「你喝酒嗎？」

「有時候。只是我發現那只會讓狀況更糟。」

「酒精在斯瓦提登是違禁品。比格和艾妮塔討厭酒與毒品。」

「那妳討厭酒嗎？」

她聳聳肩。「回到家的時候知道屋裡的人都是清醒的，這感覺還不錯。換成希潔，根本不知道會碰上什麼驚喜。」

「我懂。」

咖啡已經涼掉了，萊列木然啜飲，他努力在腦海中建構言語，接著才放進嘴裡。

「和卡爾─約翰過得還好嗎？」

「我覺得還不錯。」

「假如你們分手的話要怎麼辦？妳要去哪裡？」

她對著咖啡板起臉。「我們不會分手。」

「同居並不容易，特別是在年輕的時候，你們還在探索自我。很快就會把彼此悶得喘不過氣。」

在短暫的視線交會中，他看見她的理解。萊列起身，壓扁空紙杯。他指著在昏暗陽光下像魚鱗般閃爍的白銀之路。

「我家在格林姆翠斯克鎮二十三號，往北一兩公里左右的紅色屋子。妳若要幫助，或是想找個地方透透氣，隨時歡迎妳來。斯瓦提登不是妳唯一的選擇。」

她直盯著他，一言不發。

「好好考慮吧。」

他起身離開，這種冷天卻流了一身汗。

梅雅在原處目送他走遠。她避開明亮的走廊和笑聲。細雨轉爲霰，刺痛她的臉頰，把水窪變成亮晶晶的玻璃。梅雅踩碎薄冰，忍住像小孩一樣跳上去的衝動，生怕會被別人看到。

烏鴉的聲音憑空冒出：「你們是怎麼一回事？」

「什麼？」

「妳和萊列・古斯塔森。」

「沒什麼。他想找人說話而已。」

「你們睡過了嗎？」

梅雅忍不住笑出來。「妳這個變態。」

烏鴉勾起嘴角。「要不要和我去晃晃？」

她穿著黑色大衣，頭上的鮮紅色毛線帽像是亮眼的越橘。即便在朦朧冰雨中，她濃妝艷抹的臉龐依舊充滿魅力，似乎完全不受天氣左右。她們走出校園，來到一片結霜的樺樹林邊，成堆落葉在暮色中閃閃發光。

烏鴉抽著菸，用凍僵的手指滑手機。塗成黑色的指甲上布滿獰笑的迷你骷髏頭。

「我們爲什麼要躲起來？」梅雅問。

「這不是躲。我們在等人。」

烏鴉瞄向樹林間，兩人眼前是一條蜿蜒的小徑，盡頭消失在松林裡。不久，她們聽見輕型機車的尖銳引擎聲。

「我們要等誰？」

「我的藥頭。」

烏鴉把她拉進樹叢，回頭看了學校一眼。沒過多久，一輛紅色輕型機車出現，車主是穿著皮外套的修長年輕人，頭髮被風吹得亂七八糟，安全帽隨意地掛在把手上。他熄火，但沒有下車，朝梅雅歪歪腦袋。

「她是誰？」

「梅雅。」烏鴉說：「她很酷。」

「妳知道我說不要帶一般人過來。」

「梅雅不是一般人。」

烏鴉保護似地攬著梅雅肩頭，露出兩人是超級好朋友的笑容。

「他是麥可，不過我們都叫他野狼。雖然叫這個綽號，他就和外表一樣安全。」

野狼咧嘴一笑，揮舞安全帽作勢要打她。烏鴉遞給他幾張皺巴巴的鈔票，他馬上塞進外套口袋，往學校的方向迅速瞄了一眼，這才掏出一個小塑膠袋交給烏鴉。她把袋子緊緊藏在拳頭裡，紅唇勾起笑意。他們的交易在幾秒鐘內結束。

可是野狼沒有離開，睏倦的視線落在梅雅身上。

「妳看起來好眼熟。我以前一定見過妳。」

梅雅拉起兜帽，遮住整顆腦袋。「應該沒有吧。」

「我說眞的。妳看起來眞的超眼熟。」

「金髮女生在你眼中都是一個樣。」烏鴉打岔。「我們該走了。和你不一樣，梅雅和我還有大好未來呢！」

「我個人認爲毒蟲算不上什麼生涯規畫。」

烏鴉豎起中指。

野狼對著她們的背影哈哈大笑。

拉開一段距離後，烏鴉勾住梅雅的手臂，一頭靠上她的肩膀。紅色毛線搔得梅雅臉頰發癢。

「大家都在傳野狼的小道消息，可是我認識他一輩子了。」她說：「他就像是我的親生兄弟，我絕對不會像鎮上其他白痴一樣背棄他。」

「他們爲什麼要背棄他？」

烏鴉直起身凝視梅雅。「因爲他在黎娜失蹤前和她交往過。大家都想找個箭靶。」

梅雅的後頸一陣刺麻。她想到萊列，在車上的傷心表情，重重撐在講桌上的手臂像是怕跌落深淵。

「妳覺得野狼和她失蹤的事情無關？」

烏鴉嘴唇扭曲。

「我沒問過。不確定我是眞的想知道答案。」

□

一直到秋季，他才有辦法補眠。歲月和體力都不放過他，只要有辦法，他會乖乖投降。他會把車停到路邊，放下椅背；枕著手臂在書桌上睡著；清晨在沙發上醒來，渾身冰冷，意識昏沉，牙齒沒刷。剛過中午，黑暗再次降臨，逼他俯首稱臣。午夜的太陽、整夜開車的記憶感覺好魔幻，現在他得要硬撐著維持清醒。他看到漆黑玻璃窗上的倒影，知道他獨自坐在餐桌旁。但是在夢中，她一直都在。

巡邏車停到他家門口時，萊列睡得正熟，沒聽見車門甩上的巨響，或是碎石子路上的腳步聲。直到門鈴轉爲重重的敲門聲，他才終於醒過來。

「靠，你在睡覺嗎？現在才六點耶。」

屋外下著細雨，哈桑的劉海捲了起來。

「怎麼了？」

「沒，只想看看你過得如何。有咖啡嗎？」

「當然有，你先脫鞋再進來。」

萊列搖搖晃晃地鑽進廚房，疲憊使得他腳步不穩。他朝桌上的保溫壺點點頭，哈桑自己拿了杯子。萊列記不得自己是什麼時候煮了咖啡，不過應該不是太久以前的事情，因爲上頭還冒著煙。他知道哈桑正隔著餐桌打量他。

「你今天有去上班嗎？」

「當然有。」

「班上的小鬼這麼煩喔？」

「我只是累了。」

哈桑靠著桌面大口灌咖啡。「你家怎麼沒有其他配咖啡的東西？」

「還有一條麵包。」

「我不是說麵包。像是小點心、餅乾之類的。」

「你要吃那種東西嗎？你不是要控制身材？」

「閉嘴。」

萊列把麵包和奶油放到桌上，蓋子放到一旁，不讓哈桑看見它已過期三個禮拜。屋裡沒有起司。

「該吃點東西的人是你。你掉了幾公斤啦？」

「用不著你管。我想知道警方在漢娜．萊森的案子上有沒有進展。」

「你知道我不負責那個案子。」

「可是你一定聽說過相關情報，他們有沒有把黎娜和漢娜的案子當成相關案件？」

哈桑拿了片乾巴巴的麵包，狐疑地看著它。

「我們沒有排除這個可能性，但兩起事件相隔太久，狀況很複雜。」

「對，複雜得要命，所以你們永遠查不出半點頭緒。」

哈桑懶得回答。他喝完咖啡，又倒了一杯。

「你是無家可歸嗎？」

「我在上班。」

「這陣子鎮上有什麼大事嗎？」

「比你想像的還要多。」

萊列也替自己倒了一杯咖啡。他口好渴，嘴裡有股怪味。他抓抓頭髮，感覺指尖一片油膩。

「來，給你看一樣東西。」他對哈桑說。

他領路走進書房，順手拿了顆蘋果，打開每一盞燈，想驅散彷彿發出諷笑的黑暗。他在貼上越來越多情報的牆面前來回走動。每一篇報導黎娜失蹤的剪報都在上頭，可能派得上用場的網路資訊也印出來了。他連漢娜．萊森在阿耶普羅失蹤的報導也不放過。兩個女孩的照片排在一起，每次看到都令他屏息。她們是如此相似，和姊妹沒有兩樣。

哈桑站在門口，手中端著咖啡，但沒有喝。萊列咬了一大口蘋果，朝照片點點頭。

「你還是覺得兩件案子無關嗎？」

哈桑搔搔後腦勺，沒有答腔。萊列以指節敲敲《北博滕日報》的一篇報導，記者將兩個案子並列，下了嘶吼一般的頭條標題：兩起案件的相似度高得嚇人。

但哈桑執拗地待在門邊。「你想說什麼？」

「我要說的是黎娜和漢娜的案件一定有關。我知道。記者知道。我只想確認警方是不是也知道。」

哈桑雙臂在胸前交叉，制服沙沙作響。現在輪到他一臉疲憊。

「相信我。」他說：「我們也知道。」

□

他打過她之後總是特別溫柔，讓她可以趁機提出要求。綠色的急救箱攤在地上，他堅持用消毒水沖洗傷口。

「可能會感染。」看她痛得抽手，他說：「更何況妳又一直把自己搞得這麼髒。」

她討厭他如此接近，討厭他的手，討厭他身上散發出的酸甜氣味。像是腐爛的水果。就算一輩子看不到他的臉，她也可以從這股味道認出這個人。他離開房間後，這味道還會留在她鼻腔裡許久。

「我要透透氣，不然傷口永遠不會好。」

「外面很冷。」

「我才不管。我只是想呼吸新鮮空氣。」

「現在不行。」

「拜託。」

「我說現在不行！妳再繼續鬧下去，哪裡都去不了！」

他發火了，但這點情緒嚇不倒她。還有磋商的空間。

她貼向他，裝出溫順的語氣：「不用走得太遠，只要讓我把腦袋伸出去，深呼吸一下。」

他在她的額頭貼上一塊藥布，用大拇指壓平，又朝桌上的盤子歪歪腦袋。深色麵包片和閃著油光的燻鮭魚。

「我自己做的。」他說：「趁新鮮吃了，再看看有沒有空散散步。」

她拿起麵包，蒔蘿的苦味讓她一陣反胃，但她還是咬了一大口。鮭魚在舌尖融化。幸好不用使勁咀嚼。就連進食也會消耗她的體力。

他蹲在急救箱旁，按部就班地收拾整齊。她看著他的後腦勺，心想能不能狠狠踢上一腳，把他踢到喪失意識。她的雙腳垂在床邊，腳趾竄過一陣衝動。她可以趁機踢一腳，或是兩腳。起初他從沒背對過她，但現在他越來越疏忽了。

他抬起頭，看到她拚命嚥下麵包和鮭魚。

「妳在想著逃離我身旁吧？」

「沒有。」她嘴裡塞滿食物。

「所以妳才想出去。」

「我只是想透透氣。」

他坐在她身旁，沉重手臂環上她的肩膀。

「吃完再說。」

□

萊列痛恨星期五，那些神情愉快的同事迫不及待要回到他們燈火通明的家，亨受捲餅和舒服的夜晚。有孩子和伴侶，還有短暫的滿足感。他想起有人等他回家的感覺。黎娜和安妮特。還有餐桌上的蠟燭。說不定再來個電影。現在如此簡單的日常奢侈對他來說無比陌生。

他踏進冰冷黑暗的屋子，沒打算開燈，也沒脫外套，直接走向廚房，有股怪味從冰箱飄出。還是水槽？安妮特想買洗碗機，可是他手頭很緊，只能按著心口發誓，從今以後的碗盤都由他解決。有了自己的雙手，何必要機器呢？他當年就是個蠢蛋，至今依舊沒有長進。

他煮了咖啡，主要是想讓香味填滿廚房。他重重靠著流理台，邊緣幾乎陷入腰間。他好渴。那股渴望在舌尖灼燒，冷汗沿著後頸流淌。第一年冬天，他幾乎沒有酒醒過，窗外積了厚厚的雪，零下四十度的氣溫宛如魔咒。反正他也沒辦法出門找人。警方也做不到，無論他們說過什麼大話。一切都被寒冷和冰雪掩埋。安妮特遁入藥物營造出的美夢，他鮮少上樓，更別說上床了。他當時都睡在哪？想不起來了。

他坐在黑暗中，門鈴響起，惹得他一陣心悸，衝到玄關，腦袋昏昏沉沉。他往窗外一瞥，嚇了一大跳。門外嬌小的人影戴著兜帽，金髮從黑色帽沿伸出。

黎娜、黎娜，我可愛的、親愛的孩子。是妳嗎？

門一開，她拉下兜帽，猛烈的失望擊中萊列。兩人默默互望好半晌，她臉上沾滿雨水，眼中閃過擔憂。

「我沒搭到公車。是不是打擾你了？」

「沒事，真的，別在意。進來吧。」

他打開燈，雜亂的屋子和來源不明的怪味讓他尷尬不已。梅雅穿著外套，他請她坐下時，她拉出黎娜的椅子。他原本想抗議卻說不出口。他倒了咖啡，端了乾巴巴的麵包上桌，想起哈桑要他準備一些點心。要是他乖乖聽話就好了。

梅雅的視線在屋裡亂飄，髒碗盤、冰箱門上的磁鐵、黎娜的照片。

「你家真不錯。」

「謝了。」

「諾爾蘭這邊的房子都好大。」

「可能是因爲沒有人想住這裡吧。」

她笑了笑，露出門牙間的縫隙。他現在才注意到。他突然發現這是第一次看到她笑。

「眞想住在這裡。」她說。「一開始還好，不過現在我很喜歡這裡。」

「妳是說斯瓦提登？」

「我喜歡諾爾蘭。」

「我也是。」

萊列往麵包上塗奶油，她學著他的動作。

「要是知道妳要過來，我一定會多準備一些東西的。這幾年我家沒什麼客人。」

「你太太不在家嗎？」

「我們兩年前離婚，現在她有新對象了。」

「喔，眞可惜。」

「眞的。」

梅雅皺起眉頭，萊列拿麵包沾咖啡。他的手沒抖，這是第一次提到安妮特後心情絲毫不受影響。他不覺得苦澀或是沮喪。完全相反。能和年輕人——足以當他女兒的年輕人——一起坐在這張餐桌旁，他的心情好得很。

「可以問個問題嗎？」經過一陣沉默，他再次開口。

「什麼？」

「住在斯瓦提登是什麼感覺？聽說布蘭特家連電視都沒有。」

「我們晚上會聽podcast。」

「podcast？」

「對。大部分是美國節目，聊那些新世界秩序之類的。」

「新世界秩序？」

她臉一紅，避開他的視線。「基本上只有比格相信這些事。還有帕爾。」

「卡爾—約翰沒有嗎？」

「他在斯瓦提登長大，不知道有什麼差別。不過等他見過世面就會改變想法了。」

「所以妳打算讓他看看外面的世界？」

梅雅嘆息，垂眼盯著桌面。「他想和我結婚、生小孩。」

「不是現在吧？你們倆年紀還這麼輕。」

她抬起頭，對他露出兩個調皮的酒窩。「我在吃避孕藥，可是他不知道。」兩人坐在溫暖燈光中，外頭的世界一片黑暗，在風中飛舞的枝葉提醒他們不能永遠這樣下去。她不是黎娜。你還沒找回你的女兒。

梅雅率先起身，離開桌邊的燈光。他聽見她在水槽沖洗咖啡杯，走到他後頭。他轉頭看到她停在冰箱前，看著黎娜的照片。十張黎娜的臉在不鏽鋼門板上對著他們微笑：戴著仲夏節花環的赤裸嬰兒、騎著紅色腳踏車的缺牙八歲小孩，還有最近的一張，在托貝卡高中的夏季學期末拍的。黎娜身穿白色連身裙，頭髮盤在頭頂。梅雅歪頭細看，彷彿想從黎娜臉上找出什麼端倪。過了好幾分鐘她才轉身面對萊列。

「很晚了，我該打電話叫他們來接我。」

「我送妳回去。」

雲杉在野生動物護欄上彎腰，白銀之路閃閃發光，空無一人，萊列發現自己像是想拖延時間似地，放慢車速。副駕駛座上的梅雅好安靜，一動也不動。當他轉進斯瓦提登的碎石子車道，她戴起兜帽。

「我在這裡下車。」

「不行，我送妳到門口。現在外頭風太大了。」

「沒差。我想走一走。」

她的聲音很低，卻帶了一絲著急，因此他照她說的停好車，不顧瘋狂吹襲碎石子路的秋風。下車前，她突然擁抱他幾秒，冰冷的臉頰貼上他的鬍碴。

「謝謝你送我回來。」

接著，她打開車門，消失在風雨中。萊列一直盯著那道單薄的人影，直到她被黑暗吞噬。他坐了好久，狂風在四周呼號，心中越來越空虛。她找上他絕對不是巧合，這點他很清楚。一定有什麼理由。非常明顯，在明亮的餐桌上，有某種力量牽引他們接近。

□

夜色緊貼窗玻璃，威脅著要把她悶死。梅雅避開自己在毛玻璃上的倒影。整個農場成爲黑暗中的孤單燈火，佇立在屋後的森林宛如整片黑色簾幕。艾妮塔給了她一組頭燈，讓她戴去雞舍。冰冷的黑暗也潛入了那處，她發現雞隻全都膨起羽毛，蛋也生得少了。今天她運氣好，撿到兩顆蛋。

夜晚來得很快，把眾人帶到同一個房間裡。梅雅和三兄弟縮在爐火前，如以往一樣，比格給壁爐添柴，艾妮塔坐在扶手椅上，瞇細眼睛打毛線。她的雙手像是獨立的生命體，毛線永遠用不完。梅雅也想找件事情凝聚注意力，讓她不用聽三兄弟大談即將爆發的大戰、世界末日。比格也一如往常地爭取她的關注。他背對壁爐，炯炯目光凝視梅雅，似乎是想親眼確認她正在聽。

他們要我們逃離現實。他們要我們整天盯著手機螢幕。他們不希望我們看清局勢，質問這世界到底是出了什麼事。

她沒有自己的空間，連個可以躲避的小小角落都沒有。他們全在她身旁喋喋不休地打轉，和蒼蠅沒有兩樣。葛倫及帕爾一逮到機會也想坐她隔壁，出手觸碰她，沉重的手臂往她肩頭一擱，像是要從她身上汲取能量。她曾夢想擁有真正的家人，兄弟姊妹。可是現在時時刻刻被他們包圍，她發現自己渴求過去的獨立生活。她想好好呼吸。儘管不想承認，她逐漸體悟到令她窒息的不只是黑暗。

卡爾—約翰沒有敲門就打開房門，腦袋探了進來。「妳坐在這裡幹嘛？」

「我只想自己靜一靜。」

他皺眉。「我們要去聽那個德州佬說話，媽媽做好蛋糕了。」

「我明天有功課要交。」

他留在門口，她看出他臉上的不悅，使他顯得格外醜陋。

「我弄好就下去。」

但她沒有下樓加入他們。到了半夜，他鑽進她的被窩，她深深吸氣，期盼他能離她遠一點。光是幾個月的同居生活已讓她焦躁萬分。她想自己是不是變得和希潔一樣難以安頓。或許她永遠無法在任何一個地方扎根。今年夏天，她自以為很清楚想要過什麼樣的生活，斯瓦提登會是她永遠的家。然而現在黑暗和枯燥的日常生活漸漸侵蝕她，那個想法顯得天眞又可笑。她想到萊列曾說，當你還在尋找自我時，要和另一個人長相廝守是很不容易的。

等確定他睡著後，她悄悄溜下床，緊緊捉著外套，直到關上卡爾—約翰房間的門。在葛倫和帕爾的房門後只有沉默與黑暗。他們不是夜貓子，白天繁重的農務耗盡了他們的體力。她爬下樓梯，整棟屋子呻吟嘆息，但就算被誰聽見了，他們也不會爬起來查看。通往比格和艾妮塔房間的雙開木門緊緊關著，只有黑暗從門縫滲出。

踏入秋夜宛如整個人泡進格林姆翠斯克湖。每一條肌肉瞬間清醒過來。銀白月光照亮碎石子車道，她輕輕鬆鬆就找到雞舍。霎時間，她好想念手機，想打電話給隨便哪個人。可能是希潔，或是烏鴉。或是萊列。她眞正想找的通話對象應該是他吧。但她的手機被沒收了。她只能找雞隻作伴。

牠們縮成一團熟睡，似乎一點都不介意她在夜裡闖入。梅雅不顧髒亂，坐在滿地木屑上，一手摸著那隻被欺負的雞。松焦油膏沒了，柔軟的新生羽毛漸漸長齊，蓋住之前被啄出來的空洞。她試著整理思緒。或許她稍微哭了一會，不過還不足以驚擾這些雞。

在入睡的瞬間，她被一陣人聲驚醒。她先是想到卡爾—約翰跑出來找她。說不定他拖著帕爾或葛倫一起出門。他們好像都不懂她要有獨處時間。管他是誰，他們的聲音很輕，接近低語。她靠向雞舍的門，屏息細聽。

起初是男性的嗓音，喃喃說了些她聽不清的話。接著是另一道聲音，高亢又陌生。女性的聲音。

□

當晚，他坐在餐桌旁，同樣的燈光下，面對著黎娜的空位，然而占據他心頭的不只是黎娜。他不想承認自己是在等待梅雅，但他確實是在等她。他僵硬地坐在壓扁的座墊上，豎起耳朵。他還看得到她瞪大雙眼掃過牆面，彷彿是對他雜亂的舊房子讚歎不已。她找到黎娜的照片，視線停在上頭。充滿渴求。她看著黎娜，從圓嘟嘟的嬰兒臉頰到清瘦的青少年模樣，宛如縮在餐桌下的飢餓狗兒。十張照片擠在金屬冰箱門上，十個他永遠喚不回的時刻，只能不斷反芻品味。其餘的世界失去了香氣滋味。他再也不拍照了。他體驗過的一切、在乎的一切全都被無趣的磁鐵貼在冰箱門上，回望著他，默默地下令：爸爸，快做些什麼，別呆坐在這裡。

最後，他打給哈桑，對方沒接，他留了簡短的語音訊息：我擔心班上的新生梅雅．諾藍德。她十七歲。她母親就是最近和托比恩．佛斯同居的那個女人。她叫希潔。我想了解她們的背景。如果你能幫忙的話就太好了。你知道可以去哪裡找我。

他握著手機枯坐許久，想到梅雅，一股惡寒沿著背脊往下竄。她從未有過眞正的家，眞正的父親。說不定她從沒在冰箱門上貼過什麼東西。

□

梅雅隔著雞舍的柵欄往外看。兩道人影沿著森林邊緣移動。她先是想到有人闖入比格的土地，但犬舍裡的狗兒默不吭聲。而且她認得其中一道人影，就算看不到臉，她知道那人就是葛倫。他的動作有些古怪，揮舞手臂的方式，彷彿是要自保或是攻擊。

他身旁的人影不高，和他的弟弟差了一大截，也比艾妮塔苗條許多。是個女生。年輕女生，要說是小孩子也有可能。她在月光下轉過頭，梅雅看見她一頭金髮垂到背上。她走路的姿勢很怪，好像身體哪裡不舒服似地拱起肩膀、垂著腦袋。

他們正在交談，語氣比剛才激動，像是吵起來了。梅雅鑽過低矮的門板，靠近一些，背貼著雞舍牆面，蹲到手推車後頭，就著車道的燈光，看葛倫把那個女生按在樹上，蓋住她的嘴巴。他頭上好像戴了什麼遮住臉的東西，黑色布料隨著他的聲音移動。

「我爲妳做了一切。」他說：「卻換到這樣的回報。」

被他抓住的女生哭了。梅雅滿嘴膽汁的苦味。她想對他大叫，可是她的舌頭不聽使喚。葛倫的臉貼到女生面前。

「前一個女生和妳一樣蠢。她想離開我，即使我拚命保護她，不讓她受到任何傷害！相信我，妳不會想知道我對她做了什麼。」

女孩呻吟，他鬆開遮住她嘴巴的手，她大口吸氣，咳個不停。

「我想回家。」她囁嚅道。「求求你，我只想回家。」

她的哀求只讓他更火大。梅雅看到他把她舉起來，像個布娃娃似地搖晃。「妳已經在家了。妳還不懂嗎？」

他把那具瘦弱的身軀甩向樹幹，勒住她的脖子。女孩瞪大的雙眼在微弱的燈光下發白，雙腿無助地掙扎，不停踩踏。她喉中冒出咯咯聲，梅雅聽見自己尖叫。她的叫聲惹得狗兒一陣狂吠。葛輪轉過頭，但手沒有離開女生的頸子，梅雅看到她的雙腿不再動彈，身體懸在半空中搖晃。梅雅衝向葛倫，搥打撕扯他頸部和肩膀的結實肌肉，他比她強壯太多了。或許是完全沒想到她會來攪局，他鬆開手，女生砰地摔在地上，又咳又吐，爬向樹林裡。

葛倫扯掉面罩，以陌生的眼神看著梅雅。她看到他的頭皮滲血，臉頰上一條深色傷口延伸到頸部。他的肩膀劇烈起伏，彷彿是吸不到足夠的空氣。

「梅雅，別來搗亂。我們只是在玩。」

她看到那個女生爬起來，跑進一片漆黑的森林，往湖的方向前進，活像是低矮枝椏間的白色幽靈。

「你在幹嘛？她是誰？」

葛倫沒有回答。他只是上下打量她，吐息填滿兩人之間的空間，她幾乎聽得見在他腦海中盤旋的思緒。他突然撲向她，雙手猛抓，卻只揪住她的袖子。梅雅一把掙脫，拔腿狂奔。她雙腳使勁，泥土都飛進嘴裡了。她衝向黑漆漆的農舍。

踏上門口的露台時，她驚覺葛倫沒有追上來，視線掃向穀倉和森林邊緣，卻看不到任何動靜。葛倫和那個女生都被黑暗吞噬了。她用力敲比格臥室的門，疲憊與恐懼在她肺裡燃燒。

艾妮塔前來應門，銀髮在微光中泛著幽光，蓋到腳踝的睡袍營造出幽魂般的錯覺。

「怎麼了？」

梅雅靠著門框，看見比格在房裡拿起獵槍。

「是葛倫。你們快來。」

她不必多說什麼，比格和艾妮塔套上大衣，衝了出去，比格沒有放下槍。

他們在湖邊找到他。水面結了一層薄冰，一切寂靜無聲。葛倫攀著一棵枝幹扭曲的樺樹，看不出樹枝與他的手臂的分界。除了淌血的頭皮，他的臉蒼白得像月光。看到三人接近，他瞪大眼睛，唾沫隨著呼吸從嘴角冒出。他放開樺樹，轉爲抱住艾妮塔，緊緊纏著她的頸背。鮮血流向他的喉頭，梅雅聽見他反覆低語：對不起。媽。眞的對不起。

親愛的孩子，你做了什麼？

我不是眞的要傷害她。我不是故意的。我們只是在玩。

比格往灌木叢揮舞手電筒，燈光下的樹木顯得灰暗又醜陋。

「你這個變態。她在哪裡？」

葛倫跪在湖邊猛吐。艾妮塔一邊幫他拍背，狠狠瞪著比格。

「都是你的錯。」她尖銳的指責飄浮在林間。「你不讓他獲得幫助。」

比格沒有回應，只聽到他踩在樹叢間找人的腳步聲。他舉著手電筒的動作像在揮舞武器。梅雅站在一旁，牙齒格格打顫。她聞到汗水、嘔吐物、鮮血。葛倫起身指著樹林時，冰冷的恐懼朝她襲來。

「她躺在那裡。」他說。

比格拿手電筒一照，先是她的頭髮，接著是癱軟的雙腿。她趴在青苔地上，一副金屬手銬在白光中閃閃發亮。她看起來沒有呼吸。他衝上前把她翻過來。她的頸部肌肉虛軟無力，腦袋往後垂落，一道道血絲凝結在她嘴邊和下巴。艾妮塔仰頭尖叫：「別再來一次。喔，老天爺，我不要再遇到同樣的事情！」

比格跪倒在地，耳朵貼在她敞開的唇間。他丟下手電筒與獵槍，以顫抖的手指掰開女生的嘴巴，用最大的力道往她肺裡灌滿空氣。他雙手按住她脆弱的胸腔，不斷按壓。

「我不是故意的。我不是故意的。」葛倫一遍又一遍地低喃：「是她攻擊我的。」

比格吹氣、按壓的勁力大到幾乎折斷她毫無生機的骨頭。「你這個變態。」他斷聲咒罵。「你會毀了我們。」

女生終於咳出聲來，但比格似乎沒有聽見，瘋狂似地繼續擠壓她的胸膛。梅雅聽見自己對他大吼，抖著腳跑過凹凸不平的林地，把他從女生身旁扯開。女生自己翻成側身，大口喘氣。比格的上衣沾滿汗水，飽經折騰的肺葉嘶嘶喘息。

「趕快叫救護車。」

比格抹抹臉，抬頭望向梅雅，彷彿現在才發現她也在場。他淚流滿面，撐起身子，一把抓住她，緊緊抱在懷裡。她隔著濕透的襯衫，感受到他的顫抖，他的恐懼和她的融爲一體。

「我們不能找別人來。」他說。

梅雅想掙脫他的懷抱，但他緊緊箝住她的手腕，另一手握起獵槍。在世界炸裂之前，她只看到槍桿舉向夜空，懸在她頭頂上，還有他緊握槍柄的蒼白手指。

□

萊列被車輪輾過碎石子路面的聲響驚醒。口水從他嘴角流到皮沙發上，他直起腰，覺得自己的臉快壓扁了。他還來不及往窗外看一眼，就聽到急切的敲門聲。巡邏車的鮮艷標誌隔著百葉窗依舊清晰。萊列抱住腦袋。

「天啊，萊列，你除了睡覺還會幹嘛？」哈桑把粉紅色紙盒塞進他手中，擠進屋裡。

「我知道今天是星期六，可是都快十一點了。」

「又怎樣？要是有辦法的話，我想睡上一輩子。」

萊列掀開盒蓋，和兩個撒滿糖霜的杏仁牛角麵包面面相覷。哈桑踢掉鞋子，鑽進廚房。

「你在這豬窩裡住不膩啊？你知道世界上有個東西叫作清潔公司嗎？」

「我沒心情陪你說笑。」

「那就去煮咖啡，做文明人該做的事。」

萊列把牛角麵包放到餐桌上，乖乖煮咖啡。哈桑拉下制服外套的拉鍊，避開黎娜的椅子在桌邊坐定。

「你是打聽到什麼消息，還是只是來可憐我？」萊列問。流理台上的咖啡壺開始冒泡，哈桑已經塞了滿嘴牛角麵包。

「都有。」

萊列放下咖啡杯和牛奶，地板在腳下搖晃。

「說來聽聽。」

「你打電話叫我查的女生，梅雅．諾藍德。我從幾個方向查了她的背景，感覺社福單位從她出生起就和她牽扯不清。他們留下一堆報告。」

「眞的？」

「都是我不該告訴你的事情。」

萊列站在咖啡機旁。「你知道我嘴巴很牢的。」

哈桑擦掉嘴角的麵包屑。

「說好聽點，她的人生很複雜。她和她母親——叫希潔沒錯吧？——在梅雅的十七年人生中，至少換了三十次住址。沒提到生父。那個母親問題很多。嗑藥又有心理疾病。疑似賣淫遭到警方調查。那個女孩在寄養家庭待過兩三次，但希潔總有辦法把她弄回來。」

「媽的。她會跑到斯瓦提登眞的不意外。她一定是不想再被媽媽拖著到處搬家。」

哈桑把剩餘的牛角麵包推向萊列。

「在我看來她想找地方定居。」他說：「依附在某個人或事物上頭。」

□

「躺好。妳還在流血。」

梅雅瞇眼望向湊在眼前的人影。她的雙眼瘀青，嘴唇上方的小傷口不斷流出濃稠血液。她拿沾濕的破布按住梅雅的額頭，嗓音嘶啞。

「看能不能稍微放鬆。妳剛才被打了。」

「妳是誰？」

「我是漢娜。」

幾縷金髮垂到她的鎖骨上，那處也有幾塊鮮艷的瘀血。看到她的傷勢，梅雅心一沉。她的視線掃過陰暗的牆面，這房間很小，只有一顆燈泡懸在天花板上，在兩人四周投下陰影。空氣潮濕悶滯，尿液的酸味充滿鼻腔。梅雅再次看著漢娜，擠出所有力氣開口。

「這裡是哪裡？」

「我只知道是地底下。」

「其他人呢？」

「這裡只有我們。」

梅雅用手肘撐起上身，額頭下竄過令她目眩的劇痛，牆面搖擺不定。她閉上眼睛，緩緩起身，努力忍住湧入喉頭的反胃感。

「我覺得妳還是躺下來比較好。」漢娜擦擦她自己的嘴巴。「妳被打得很重。」

「打我的是誰？」

漢娜清清喉嚨。

「不知道。當時有好幾個人。」

她放下染血的濕布，泡進裝了清水的桶子，擰乾後又貼上梅雅的額頭。濕答答的布料刺痛她的皮膚。

「妳可以自己按著一下嗎？妳還在流血。」

梅雅伸手按住濕布，手指感覺不屬於自己，但她還是盡量施力。她眨眨眼，凝視漢娜的臉，突然靈光一閃，心臟猛跳。

「我看過妳。在海報上。」

「什麼海報？」

「到處都看得到妳的海報。大家都在找妳。」

漢娜的下唇開始顫抖。

「我一直都在這裡。」

梅雅望向房門，深呼吸，忍住嘔吐的衝動。她凝聚全身的力量，再次起身。眼皮下閃過憤怒的黑色閃光，後腦勺像是被人捅了一刀。她扶著牆穩住身體，漢娜的聲音聽起來好遙遠。

「躺下吧，妳快昏倒了。」

但梅雅整個人靠上粗糙的牆面往門邊移動。幾道影像飄過腦海，她看到月光下閃耀的冰湖，比格伸手握起獵槍，臉上露出她從未見過的表情。她來到門邊，一手握住把手，發現沒有任何反應，她放開濕布，以雙手又拉又搥，直到淺灰色的金屬門板沾滿她的血手印。她尖叫卡爾—約翰的名字，呼喚比格、艾妮塔，直到她吐出來，雙腿撐不住身體，狠狠坐倒在冰冷的地上。

漢娜扶她回床上，拿濕布蓋住她的嘔吐物。

淚水流過她髒兮兮的臉龐，但她的嗓音平靜無波。

「叫也沒用。沒有人聽得到我們。」

梅雅呼吸加速。「我看到妳和葛倫在一起。在上面。」

「所以妳知道他是誰？」

「他是我男朋友的哥哥。」

「妳男朋友？」

梅雅點了點疼痛不堪的頭，按住自己顫動的胸口。狹窄的空間裡空氣不足，她很快就冷到牙齒打顫。她漸漸意識到她們被關在這個地窖裡。原本用來躲避最可怕的厄運，又小又黑的地下堡壘。這裡肯定是比格，不然就是某個兒子的傑作。這扇金屬門，遭到監禁的窒息感——全是出自他們之手。

她摸到漢娜的手腕，緊緊握住。「妳怎麼會進到這裡？」

「我和朋友在露營。我半夜出去尿尿，他突然憑空冒出來，一手勒住我的脖子，力氣好大，我眼前一片模糊。我想反擊，想要掙脫，可是做不到。他沒有鬆手，想把我勒死。我以爲他要殺了我……」

漢娜嗓音沙啞破碎，梅雅感覺到她單薄的身子打了個寒顫。

「我一定是昏過去了。」她低喃：「等醒過來，我人在車子的後車廂裡面。我不記得是怎麼跑進去的。」

「他看起來是什麼樣子？」

「他戴著面罩。他一直遮著臉。我從來沒有看過他的長相。」

梅雅想到葛倫，想到他滿臉的痘疤、那些發炎的痘子，還有他忍不住搔抓臉頰的手。他看到她和卡爾—約翰在草叢裡親熱的表情。她想起那片草地，還有他拔起銀蓮花的模樣，當時他說他想要梅雅和卡爾—約翰擁有的事物。她深吸了一口氣，艾妮塔的聲音在腦海中迴盪：要是我家的孩子帶來任何困擾，一定要告訴我。她想到比格的手握住獵槍，艾妮塔的睡袍在結霜的田野間飛舞。葛倫蜷縮在湖邊，在漢娜失去生機的身軀旁邊。他哭泣的臉。

她還牽著漢娜的手腕，指尖摸到她規律的脈搏。

「我看到妳和葛倫在屋子附近。他放妳出來嗎？」

「不是。我打了他。」

漢娜朝著屋角的小桌子點點頭。

「我用那個敲他的腦袋，跑出房間，但我不該這麼做的。」

□

他又睡過頭了。萊列只能趁著出門前的空檔擦擦腋下，刷刷牙。開車前往托貝卡高中的路上，咖啡因使得他雙手抖個不停。接著他衝進辦公室又灌下一杯咖啡，一路上緊盯著拖得乾乾淨淨的地板，避免和人寒暄，咖啡滴了滿地。他沒空清理，反正也不會有人說他什麼。大家對於失去一切的人總是格外寬容，就和對待長輩或是小小孩一樣。他們不會多加理會。

他只遲到了七分鐘，當他走進教室，學生們睡眼惺忪地盯著他。幾個人失望地咕噥幾聲。

「在小考之前大家有問題嗎？還是說你們都搞清楚畢氏定理在講什麼了？」

他在白板上寫了兩則範例，喝完咖啡，這才注意到梅雅的位置空無一人。

「梅雅今天去哪了？」他換得學生茫然的眼神和幾個聳肩。「有誰知道？」

「她一整個禮拜沒來了。」後排有人回應。

「可能生病了吧。」又有人補上一句。

萊列抓抓下巴，鬍碴癢到幾乎無法忍受，但在眾目睽睽下他得逼自己克制。

她星期五也沒來學校。午休後他向校護古希德問起梅雅的狀況。她的聲音輕到得要憋住呼吸才能聽得見。不，梅雅沒有請病假。

「沒事吧？」她問。

「沒，只是她缺了幾堂課。」

「我是問你。你看起來很累。」

當然了，她把他當成病人看待。焦躁宛如酸液般在他喉中逆流。這是什麼智障問題。一年前他會大吼，對她說他超級有事，全身都不對勁，這輩子都會是這副死樣子，大家最好早點習慣。但現在他已經學會吞下情緒，別讓旁人予取予求。

「我還活著。」他說：「妳還能奢望什麼。」

□

梅雅提起卡爾─約翰，說他是如何奪走她嘴裡的菸，說好女孩不該這麼做。她提起艾妮塔和比格，說他們鮮少離開斯瓦提登。他們要的一切都關在那道柵門裡面。她說個不停。她描述牲口在寧靜的田野吃草，那個巨大的地下庫房，能養活整家人五年，甚至是一輩子。漢娜貼著水泥牆坐著，專心聆聽。

「我沒看過其他人。每次都只有他來。」

「葛倫一定是自己偷偷弄的。不然就是我瞎了。」

「我打了他的頭。」漢娜說：「用最大的力氣。可是還不夠。他馬上掐住我的脖子，我以爲他要殺了我。」

梅雅想起比格對著漢娜毫無生氣的軀殼施行復甦術的模樣，這段回憶令她頭暈目眩。她按住頸子確認自己的脈搏。

「我們會撐過去的。」她說：「不會有人把我們殺掉。」

她們並肩躺在床鋪上，中間隔了一小塊縫隙。梅雅醒來時，發現她們的手腳纏在一起，彷彿是在支持著彼此。房裡沒有食物，只有一瓶冷掉的牛奶分著喝。梅雅的腸胃在寂靜中大聲抗議。

「我的肚子已經不再反抗。」漢娜說：「它早就放棄了。」

梅雅在潮濕的地板上兜圈子，要是走得太快就會頭痛，不過暈眩已經平息了。卡爾─約翰一定掛記著她，絕對不會讓他們傷害她。說不定他到處找她，根本不知道他們做了什麼。一定是的。托貝卡高中發現她缺課也一定會擔心的。她相信萊列會注意到。還有希潔。她每個禮拜都會打好幾通電話來抱怨托比恩。可能要花上一點時間，不過他們遲早會擔心她的下落。

「大家都知道我在這裡。」梅雅說：「不用等太久。」

「要是他們先殺了我們，處理掉所有證據呢？妳知道的，不留下半點痕跡。」

漢娜的語氣和屋角的陰影一樣憂鬱。

「別這麼喪氣。」

「我不是第一個。這裡以前還關過其他人。我有找到證據。」

漢娜拉起袖子，亮出那個紫色髮圈，上頭還纏著幾縷金髮。

「看吧？在我之前還有另一個人。」

梅雅別過頭。

「他們知道我在這裡。」她重複道。「他們都知道。希潔和我的老師。」

門打開的那一刻，她們剛好睡著了。梅雅只來得及看到門縫間一道黑影浮動，對方把某個東西推進來。等她撲到門邊，門早已關上。一籃食物在地上冒煙，香味迅速填滿小房間。梅雅對著緊閉的門板尖叫，狠狠搥打，直到手上的痂全數裂開，再次淌血。她滑坐在地，轉頭望向還躺在床上的漢娜，看見她布滿傷痕的臉上，眼睛如同閃耀的星星。

「早對妳說過沒用了。」

□

不用睜眼就知道外頭下雪了。寂靜說明了一切。現在一切都將被埋在雪中腐朽，面目全非。萊列可以盡情踩踏林間小徑，但就算腳深深陷入雪堆，也不會踩到任何線索。教室裡，梅雅的座位空了兩個禮拜，他等不下去了。他無法承受生命中又多一張空椅子。現在開始下雪了，他更無法忍耐。

黎娜幾乎是在雪地裡誕生。那年復活節，儘管安妮特的肚子看起來隨時都會爆開，他們仍在雪中去哈桑家拜訪。他們在雪地鋪上馴鹿皮毯，仰天曬太陽。強烈的光芒逼出他們的淚水。雲杉被沉重的白雪壓得彎下腰，幾團雪塊從枝葉邊緣撒落。他們拉下厚外套的拉鍊，安妮特抓住他的手按在她的毛衣上頭，讓他感覺寶寶的動靜，被寶寶踢了幾腳。他們在陽光下歡笑，濃濃的期盼中夾雜些許擔憂。然而下一秒，安妮特痛得臉龐扭曲，羊毛手套按住胯下。這孩子踢腿還不夠，她想出來玩，出來看看雪花和衝向天際的營火，出來找等她等了好久的人。安妮特身下的毯子染上深色水漬，他們只有一輛電動雪橇，是萊列騎雪橇送她到當地醫院，只是他事後什麼都忘得一乾二淨，只記得陽光、白雪，還有止不住的淚水。

今年夏天還剩下十根菸沒抽完。乾燥的菸草失去香氣。他點菸，深吸一口，菸頭發出難聽的嘶嘶聲。他聽不見黎娜的抗議，也看不到她的身影，髒兮兮的鏡子上只有他見鬼似的面容。他臉頰的皮肉鬆垮，等她回到家的那一天，不知道是否還認得他。或許他們兩個都已經面目全非。

刮去擋風玻璃上的冰塊時，他還沒抽完菸，白煙和吐息圍繞在身旁，像是披上一件斗篷。他似乎聽到鄰居從樹籬的另一側叫他，但他繼續忙碌，叼著發亮的香菸鑽進駕駛座。雪已經壓上雲杉樹梢，沒過多久就會坍下來。在白銀之路上，車輛在白雪間輾出骯髒的軌跡，他把菸屁股丟出窗外。冬季曾無比美麗，但現在他只看得到醜陋的一面。

斯瓦提登的路標蓋上厚厚一層新雪。純白覆蓋通往柵門的碎石子路，沒有輪胎印或是足跡。開始下雪後就沒有人進出過這一處。他沒有熄火，下車按了幾次對講機，在原地踏步，望向主屋。這時，比格的嗓音從擴音器炸開：「是誰？」

「我是萊納特。」

回應在一陣沉默後響起。

「請進。」

柵門掃過雪堆。零星的雪花飄落，樹頂懸著沉重的雲層，幾乎看不見半點日光。黑暗即將再次降臨。他的時間不多了。

比格和上回一樣在廚房招待他。大鍋子在爐子上沸騰，濃濃的燉肉香填滿整個空間。沒看到梅雅和三個男孩。萊列像小學生似地站在門邊，捏著自己的帽子。他的衣角滴滴答答地淌著雪水，鼻水也流個不停。他用手背抹抹鼻子。他提醒自己不要脫掉外套。

「我只是來問問梅雅的狀況，不會打擾太久。」

「先喝點東西吧？」

比格往相連的房間探頭，呼喚艾妮塔。他的語氣帶著不耐，像是要把不聽話的狗兒叫來似地。

「不用麻煩了。」萊列說。

但比格還是伸手要接過他的外套。萊列沒有遞出裝數學考卷的袋子，自從踏進這個充滿肉香和溫暖的房間，他一直緊緊抓著它。比格笑了笑，帶著天生顎裂的下巴往左右擴張。

「喔，冬天終於來了。現在我們只能低頭咬牙忍過去。」

萊列吹了聲口哨。「是啊，它回來了。」

「我不知道現在還有家庭訪問。」

「我出門兜風，想到剛好可以來看看梅雅。她缺課一陣子了，想說她是不是有什麼狀況。」

「她得了流感，可憐的孩子。她完全被病魔打倒了。」

比格搖搖頭，臉頰的肉抖了幾下。要不是有那雙眼睛，他看起來活像是狗兒。但他的眼神一點都不像狗。

「她看醫生了嗎？」

「沒有，不過已經好轉了，再過不久就會痊癒啦。我太太負責照顧她，她比那些所謂的醫生要厲害多了。」

肉香濃郁到萊列幾乎能想像鍋子裡的駝鹿肉味。即便如此，他遞出塑膠袋時，嘴裡還是乾巴巴的。

「可以讓我看看她嗎？這裡有一份她缺考的期中考考卷，我可以讓她在家裡寫。不希望她的成績受到影響。」

比格還來不及回話，艾妮塔出現在門邊，神色慌亂，雙眼發直，白髮披在肩頭。

「妳來啦。可以上樓看看梅雅能不能稍微下樓嗎？」

艾妮塔的視線在比格和萊列之間游移，彷彿認不得眼前的兩個人。她按住胸口，好像身體哪裡不舒服似的。

「沒問題。」說完，她轉身離開。

比格幫萊列拉出一張椅子。

「感謝你大老遠跑來這裡。沒有多少老師願意做這種事。」

「其他人的事情我不清楚。」

萊列拉下外套拉鍊，喝了一口比格送上來的咖啡，又熱又苦，他的胃袋抽搐抗議。整間廚房像是要沸騰了。頭頂上傳來一陣悶響，萊列屏息細聽。比格泛著水光的雙眼沒有離開過他，笑容從未斷過。汗水沿著萊列的背脊滑落。

「你們沒有被傳染嗎？」他問：「我是說流感？」

「我們的體質比她好太多了。」比格說：「沒有受到太大的影響。」

萊列點點頭。窗外的暮色悄悄覆蓋整個農場，一切都靜止不動。犬舍不時傳來幾聲狗吠，除此之外沒有半點生機。比格雙手擱在桌上，他的袖子捲起，露出年邁的皮膚和粗壯的手腕。顯然他不會推拒任何粗重的勞動。

「梅雅提到要離開學校。」他說。

「是嗎？她沒對我說過這種事。」

「她說學校不適合她。」比格繼續道：「她想早點開始工作。」

「喔，希望你能勸退她。學校很重要的。」

比格咕噥幾聲。他的指甲縫卡滿泥土，似乎剛才直接用雙手挖地一樣。萊列坐在椅子邊緣，想問問他家兒子的下落，卻不知怎地說不出口，只能默默地接受比格的注視，遭到爐子上燉鹿肉香味的襲擊。

當艾妮塔自己一個人下樓時，他們維持著這樣的姿勢沒有移動。

「她睡得很熟，可憐的孩子。我捨不得叫醒她。」

萊列仰望天花板，彷彿只要想著梅雅就能把她召喚過來。他站起來，塑膠袋貼著他的牛仔褲窸窣作響。他瞄了樓梯一眼，轉頭面對笑得燦爛的比格。

「考卷就放著吧，等她醒來我們再拿給她。」

塑膠袋的提把緊緊纏著他的手指，萊列猶豫幾秒才交出去。

「如果對考卷有什麼問題，請她打電話找我。」

他很快就離開屋子，踏入滿天細雪，深深吸氣，想驅散濃濃的肉味，以及被世界包圍的封閉感。一層新雪落在擋風玻璃上，他用外套袖子擦掉。他慢吞吞地抬頭望向明亮的窗戶，希望能捕捉到她的身影。他不想把她留在這些人手中。腦海中飄過黎娜獨自站在候車亭外的身影。廚房窗戶的另一側，比格等著目送他。後輪在雪地裡稍稍打滑，柵門已經敞開，請他離開。

□

他在黎娜的房間裡醒來，享受了美好的片刻，直到發覺她不在這裡。他的腦袋枕在床腳處，拼布被子濕了一片，彷彿他在睡夢中流了一身汗。黎娜的房間朝北，每逢冬季，窗台總是妝點得漂漂亮亮，玻璃結起冰晶，長達一公尺的冰柱從屋頂垂落。牆上海報裡裸著上身的男子盯著他看，架上塞滿了書：《魔戒三部曲》被她反覆翻了好幾次，書皮布滿摺痕。旁邊擺了幾本吸血鬼小說，黑色書背在陽光中發亮。她好愛這些書。

安妮特帶走了黎娜的日記，還有衣服和飾品。她一定看過日記了，因爲她曾說出一堆他們兩個都不該知道的事情，比如說黎娜已經不是處女，還有她曾想混進呂勒奧大學的派對。他個人並不想知道黎娜的祕密，無論她選擇告訴他什麼、希望他知道什麼，他都欣然接受。

他坐起來，粗糙掌心輕輕撫摸床上的拼布，像是把它當成一條老狗。以前他通常是在狂喝一輪後在這裡醒來，他不喜歡這樣，自己的味道會把她的氣味驅散。起初，黎娜的氣味相當濃郁，滲入她的衣服、梳子、房間的每一面牆。可是現在，他已在她的房間裡度過那麼多日日夜夜，把她的味道徹底蓋去。實在是不可原諒。

他試著回憶自己投入酒精的原因，卻只能把錯推給冬天。包圍每一扇窗戶的黑暗狠狠奚落他。持續不斷的寒冷嵌入地面，讓一切事物失去生機。他不敢想像她就埋在某個地方，凍成寒冰。所以他要把自己灌醉。爲了逃避。

回到廚房裡，他靠著水槽好半晌，抵抗一陣陣反胃。他小口小口喝水，直到恢復煮咖啡的力氣。儘管白雪讓萬物稍微明亮一些，屋外還是一片漆黑。他望向窗外，想看見倒影之外的景色。他痛恨黑暗，總是逼他看見自己。遮蔽一切，讓他只能往內心探尋。

他在電話簿上找到比格·布蘭特的電話，沒有多想，撥通之後才意識到他是想聽聽梅雅的聲音。然而他只等到永無止境的來電答鈴。掛斷電話後他重撥好幾次，坐在餐桌旁，直到咖啡涼掉，灰暗的午間陽光灑入屋內。

出門前，他沒給自己太多時間更衣。從昨天穿到今天的牛仔褲和襪子，外套蓋住他穿著睡覺的T恤。他的頭髮像是一團鋼刷，他知道自己聞起來有多糟：沒洗過澡的體味混著從每一個毛孔溢出的威士忌酒氣。他把窗戶打開一小縫，讓冷空氣流進來。樺樹結了一層霜，朝著天空伸展赤裸的枝幹。它們沒有凍死眞是奇蹟。都枯成這樣了竟然還長得出葉子，太不符合邏輯了。

他驅車前往斯瓦提登，冷汗滑過他的後頸。他又用手機試了一次那個號碼，卻還是沒有人接電話。他開得很快，差點來不及在柵門前煞車。該死的柵門，聳立在微弱的天光中俯瞰他。車子稍稍滑向一側。他仰望被雪覆蓋的金屬門，心想說不定可以爬過去，不過現在他們大概已經看到他了。

按下對講機時，比格的嗓音震天響。

「現在又怎樣？」

「我要和梅雅談談。」

他聽見一陣雜訊，柵門滑開。另一端的車道鏟過雪，兩旁的雪牆瑩亮堅硬。白煙從比格的屋子煙囪升起，紅牆傲然挺立。若是有心情欣賞的話，這片風景活像是聖誕節卡片。他望向二樓窗戶，只看到緊閉的窗簾。

比格在玄關迎接他。

「你這陣子來得眞頻繁啊。」

「我只是想來接梅雅。」

艾妮塔在廚房裡被蒸氣和食物香味包圍。一大碗黏膩的血色麵糊擱在她面前的流理台上，她揚手打招呼，麵糊從指尖滴下。

「你也看得出來，我們挺忙的。」比格說。

「我等到梅雅就走。」

「一定有什麼誤會，梅雅不在這裡。」

萊列停在門邊，用嘴巴呼吸，卻還是聞到濃濃的豬血腥味。他一手摸向腰帶，平常塞著槍套的位置。但他已經把槍交給哈桑，現在只剩黎娜在耳邊高聲警告：快走，爸爸。轉身就走。

「你說她病了，說她睡得很熟。」

「喔，她今天早上出去了。」

「你知道她去哪裡嗎？」

比格搖搖頭。

「她一大早就走出那扇柵門。」他說：「可能她母親會在白銀之路接她吧。她什麼都沒說。我想她和卡爾—約翰有一點爭執，你也知道現在的年輕人是什麼脾氣。」

聽起來是如此稀鬆平常。比格從容的表情令他起了一陣雞皮疙瘩。

「你讓她在這種天氣出門？你不會送她一程嗎？」

「她想走一走。萊列，梅雅不是小孩子了，我們沒辦法控制她。」比格拉出一張椅子，但萊列站在原地。艾妮塔垂頭料理血布丁，頸子一片通紅。他看得見脈搏在她細緻的皮膚下跳動，感染到她的恐懼。他汗水狂流，朝大門移動，但比格跟著他，咧嘴露出寬寬的牙縫。

「萊列，進來坐一會吧，感覺你該休息一下。」

「不了，我不會再來打擾你們。抱歉就這樣闖進來，真不知道我是怎麼了。」

他打開門，踏入寒風中。吠叫聲在車道迴盪，他望向穀倉，瞥見一絲動靜，彷彿有人縮進牆後。他上車駛離，車身在風雪中搖搖晃晃。

他得要等待柵門打開，握著方向盤的手指陣陣刺麻。柵門沒有任何反應，他往前開了一點，車頭貼上門板。突然間，他感受到得離開的迫切危機，得離這些人越遠越好。

可是柵門依舊緊閉，他氣沖沖地下了車，揮手大叫，要屋裡的人開門。比格走出屋外，騎上電動雪橇，掀起尖銳的磨擦聲，驚動樹上的鳥兒。他往柵門奔馳，雪橇後方噴出一片雪粉。當比格在他面前停好雪橇，萊列渾身緊繃。

「一定是機器結霜故障了。」比格說：「不過我可以手動開門。」

他爬下電動雪橇，手中握著類似鐵棒的東西。

萊列退到一旁讓他過。

「可以幫我推門嗎？」比格指示道。

萊列走上前，雙手貼住冰冷的金屬，使出全力往外推。比格站在他身旁，拿鐵棒戳向門板間的縫隙。他們呼出一團團冷空氣，努力好一陣子還是沒用。柵門毫不退讓。想到自己要被困在斯瓦提登，恐懼從萊列心中生起。他站穩腳步，又試了一次，喚醒每一條肌肉。他眼睛閉著，沒看到比格舉起鐵棒，要往他腦門敲下來。痛楚伴隨白色閃光竄過他的背脊，下一秒，世界陷入黑暗。

□

梅雅認得艾妮塔的手藝。她的手工麵包和血布丁。她自己攪的奶油，奶霜和鹽巴的滋味在舌尖融化。從麵包邊緣流下的越橘醬，在杯底留下一堆殘渣的咖啡。全都是艾妮塔做的。

艾妮塔，她的銀髮和睡袍在寒霜中飛舞。梅雅回想在林間撞見她和葛倫的陰沉表情。她把他趕跑時的尖銳嗓音。她環上梅雅腰際的結實手臂。要是我家的孩子帶來任何困擾，一定要告訴我。

看到籃子裡的食物，她頓時領悟他們全都背叛了她。葛倫、比格、艾妮塔——說不定卡爾—約翰也有一份。比格說什麼他就做什麼，從未有過一絲懷疑。她想到他提到家人時得意的語氣：沒有家人，我一定受不了。

攤開這些熟悉的食物，怒火在體內灼燒，但她餓到無法抗拒。

漢娜仍舊躺在床上，房裡太過陰暗，難以判斷她的眼睛是睜開還是閉著。瘀青和陰影融為一體，她瘦弱的身體幾乎消失在髒兮兮的毯子下。梅雅好害怕。

「妳不吃嗎？」

漢娜扮了個鬼臉。「有玫瑰果湯嗎？」

籃子裡放了兩個保溫瓶，一個是咖啡，另一個裝了某種甜膩的飲料。梅雅轉開蓋子，聞聞冒出的蒸氣。

「是熱巧克力。要來一點嗎？」

「我試試看。」

漢娜勉強起身，看梅雅倒出熱巧克力。表面浮著新鮮的奶泡，口感滑順。梅雅放下怒氣，任由飢餓驅使，吞下兩個三明治和兩杯巧克力。漢娜只是慢慢喝了幾口。

「妳沒有胃口嗎？」

「嗯，我想是因爲太悶了。我的身體沒有力氣。」

梅雅蜷縮在漢娜身旁，突然間好睏。她靠上她消瘦的肩膀，不同以往的平靜湧上心頭。無論用什麼方法，她們一定出得去。只要艾妮塔或是比格決定下來看看，她就能說服他們。

她想對漢娜說明自己的計畫，可是舌頭不聽使喚。上下頷好僵硬，毫無反應，嘴唇無法構成字句。她努力朝漢娜伸手，就快要碰到了，但她連一根手指頭都舉不起來。全身關節沉重無力。

她從喉嚨中擠出聲音，看到漢娜手中的杯子滑落，熱巧克力灑在毯子和她的牛仔褲上，可是她們都無法動彈。只能倒向床鋪，以僵硬無用的手指徒然地摸索。梅雅拚命與垂落的眼皮對抗，漢娜已經放棄了。她頸部肌肉放鬆，腦袋垂向胸前。梅雅看在眼裡，想大聲叫她起來，可是意識已經飄向遠方。

世界漸漸飄遠，原來死亡就是這種感覺，她想。

□

他們綁住他的手，繩子綁得很緊，割破手腕皮膚。腦袋的疼痛一陣一陣襲來，他在清醒與昏迷之間漂浮，不時夢見他的頭骨太小，腦漿快要漏光。等他終於清醒，臉頰貼在冰冷的水泥地上，痛楚猶如第二顆心臟，在他的右邊太陽穴跳動。

身旁有個水碗，他翻身像狗一樣舔水。等到疼痛漸漸減緩，他意識到身旁的寂靜。他只聽得到自己的聲音。氣息進出肺葉，心臟跳動。沒有別的了。他靠著牆面，耳朵貼上去，還是什麼都聽不到。沒有人類的說話聲、腳步聲，或是風聲。這裡沒有窗戶也沒有自然光，只在角落掛著一顆燈泡，灑下冰冷的白光。這裡不是位於地底深處，就是有人大費周章，設計了隔音牆面。無論手法如何，目的都只有一個：把人關起來，不用擔心外人聽到他的叫聲。

他想到黎娜，突然間喘不過氣。過度換氣的症狀使得眼前的牆面明滅不定。他只看到遠處有個小小的光點，一切都被黑暗淹沒。他最怕的就是這個：她被人綁住，關在寂靜的牢籠中。被活生生地埋進墓穴。他曾在惡夢中看過這些沒有窗戶的牆面；這是逼他四處尋找的動力。現在這成爲他的現實。他發覺自己滿臉淚水，伸舌舔舐，不想再失去更多。

比格進門時，劇痛也回來了，萊列縮成胎兒般的姿勢，綁住的雙手護住頭臉。他沒聽到腳步聲，門板嘆息似地滑開，比格的身影浮現，背對著燈光。燈泡在他臉上刻劃出深色線條。萊列挺起上身。

「比格，你在搞什麼鬼？」

年邁男子坐到木椅上，舔舔上唇，思考接下來要說出口的話。

「萊列，你最清楚我們得爲孩子盡心盡力。要是他們受苦，我們也跟著受苦。保護孩子是天經地義的道理。若有必要，我們會爲他們奮鬥到最後一刻，因爲他們是我們僅有的一切。」

萊列把流進嘴裡的淚水吐到髒兮兮的地上，使盡全力控制情緒。

「梅雅在哪？」

比格的眼皮在幽暗的燈光下翻動。

「別擔心梅雅。只要你乖乖聽我說，就能得到你想要的答案。」

「我在聽！」

比格露出淡笑，蹺起腳，繼續道：「我們做的一切都是爲了孩子。萊納特，我想這是我們的共識。我買了這塊地就是希望能爲我的孩子打造一個安全長大的地方，遠離社會的箝制。艾妮塔和我，我們靠著自己的雙手勞動，確保我們的孩子永遠不必依靠斯瓦提登柵門外的腐敗叢林……」

「比格，放開我！」

「恐怕我不能這麼做。還不能。」

比格上身前傾，手擱在膝頭。

「你知道我爲什麼如此唾棄這個世界嗎？」

萊列又吐了口口水，雙手不斷掙扎。

「我唾棄這世界是因爲我打從出生起就是受害者。沒有人要我，我爸媽不承認我是他們的孩子。就這樣，政府成了我的慈母，給了我養父養母、社工，還有其他合法的虐待狂。我不會拿小時候受過的暴力虐待來拖延時間，我只想告訴你，我對這個政府和國民的信心早在成年以前就死透了。」

「我對你那些狗屁往事沒有興趣。」

比格感傷地笑了笑。

「你應該要感興趣才對。因爲一件爛事會引發另一件爛事，像雜草一般蔓延，殺死花朵。萊列，悲傷是一種傳染病，不顧我們的意願到處肆虐。」

萊列緊緊皺眉。「你的垃圾往事干我屁事？」

「我保證所有的線索都會串連在一起。這個故事的主角是我們的孩子，我想和你聊聊我的兒子葛倫。」他稍一停頓，摘下眼鏡，對著鏡片哈了一口氣。「告訴你，葛倫和其他人不同。他有病，心理有病。我們很早就察覺到他心中蘊藏著黑暗面。從小他就會拿木棍石頭攻擊動物，在犬舍裡放火。這類反常行爲只能藉由強硬的控制和足夠的愛來治療。」

「聽起來他該看精神科。」

「艾妮塔和我最瞭解我們的兒子。有過那麼多親身經歷，我們從沒想過要把他交給陌生人。我們很清楚被人貶得一文不值的無助。我們永遠不會讓自己的孩子面對那種事。」

「我們在家裡照顧葛倫，教他尊重動物，控制自己的衝動。我們成功了。他冷靜下來，直到進入青春期。萊列，你知道青春期的孩子是怎麼一回事吧？荷爾蒙爆炸性的化學變化，還有各種鳥事，讓大家把常識拋到地球的另一邊去。」

「可惜葛倫的外表對他沒有太大的幫助，總是扯他的後腿。他自然想和女性來往，就像其他小伙子一樣。他在附近的村鎮開車瞎晃，找人搭訕，想吸引願意和他交往的人。可是沒有人上鉤，可憐的孩子，失敗太多次之後，他開始尋找其他的管道。」

萊列感覺到自己的手臂寒毛全都豎起來了。「什麼意思？」

「可以這麼說，他養成把事物占爲己有的習慣。我和艾妮塔當然是一無所知，直到另兩個兒子說出來，我們才發覺葛倫又發作了。而且比我們所能想像的還要嚴重。」

「發作？」

「他的黑暗面讓他惹上一堆麻煩。他開始性騷擾女孩子。不斷遭到拒絕，他憤而施行肢體暴力。這不是什麼光彩的事，我們也盡可能阻止他了。我們派給他更多勞動工作，想鼓勵他用正面的方式發洩情緒。這招有效。一開始是這樣。他花了一整年在湖邊建造他自己的地下堡壘，不讓我們幫忙。基本的工法是我教的沒錯。我們的土地上已經有兩間庫房了，可是葛倫想要屬於自己的。我們當然不反對。他的舉動，他的想法讓我們非常感動。我們完全猜不到他竟然打著那種歪主意。」

萊列重重靠上牆面，努力固定頭部，避免暈眩再次上身。比格粗壯的手指推起眼鏡，擦擦眼角。

「我們過了幾個月才意識到他幹了什麼好事。葛倫完全無法分辨人類和動物的差別，在他眼中，獵駝鹿與獵捕女孩子沒有兩樣。他們都是等著被他捕捉的獵物。他不懂不能以野蠻的行爲來對待人類。」

比格神情生動，但萊列只能僵硬地貼在牆邊。脫離現實的感覺像是一片濃霧般將他包圍，他不想繼續聽下去，可是嘴巴擠不出抗議。

「是我另兩個兒子跑來告訴我們，葛倫在他的地窖裡關了一個女生。」比格繼續道：

「你可以想見我們嚇壞了。那大概是三年前的仲夏節左右，現在你應該猜到他擄走的就是你的女兒。你的黎娜。」

萊列聽見那聲叫嚷，原始的嘶吼，令他血液凍結。聽見之後，過了好半晌他才意識到那是自己的聲音。

比格起身，朝門邊移動，離萊列越來越遠。萊列現在才發覺他手中握著閃閃發光的武器。他等到它安靜下來。

「這話我實在不想說……我們在去年的聖誕節失去了她。葛倫對我們說那是意外，他們玩過頭了。他不是有意要殺她。萊列，我打從心底感到遺憾。」

牆面頓時與他的心跳同步鼓動，整個房間高速旋轉。萊列無法克制嘔吐的衝動，爬到角落，吐出惡臭的膽汁與純粹的絕望。他抖了起來，體內深處裂開一道傷口。他感覺到了。生命逐漸流失。

視野不肯乖乖聽話，他無法對焦，但他看到比格站在門邊，一手握著門把，另一手持槍，似乎是怕他做出什麼事。萊列好想被他一槍打死。他盡可能地爬到比格身旁。

「你說我女兒在去年聖誕節過世？所以你們讓她關在地牢裡兩年半，成為你那個神經病兒子的玩具？」

「萊列，我們別無選擇。你得瞭解這一點。傷害已經無法挽回，要是放黎娜走，我們就會失去一切。我們的畢生志業都將會毀於一旦。除非殺了我，我不會讓政府帶走我們的兒子。」

萊列覺得自己的心臟要爆炸了，再也無法承受這一切。他雙手按住胸口，閉上眼睛，描繪黎娜的身影。

「我要見她。我要見我的女兒。」

「恐怕她已經不剩多少東西給你看了。不過我保證會把你和她葬在一起。」

□

萊列不知道自己是死是活。無論是身體還是腦袋，都不聽使喚。時間停滯不動，化爲難以捉摸的陌生存在。他聽見比格的聲音，就在他身邊，但說話的對象不是萊列。

他們很快就抓住了他。高大修長的人影彷彿他毫無重量似地，分別扛著他的肩膀和腳踝。他們走過一段廊道，爬上樓梯，每一步路都像是往他的肋骨上猛劈一斧頭。最後他們踏入冬夜，在黑暗中待了幾個小時，他什麼都看不見。

他們粗魯地甩動萊列的身軀，到了戶外，星斗在空中燃燒，寒意鑽進他的衣服，喚醒他的神智。他看見兩張戴著毛帽的蒼白臉孔——年輕男子，咬著牙，避開他的視線。他聽見自己狂飆髒話，放話說要宰了他們。三人中個子最高的那個，坑坑疤疤的臉上掛著笑容，萊列伸出被綁住的雙手要抓他，只讓他笑得更燦爛。

他們扛他到森林裡。松樹的樹頂不停晃動，冰冷的冬陽爬得老高。他們把他放在一片空地上，讓他跪在鬆軟的雪地裡。地上有個大坑，富含鐵質的深色土壤吸入寒氣。像是等著吞噬他。水氣浸透萊列的牛仔褲，可是他再也感覺不到寒冷。他看看四周，看到土堆、鏟子、那幾張白臉。比格與他的兒子。他們口吐白煙，腳在積雪間踩踏。

比格站在他背後，手裡還握著槍。萊列聽見他鬆開保險，語氣低沉。

「萊列，我很遺憾事情演變到這一步。天知道我有多愧疚。」

他應該要反抗。應該要求他們饒他一命，但他只是垂頭跪在原地。他想像黎娜和梅雅的身影，聽到自己喃喃唸著她們的名字。

其中一個男孩耐不住性子。爸，快點，一槍斃了他。

時間靜止，只有松樹還有動靜。萊列坐在餐桌旁，看著黎娜，看到她被劉海蓋住的眼睛，露出不太整齊的牙齒對他扮鬼臉。

你在等什麼？

萊列，她就在這裡。你的女兒。

不會痛的，他不會有任何感覺。鮮血即將染紅雪地，他的身體會在這裡腐化，到了春天變成滿天飛舞的蒲公英。他再也不必沿著白銀之路開車，叼著菸，盯著兩旁森林，因爲他找到她了。多年的搜索結束了。

他閉眼等待。槍口緊緊抵著後頸，接著槍聲響起，悶悶的風聲劃過耳膜，他以爲自己要聾掉了。他的肌肉放棄使力，任由他倒地。

等睜開眼睛，他看到比格伏倒在地，雙手按著胸口。在他背後，艾妮塔手中還握著獵槍，眼神閃爍，雪白的頭髮宛如毛皮般披在肩頭。三個年輕人怕得不斷後退，她朝他們揮舞槍管。

「放下武器。」她說：「已經夠了。」

□

當警方抵達時，艾妮塔依舊抱著那把槍。她逼萊列和她兒子圍著餐桌坐好，陷入沉默。比格被扔在雪地裡，她似乎不在意他的死活。她穩穩站在桌邊，槍管指著四人，讓他們不准妄動。

長子又罵又吵，撕扯臉頰上的痘瘢，怒斥她毀了一切。艾妮塔用手背抹去淚水，毫不退讓。彷彿她不是眞正身在此處，彷彿她只專注在一件事上頭。另兩名青年雙手掩面，哭得像孩子。

儘管廚房相當溫暖，萊列還是冷得抖個不停。

「梅雅在哪裡？」他只掛記著這件事。「她還活著嗎？」

艾妮塔的回應是把槍口指向他，白髮下的臉龐漲得通紅。

「我們無意看到任何一個人喪命。」她說：「比格承諾我會處理好所有事情，不用在意這些。等世界末日降臨，那個女孩子會感謝我們讓她待在安全的地底下。保住小命。我們是這麼想的。」她抹抹眼睛。「但我這個孩子有問題，我們沒辦法阻止他。」

黑暗很快就被閃爍的警示燈填滿。警方沉重的腳步聲和無線電的雜訊帶來另一波混亂。屋內幾乎聽不到尖銳的叫嚷。艾妮塔放下槍，飽經風霜的手掌交握。

「他在樹林裡的空地。開槍射他的人是我。那個女孩也在那裡。」她指著葛倫。「你們要好好看住他。他永遠無法和一般人一樣。」

一切發生得太快，同時又像切換到慢動作模式。他們銬住艾妮塔的雙手時，萊列看到她渾身癱軟，像是慶幸一切都結束了。只有葛倫有意反抗。當員警接近他，他突然大吼大叫，抽出獵刀逼退對方。他的雙眼燃起黑暗的光芒。

「你們沒資格管我們！」他嘶聲威脅。「這裡是我們的土地！」

是他的弟弟逼他繳械。他們從左右接近他，用了某種招數，把他按在地上，一人用膝蓋抵住他的肩胛骨，另一人奪下他手中的刀。他們一定練了好幾年了。兩人面無血色，不停流淚。

萊列一動也不動地坐著，看警察帶走他們，先是艾妮塔，然後是三個孩子。來了好多警察，把雪花和冷空氣帶進屋裡，使得萊列的牙齒格格打顫，說不出半句話。一名女警問他事發經過，但他就是擠不出聲音。有人拿毯子披在他肩頭，往他手中塞了一杯熱湯。蒸氣溫暖了萊列的臉頰，可是他沒意識到湯是給他喝的。窗外的陰影凝聚成團，手電筒光束到處亂掃。來了更多警察，現在柵門已經開了。有人站在他身旁，拿繃帶包裹他的腦袋。他知道自己身上散發血腥味，不過他沒有半點痛覺。

「他們殺了我的女兒。」

他只說得出這句話。面帶微笑的員警愣了幾秒，突然間慌亂起來。

「不好意思，我先離開一下。」說完，她衝向寒冷的屋外。

萊列跟在她背後來到門口的露台，滿地泥濘使得他寸步難行，只能再次坐倒。有一群員警語氣激動。

「找到那兩個女生了！」

□

員警眼神和善，看不出半點批判的意味。他讓她忘記這裡是醫院病床，她還吊著點滴。梅雅不習慣別人這麼專心聽她說話，不習慣從頭到尾解釋一件事。一開始，她遲疑又結巴，但很快地，字句像是雪崩一般從口中流洩而出。員警名叫哈桑，他似乎不介意已經過了深夜。他沒看時鐘一眼。

「從頭開始說吧。」

梅雅對他說起前往諾爾蘭的火車之旅，她們付不起臥鋪的錢，只能坐著。超過十小時除了盯著對方看，沒別的事情能做。多年來她們搬了好多次家，可是從來沒有移動過這麼遠。托比恩人很好，雖然他很臭，還會收集色情雜誌。希潔沒有任何改變。無論她們搬得多遠，希潔一直都是希潔。她向他訴說在三角房間裡有多麼孤單，逼得她逃進森林裡，然後在湖邊遇到卡爾—約翰。認識他的隔天，她就戒菸了。那是一見鍾情。

她想到他身上獨特的氣息是如何讓一切顯得平和溫順。把戰爭和毀滅的話題逼到角落去。或許這就是愛情的危險之處。它並不是讓人盲目，只是不去留意各種警訊。不知道萊列有什麼看法，會不會贊同。

哈桑問她是不是因爲愛才搬進斯瓦提登。她給出否定的答案。她想遠離希潔，想要自己的人生。她一直夢想著擁有眞正的家，屋裡有足夠的食物，父母不菸不酒，也不會脫光衣服走來走去。不會讓人蒙羞的父母。比格和艾妮塔有他們的古怪之處，滿口末日言論，但她選擇不去相信那些鬼話。

說起比格的逃生地窖，還有那些武器時，她滿臉漲紅。比格雙眼閃亮，展示他們所有的收藏品。還有葛倫那張千瘡百孔的臉——想到他帶來的那些痛苦，她的肚子一陣翻攪。她以爲卡爾—約翰不希望她和葛倫獨處是因爲嫉妒。事實上，他是怕自己的大哥會傷害她。

「我知道他們很怪，相信那種言論。可是我沒有比較的對象。我沒有待過正常的家庭。我只能感激他們願意收留我。」

哈桑理解似地點點頭。灰色曙光從百葉窗的縫隙滲入，她累到口齒不清。他帶來兩杯咖啡和兩個三明治，兩人瞬間就吃得精光。比格死了，他向她說明。其他人都得接受拘留。只要醫生同意，漢娜就能回到阿耶普羅市的家。

梅雅努力想像比格的屍體。蒼白的身軀，臉上蓋著白布。她做不到，心中也沒有半點悲傷。不知道艾妮塔在牢裡要怎麼過日子，沒有湯鍋讓她攪拌，也沒有麵團可以揉。從未離開過斯瓦提登的卡爾—約翰要面對什麼樣的命運呢？

「你們找到萊列的女兒了嗎？」她問。

淚水湧入哈桑的眼眶，但他沒有哭。

「我們找到一具屍體，還無法確認身分，但一切的證據都顯示死者是黎娜。」

梅雅躺在枕頭上，筋疲力盡。太不現實了。她想到萊列喪氣的肩膀和那頭亂髮，像是不斷對人生提出抗議。最糟的結局發生了，他要怎麼辦？他撐得住嗎？想到這裡，她眼窩一陣刺痛，不過她也沒有流淚。

「媒體肯定會瘋狂找上妳。」兩人喝完咖啡，哈桑再次開口：「不過別和他們說話。我認爲妳應該要專心休養。妳承受了嚴重的衝擊，根據醫生的說法，妳服用了足以讓馬匹昏過去的大量鎮靜劑。」

「眞是可恥。」梅雅說：「我竟然和那種人住在一起。」

「不要苛責自己。妳沒有做錯任何事。」

他拍掉襯衫上的麵包屑，站起來。這動作讓她好害怕，怕他要留她一個人，怕其他人會對她說什麼，怕接下來的發展。哈桑或許是注意到了，歪歪腦袋，一臉擔憂。

「要我帶妳母親過來嗎？」

梅雅用力咬住嘴唇，好痛。

「不了。可以幫我打電話給萊納特嗎？」

□

警方已經從那片空地挖出她的遺骸，但到了夏季，他偶爾還是會去那裡走走。現在斯瓦提登宛如廢棄的堡壘，在古老森林裡腐朽。樹枝和松針覆蓋地面，傾頹的牆面上布滿塗鴉，像是醜陋的瘡疤。牲口全都賣給周遭村鎮的農家，空蕩蕩的欄舍裡冒出牧草腐敗的酸味。萊列抽了一根又一根菸，留下滿地菸灰。

現在梅雅住在他家。他們會沿著白銀之路兜風，車窗搖下，讓森林的氣味塡滿兩人之間的空間。萊列會指著他曾經搜索過的地方。他們停在路肩喘口氣，當雨水敲打車頂，她就關掉收音機。她不喜歡太吵雜的聲音。

希潔每個星期日會打電話給她。她住在療養機構裡，房間對著一座湖，讓她盡情畫畫。她結束自我藥療，獲得妥善的照顧。之後她要學會照顧自己，不用靠男人也不需要梅雅。她是這麼說的。萊列看得出她女兒鬆了一口氣，梅雅再也不用扛著這份責任了。

黎娜是被掐死的。葛倫拚命否認，但他母親和弟弟都是證人。他掐死了她，把她丟在地窖裡發臭。比格發現之後，堅持要替她下葬，可是沒人提到要提高戒備。

萊列和梅雅很少提起斯瓦提登或是布蘭特一家。葛倫和艾妮塔等著面對審判。梅雅收到卡爾—約翰寄來的幾封信，她沒有回。他被送到遠處的斯堪尼省，住進寄養家庭。檢察官決定不起訴他和帕爾。他認為他們的成長環境是減免刑責的因素，晚報記者樂得大做文章。萊列避談卡爾—約翰，因為梅雅聽到他的名字就會縮進殼裡。她說她難以原諒自己自願和那群滿手血腥的人住在一起。她恨自己沒有看出半點端倪。假如她沒有那麼天真單純，說不定就能早點救出漢娜。

漢娜偶爾會打電話找她，她們的對話往往能抹去她臉上的憂慮。兩人只在那個可怕的地窖裡相處兩個禮拜，可是那段時光對她們來說意義重大。漢娜非常堅強。她向萊列說起在地窖裡的生活，說她如何忍受。他鼓起勇氣聽她說。為了黎娜。他不想逃避她的苦難，而且他得知道這些事。漢娜把那個髮圈交給他。黎娜的髮圈。他當成手環套在手腕上。在他有生之年，絕對不會拿下來。

黎娜的墓地視野良好，周圍擺滿鮮花與蠟燭，標語和卡片用黑筆寫滿悲傷的留言。墓前兩道人影背對著車道。萊列感覺到梅雅靠得更近，兩人的步伐一致。安妮特抱著她的孩子，皺巴巴的小臉靠在她肩頭，他腳下的碎石子地一陣搖晃。他停在路中間，梅雅像是陰影般貼在身旁。安妮特看到他，一手遮住孩子稀疏的頭頂。湯瑪斯一手環上她腰間。他們的視線在萊列和梅雅之間飄移，猜不透兩人的關係，不知道他與梅雅爲什麼會走在一起。走到近處，萊列注意到安妮特臉上沾了幾道花掉的睫毛膏。他們沉默許久，只聽到寶寶嘴裡咕啵作響。最後安妮特伸出空著的手，拉他到自己面前。他們笨拙地擁抱，中間夾著孩子。柔軟的髮絲搔過萊列鼻尖，他吸進嬰兒的香味，淚水差點奪眶而出。

「謝謝。」安妮特低喃：「謝謝你帶我們的女兒回家。」

安妮特和湯瑪斯離開後，他們在墓前待了好一會。萊列跪在冰冷的土地上，從頸子到指尖的肌肉微微抽搐。梅雅替花朵澆水，拔掉雜草，點燃被風吹熄的蠟燭。等她退開半步，一切都平靜如常。她沒有注意到怒氣凌駕他的理智，沒發現他顫抖著猛吐口水。直到他瘋狂舞動手腳。他又踢又打，撕扯那些美麗的事物，拍熄蠟燭，花瓣滿地亂丟。他徒手挖地，手指沾滿泥土，直到氣喘吁吁，耗盡體力。梅雅沒有動彈，直到他發洩完畢，安靜下來，她才伸手扶他起身。

到了阿維斯喬爾，他們在加油站稍停一會，陪奇本喝咖啡。他終於能收起黎娜的協尋海報了，但他沒有費神清理海報周圍留下的雜亂邊框。從那面牆前走過時，萊列依舊能想像出她的笑臉。奇本不是個緬懷過往悲傷的人，他喜歡拿各種話題來填補沉默，像是駝鹿狩獵大會、曲棍球大賽，還有其他沒那麼敏感的話題。梅雅不顧寒冷，吃起冰淇淋。

「我想開槍打駝鹿。」她突然冒出一句。

奇本笑了幾聲，大手猛拍萊列的肩膀。「萊列，看來你要教你女兒打獵啦。」漫不經心的一句話帶來漫長的沉默。

她不是我女兒。我女兒死了。

這句話落在萊列舌尖，但這時他看到梅雅憂心忡忡的表情，還有流到她手上的冰淇淋。

「我會把我知道的都教給她。」他說：「雖然我也懂得不多。」

回家路上，他讓她開車，儘管她沒有駕照，暮色籠罩白銀之路。這段路他已經瞭若指掌。他閉上眼睛，卻還是看得到路面在眼前蜿蜒，像是融化的雪水般劃過土地，將每一個人牽繫起來，無論好壞，最後流入海中，消失於無形。若不是聽得到旁邊的呼吸聲，他八成會被過去的絕望擊倒。但現在他領悟到自己已不必再永無止盡地遠行。

搜索結束了。

《銀色公路》完

銀色公路／史蒂娜．傑克森（Stina Jackson）著；
楊佳蓉 譯.-- 初版. -- 臺北市：蓋亞文化, 2021.01
冊；公分
譯自：*Silvervägen*
ISBN 978-986-319-531-3（平裝）

881.357 109020437

Laurel 003

銀色公路 SILVERVÄGEN

作　　者　史蒂娜．傑克森（Stina Jackson）
譯　　者　楊佳蓉
裝幀設計　莊謹銘
編　　輯　章芳群
總 編 輯　沈育如
發 行 人　陳常智
出 版 社　蓋亞文化有限公司
地址：台北市 103 承德路二段 75 巷 35 號 1 樓
電話：02-2558-5438　傳真：02-2558-5439
電子信箱：gaea@gaeabooks.com.tw
投稿信箱：editor@gaeabooks.com.tw
郵撥帳號 19769541　戶名：蓋亞文化有限公司
法律顧問　宇達經貿法律事務所
總 經 銷　聯合發行股份有限公司
地址：新北市新店區寶橋路二三五巷六弄六號二樓
電話：02-2917-8022　傳真：02-2915-6275
港澳地區　一代匯集
地址：九龍旺角塘尾道 64 號龍駒企業大廈 10 樓 B&D 室
電話：+852-2783-8102　傳真：+852-2396-0050
初版一刷　2021年01月
定　　價　新台幣 360 元
Published and Printed in Taiwan

ISBN／978-986-319-531-3